历史的绣像:清代题咏论

孙雨晨　著

山东大学出版社
·济南·

图书在版编目(CIP)数据

历史的绣像:清代题咏论/孙雨晨著.—济南:
山东大学出版社,2020.11
ISBN 978-7-5607-6780-2

Ⅰ.①历… Ⅱ.①孙… Ⅲ.①题跋-文学研究-中国
-清代 Ⅳ.①I207.62

中国版本图书馆 CIP 数据核字(2020)第 215072 号

责任编辑 李孝德
封面设计 张 荔

出版发行 山东大学出版社
社　　址 山东省济南市山大南路 20 号
邮政编码 250100
发行热线 (0531)88363008
经　　销 新华书店
印　　刷 济南巨丰印刷有限公司
规　　格 720 毫米×1000 毫米 1/16
　　　　 10.5 印张 185 千字
版　　次 2020 年 11 月第 1 版
印　　次 2020 年 11 月第 1 次印刷
定　　价 36.00 元

目　录

绪　论

文字与图画是人类两种不同的符号,也是时代和历史的留存。近年来,历史学家逐渐关注到治史文献存在多重证据,并由此形成了图绘文本应成为一种文献的认知。图像与文学进行联合细研可以丰富文献的多样性,进而形成互为参照的图文表述系统和架构。有清一代,诗歌和绘画互动形成的题咏活动发展为文人艺文活动的日常存在方式,清人题画诗的增多亦展现了这样繁盛的文坛图景。本书依据清代原典摭拾了富有原型精神的个案,旨在集合视觉符号和语言符号的诸多读解意义,以反映特定时代的社会情状、士风与诗风,形成清代"图文体"互动研究对清代文学、历史、艺术的关注与重构。基于这种认识,从古代文学的学科意义上,全面系统地把握清代文人图像题咏及其学理含义,就有着广阔的研究空间和学术价值,"图像题咏"的概念就自然地进入当代学人的研讨视野。

一、选题的确立与理论的缘起

"清代题咏论"的选题确定之后,重要的是收集文献资料和进行理论界定。关于题咏个案,虽然前人多有涉及,但是系统的专著阙如,只有零星的单篇论文,这给进行深入研究带来了新的挑战。毫无疑问,"图像"与"题咏"是一种跨界写作,是一个多层面的研究探索。一部绘画史,就是一部社会史、文化史,其中涵盖了美术、历史、文艺等诸多学科,故而它就不单单是文学的事。对于研究者而言,特别是对后学来说,这无疑是一个人的知识面和审美能力提出挑战。因此,要做好这个课题的研究,知识的储备和艺术想象力的生成至为重要。

本书即在前人考察与研究工作的基础之上,在阅读了清诗文献之后,对这些较有特色的个案进行研究,并进行深层内涵的解析。本书所建立的"题咏"这一诗学范式,是清代较为普遍的士人风雅行为,有多重的研究价值。它的理论缘起和本质特征正在于此。

本书初步尝试以绘图为观照点,研究图与诗之间的关系,从而以具象的图绘来研究清代文学史。全书选取的12幅图像,基本按照内在关联编排,这些图像或有趣,或风雅,或激荡人心,或题跋甚多,为后人认识当时的政治、军事、文化等方面的状况提供了极为丰富而直观的材料。这样说来,构建一个独立的题咏现象研究体系大有深意。为此,这里就题咏问题作出以下几个方面的阐述:

第一,题咏诗是题画诗的一种类型。这里先界定题画诗。

题画诗,作为文学诗史上的特殊类型,是诗画随着互动关系不断增强而进行结合的文学产物,是传统诗歌中值得珍视的艺术瑰宝。题画诗生发于绘画与文学两种艺术活动之中,游走于画界与诗界,所以题画诗虽带有"中间地带性",但从本质而言是文学作品。

题画诗的功用很多,除了借画抒情、借绘寄托之外,还有"借咏交游""借题传名"的特点。题画诗既是绘画"创作者""所有者"的直接表达,也是"题画者"的情感抒发,更是"传画者"的交往媒介。可以说,题画诗自生成之日起,就是一种适合传播的公共艺术,带有一定的外向性。因此,了解题画诗的外延与内涵是厘清题咏诗概念的出发点。

从广义上说,题画诗就是以画为话题进行探讨的诗歌,意为只要与绘画相关的诗都可以认定为题画诗。它既可以依附于绘画作品,题写于画卷之上;也可以脱离于绘画介质,出现在文人别集之中。它既有可能是与纯绘画相关的咏画诗、评画诗;也有可能是借画言心的狭义题画诗。目前,题画诗并未有统一的概念定义,每一个学者观照题画诗的角度各有不同,然而广义题画诗的"包容性"应为学者研究成果的应有之义。

吴企明认为:"题画诗并不都题在画上,只要以绘画艺术品作为题咏对象,体现出题画诗艺术特质的诗篇,不管是另纸书写或册页对题,还是题于画幅上下、前后,都是题画诗。"①如果说汉代人物画中的题榜、题画赞是文学与绘画初始结合标志的话,那么魏晋南北朝时期的铭文画赞应是题画诗的源头。由于各种影响因素还不成熟,唐代以前的画赞类作品算不上题画诗,只能算诗画结合。唐代之后开始流传许多评点绘画的诗歌,即隶属于广义上的题画诗。李白、杜甫都是这类题画诗的大家,如李白曾作有《巫山枕障》,杜甫作有《丹青引赠曹将军霸》。清代文人乔亿说:"题画诗,三唐间见,入宋浸多。"②由此可见,题画诗普遍出现在宋代。"唐代的题画诗,在形式上是诗与画各自别行,两不相涉。北宋的题画诗,大概和画跋一样,只是写在画卷的后尾,或画卷的前面,而不是写在

① 吴企明:《题画绝句的写作与欣赏》,苏州大学出版社2003年版,第128页。

② 乔亿:《剑溪说诗》,《清诗话续编》,上海古籍出版社1983年版,第1103页。

画面的空白地方。"[①]到了明清时期，由于出现了众多地域性画派，诗、书、画结合到了炉火纯青的地步，一些诗名、画才兼备的人物出现于明清艺术长廊之中，如石涛、金农、郑板桥等人。此时的题画诗大放异彩，涌现出蔚为大观的景象。从宋元明清以来，中国艺术的诗、书、画、印历经着不断发展融合的过程，这四者相得益彰，达到了有效的融通。明清时期是题画诗的鼎盛时期，具体表现在诗歌数量的集大成、诗歌内容的丰富与深刻以及文学绘画的交融与碰撞等方面。

题咏诗正是在题画诗成熟后才出现的艺术形态。题画诗之始，多为单人绘画、单人题画的情况，有自题与他题之分。随着绘画类型的多样化与文人交往的扩大化，单人绘画、多人题画成为题咏现实，同时多人绘画、多人题画亦是题咏诗生成的一种重要动态类型。

第二，题咏与中国画中的"题款"一词密切相关，题咏图、题咏诗的记录册多存于清人总集、别集等文献之中。

"题咏"一词，应溯源于中国画中的"题款"一词。如果说题画诗是涵盖这类艺术作品的文学性静态集合的话，那么题款则是侧重于发生这一艺术的动态性集合。题款，也叫"款识""落款"，是画家在书画作品上写下文字的过程，所作或为诗文，或为姓名、斋号、赠送者名号。题款在中国画中有重要的美学功用和文献价值，是中国画独有的艺术创作形式和价值范式，所以研究题款对于把握作品的审美价值具有重要的意义。

题款分为两种形式：一种是画家在自己作品上的"自题"，一种是在他人作品上的"他题"。中国画题款经历了萌芽期、发展期、兴盛期几个阶段。在魏晋南北朝时期就已经出现了题款的雏形，甚至在此之前更早的时期也出现了题铭、题赞等文字记载，这段时期为萌芽阶段。然而到了宋代，中国画才拥有了抒发情怀的真正意义上的题款，正如清人方熏在《山静居画论》中所云："款题图画始于苏、米，至元明而遂多。以题语位置画境者，画亦由题益妙。高情逸思，画之不足，题以发之，后世乃为滥觞。"宋代以后，文人间的题款风气日趋盛行，画家都更加重视题款的作用，诗、书、画、印结合为一个艺术集合体。尤其在清代以后，题款的兴盛达到了巅峰和集大成的阶段。好的题款，既是画卷的艺术布局的需要，也是画家抒发情感、凸显主题、营造画境的客观要求。

"题咏"之"题"源于中国画中的"题款动力"，所以题咏之义在于以题写的方式，对图像之像主作出应和，或对图像之内容进行品评。题咏作品中，多为"索题"而成，也有一部分是像主的间接号召。所谓"索题"，就是指画家请朋友、亲人以吟咏的方式去索要与像主有关的绘画题款。一般来说，索题须在画卷中留

① 徐复观：《中国艺术精神》，广西师范大学出版社 2012 年版，第 363 页。

出空白，以期有增补的题跋。《中国画题款答问》一书认为：“旧时有些文人请人画一幅画表现其赋诗填词一类往事的作品，尔后向多人索题，多采用手卷或册页。其做法是，或按主人的请求分别题咏，纸张的规格大小一致，再寄给主人，主人统一将其装裱起来；或将此画事先裱好，留出空处，再请咏者依次在上面书写。”[①]本书研究的题咏多为此种类型。

在清代，题咏逐步发展为文人艺文活动，呈现出清人题画类总集增多的文坛盛况。“就采收作品的范围而论，绝大部分清人编选题画类清诗总集所收诗歌，是针对具体的某一幅画卷而发。这从《南园守株图题词录》《风木庵图题咏》等书名，就可以明确借以判断。此外又有少数涵盖一幅以上画卷者，如曹咸熙辑《檇李曹氏图册合刻》、沈祥龙等辑《荐堇思报感寥庞吟两图题辞》等。前者含《松风舞鹤图题辞》《授经教子图题辞》《滤湖渔隐图题辞》《采菊思亲图题辞》四部分；后者含《荐堇思报图题辞》《感寥庞吟图题辞》两部分。至于专门采编清人题画诗的综合选本，在清代本朝还十分少见，清代之后乃渐有所出。就清人所编题画类清诗总集的编刊过程来说，又存在两种情形。一是图成后时人竞相题咏，后由某位编者将这些大致创作于相同或相近时间段内的诗歌汇为一集。这种情况为数甚多，是题画类清诗总集的主流。二是在图成后较长的一段时间内，有过若干次题咏活动，最后由某位编者总其大成，将历年历次所作题咏作品汇纂成书。”[②]由此观之，清代题画合集的编纂是图像、题咏融会的复合文献，这为考察题咏行为提供了最为便捷的文献基础。在总集文献中，题辞、题咏都是研究此类问题的文献地标。

例如，梅文鼎《卓子任山塘话别图题辞》：

> 卓子一书生，提军入险，亲冒矢石，裹创转斗，为士卒先，所向克捷。功在旦夕，乃忽忆老母侍养，遂亟谢病以归。口不言功并所积劳，累加已授之职，一旦决然，弃之若敝屣。今其来闽也，涉扬子，过金山、虎邱，泛西子湖，观潮于钱塘，溯严子陵钓台，所至，与吴、越诗人搜奇吊古，转日夕，留连而不忍去。同游诸子各作图画、诗歌，赠之盈册。盖卓子既自忘甲寅、乙卯间事，而人亦不复知三衢、八闽为卓子立功之地矣。嗟乎，后之人不于是可知卓子也哉！[③]

题咏现象的蔚为大观体现于清代题咏文献的结集，亦体现于题咏人数的众

① 章用秀：《中国画题款答问》，天津人民美术出版社 2011 年版，第 103 页。
② 夏勇：《清诗总集研究（通论）》，浙江大学博士论文，2011 年，第 104 页。
③ 梅文鼎撰：《绩学堂诗文钞》卷六，清乾隆刻本。

多。《书陈云乃延恩罢读图》云："道光壬辰，云乃以郡倅签分江苏，未出都为罢读图征题咏，中外能诗者，各以诗赠。"[①]《题如此江山第二图》云："道光甲辰，汤雨生将军为黄树斋少司寇作《如此江山图》以贻焦山自然庵主定峰。同治甲戌，彭雪琴驻军焦山，命闽廖竹亭筠作《如此江山第二图》，时庵主为六净，定峰法曾孙，善画，雅人也。光绪丁丑，吴清卿过山，复为摹一图，六净装为一卷，遍请名流题咏。"[②]《题玉堂归娶图》云："康熙庚辰，溧阳史文靖公贻直，年十九释褐后，请假归娶于扬州许氏，绘玉堂归娶图，题咏甚伙。郭元钎一绝云：'采镫十道簇香轮，花满游缨踏路尘。似有行人传盛事，公然许史是天亲。'"[③]

本书所研究的题咏诗，既包括因"题款""索题"而生成的画上之诗，也包含了画作之外的题咏诗。它们不论位于画卷之上，还是存于题咏者别集之中，都提供了文学、历史与文人活动的生动案例，这样的历史材料呈现的是一种立体化的、全谱系的清代景观场域。每一个题咏现象反映的不仅是个人的诗学记录和生命历程，而且是"诗可以群"的群体诗学日记和"诗可以观"的文人心态实录；每一个题咏现象反观的不仅是纵深历史的切片和瞬时社会思潮的镜像，而且呈现出清代诗学流脉"特异性"血液的分野气势。题咏现象是客体图像题咏、主体画家诗人、旁观读者群共生、互动的立体历史形态，它不局狭于一幅图、若干文人、大量诗群的侧影展示，而是图文、作者、读者共同描绘的立体历史画卷。

第三，题咏行为折射了清代士人的风雅文趣与地域倾向。

所谓士人，指的是古代知识分子。普遍说来，文人与士人的概念有一定的重合性。《中国古代的士人生活》一书认为："中国古代士人的品格有三种，分别是强烈的历史使命感和忧患意识、儒家的理想人格、道家的理想人格。"[④]在此基础之上，形成中国古代士人的风雅生活。

题画诗、题咏现象的产生与古代士人有着密不可分的联系。士人生活经历的不同、心境的变化都会形成不同种类的题咏现象与不同艺术风格的题画诗。明清时期，市民文艺思潮的涌动，促进了绘画艺术的发展，一些画派因此勃兴。尤其在江南地区，商业经济的发展使书画文化市场大大启动，明清时期的诗歌很多都彰显着文人的高雅洒脱的意趣和对日常生活艺术化的抒怀。综观众多的清代诗歌，大都书写了士人的形象、风骨、精神，展现了士人的生活方式和文化选择。而被题咏的图画也表现了文人丰富的生活情趣和适意自为的心态，各

① 包世臣：《艺舟双楫》，商务印书馆1935年版，第70页。

② 宝廷撰，聂世美点校：《偶斋诗草》，上海古籍出版社2005年版，第60页。

③ 李春光辑：《清代名人轶事辑览》，中国社会科学出版社2004年版，第820页。

④ 孙立群：《中国古代的士人生活》，商务印书馆2006年版，第5～14页。

种士人的情态凸现于纸上。各种时期的士人的存在方式和观世之感有所不同,他们或寄情山水,或隐居山林、独善其身,或执着入世、心怀天下。他们的精神自在、社会担当与隐逸之风游走于诗歌与绘画之中,崭露于士人交往的题咏之中。他们的生活高雅化、艺术化,对生活的质量有所要求,对艺术的感知程度颇高,艺文雅集与题诗咏唱自然成为他们的生活方式和价值永存的媒介。

本书选取的个案具有一定的历时性,以期涵盖清代三百年的历史。同时,本书也试图表现文人生活的各个侧面。诗人的闲吟读书、书画雅集反映了他们的精神活动和诗学生活方式。这些题咏诗歌,既为士人的精神载体与宣泄管道,也蕴含着复杂的社会、历史、文化因素。这些艺术样本揭示出士人与他人、士人与社会的关系,阐扬了清代士人的独到气质和高节操守,显露出清人个体心理与情感的特点,也体现出文人兼济天下的责任感与不断更新的批判精神。

这些文人多有生活于江南的经历。江南在明清时期是风景明秀、经济发达的富庶地区,也是人文荟萃的艺文地带和诗画渊薮。这个地域的文化传统源远流长,具有丰沛的文化积淀和传承价值。此地的绘画、文学发展程度较高,文学家、艺术家的聚集程度也较高,使得在这些地域雅集的频率较高,地域文化较为丰富。在江南的士人中,有很多人格清高的隐遁文人,其学问功底和艺术修养尤为深厚,能诗、能文、能书画。他们艺术化的生活极为精致,趣味高雅。他们的爱好十分广泛,有的爱好收藏鉴赏,有的喜欢品茗筑园,有的喜欢观剧听曲。不妨这样说,是文人生活与生命的艺术之花、思想之树、出版之叶以及学术之根促发了清人题咏现象的生成。

二、文献综述

在具体的研究思考和写作过程中,阅读了大量的艺术文献之后发现,虽然古近代题画文学的研究已达到了较为成熟的阶段,但是学界专注于“即事成诗”“持画成诗”的图像题咏文学专著甚少,“清人图像题咏”更是盲点问题。

为了写好本选题,笔者浏览了《清代诗文集汇编》,试图寻找出题咏人数多、内蕴特色和文化背景丰富、最具代表性的图像题咏,进而确定研究目标,尝试厘清图像隐藏的文化脉络,力求达到图文并茂、互为生发、相得益彰的艺术效果。与此同时,笔者还参观了地方博物馆,获得了最为生动的绘画感知。

历史上有不少收录题画诗的文献,如《声画集》《题画诗》《清河书画舫》《珊瑚网》《珊瑚木难》等。例如清代陈邦彦编辑的《御制历代题画诗类》,搜罗了唐代至明代的题画诗歌,总量近9000首。目前,已出版的题画诗史以及相关著作都具备一定的开创性。其中,有的是对历代题画诗史的综论,如《中国题画诗发展史》;有的是对历朝断代题画诗的阐释,如《元代题画诗研究》;有的偏重对题画作品的鉴赏,如《历代名画诗画对读集》。

艺术史专著对于开拓课题思路有极强的指向示范。环顾学界,与图像学相关的著作渐多,为其提供理论支撑的有:米歇尔《图像理论》、青木正儿《题画文学及其发展》、宇波彰《影像化的现代:语言与影像的符号学》、理查德·豪厄尔斯《视觉文化》、霍斯特·布雷德坎普《图像行为理论》。此外,李安源《王鉴〈梦境图〉研究》等书,也值得关注。

海内外学者对于“文学与图像”的关系问题研究已有不少思考探求,结集了许多学术成果,凸显出建立“文学图志学”的学科意识,展现了图文共生、以图带文、文图互动的艺术文化史广阔视角和丰富内涵。

衣若芬教授提出了一种崭新的参照角度。这种创新既是思维方法的新变,也是当代学术深度的艺术挖掘。《游目骋怀——文学与美术的互文与再生》就是这样一部具有阐释价值的专著,对于启迪后学有重要的意义。文学、图像、题咏是作者展示和“观看”的三种文献,“扩展到阅读文学经典、绘制文学经典图像、书写图像题咏,亦是诗、诗意图、题画诗的三重探索”[①]。三重证据的收集、阅读和研究是使学术问题升华、问题意识强化、当代跨学科研究速化的有力途径。作者认为:“以绘画表现文学作品内容的‘诗意图’,与其创意来源的文学作品,彼此具有互为文本的关系,可说是对文学文本进行他种媒介形式的‘再生’。观赏‘诗意图’,再写作‘题画诗’,则又是图像(美术)与文字(文学)的‘互文’与‘再生’。”[②]

毛文芳教授的《图成行乐:明清文人画像题咏析论》主要探析的是作者界定的明清行乐图及题咏,研究方法和文献梳理较为全面,选取的个案较为典型,是一部力作,正像郑利华所言,该书“以时代氛围作为观照,着眼于若干个案的研究。第一编以画像自题为考察对象,主要探讨陆树声、金农的画像自题所涉及的自我的记忆、多面的个性展示,以及自我与他者的联系;第二编以画像他题为考察对象,重点围绕何天章、徐釚、陈维崧、王士禛等人纪念性与赞颂性的画像题咏展开论析,从中揭示像主、画家、题咏社群、文学趣尚、社会风气等不同层面的特征及其内蕴。全书由明清文人画像及题咏导入,阐述这一绘画与书写活动的文学乃至文化意义,视角独特,分析深细,对于研究明清文学史与文化史,均有一定的裨助作用”[③]。

杨义《重绘中国文学地图通释》从宏观角度出发,提出了建立“文学的图志

---

① 衣若芬:《游目骋怀——文学与美术的互文与再生》,里仁书局2011年版,第1页。

② 衣若芬:《游目骋怀——文学与美术的互文与再生》,第1页。

③ 毛文芳:《图成行乐:明清文人画像题咏析论》,《文学遗产》2011年第2期。

学”的学科问题,并提出了图志学的四个问题:图志学学理的第一个问题与图志学的构成对象相关,即必须认定。图画也是一种语言,是以构图、线条、色彩、情调所构成的一种没有文字的语言,它本身包含着很大的信息量。图志学学理的第二个问题,与图画的直观表达中呈现很多复杂的异样的文化信息相关。图志学学理的第三个问题,与考古文物相关。图志学学理的第四个问题,与文学的接受史有关。[①]“文学的图谱系统是一个与文字文献系统相对应的非常庞大的浩如烟海的待开发资源。文学图志学以自身的学理和方法,对这两个系统进行现象的、考据的、阐释的和接受的二维统观和深度开发,可以形成图文互动互释的综合效应。”[②]

图志学的四个问题也是清代文人图像题咏研究应当重点关注的部分。其一,清代绘画与清代诗歌一样,是内容广博、富有阐释价值和文化意义的文献,值得进行细致整理和考证,正如《图像证史》中所说:“图像如同文本和口述证词一样,也是历史证据的一种重要形式。”[③]其二,清代绘画包含了不少艺术信息与文化史的思考,是清代文化因子的聚合景观,值得进行综合探析和个案细读。其三,清代绘画的发现与考古、文物等学科密切相关,对绘画进行考证要吸收文物学的成果。其四,清代绘画与文学接受史互为关联。应当说,关注到这四点,就把握了清人题咏的方法论与价值意义,也就能真正重视图像的珍贵文献价值,加强综合手段研究的文学方法,激活古典文学的文献研究方式,扩大学科互动,拓宽文学史的理论谱系。

南京大学在“图像与文学”关系研究上起到了引领性的先锋作用。2010年,《中国文学图像关系史》获准立项,《文学与图像》杂志也随之创刊。2012年10月,首次“文学与图像”学术研讨会在南京举行。正如赵宪章教授在《文学与图像》创刊词中所说:“文学与图像的关系研究之所以是一门‘新学’,不在于它顺应了跨学科的‘新时尚’,而在于探讨文学与图像究竟在何种意义可以勾连或通约,在其对峙和联姻的背后究竟隐藏着怎样的哲学理念,如此等等。因为所谓的‘跨学科’,并不在于对同一对象展开多学科研究,这一意义上的‘跨学科’古已有之,而是在不同的学科之间发现新问题、阐发新观念。我们在文学与图像之间发现新问题,说到底是思考语言和图像两种符号及其互文对于人的存在意味着什么。”[④]《文学与图像》涉及小说与图绘、赋与图绘等诸多问题,足见各种文

---

① 参见杨义:《重绘中国文学地图通释》,当代中国出版社2007年版,第119～131页。

② 杨义:《重绘中国文学地图通释》,第137～138页。

③ [英]彼得·伯克:《图像证史》,杨豫译,北京大学出版社2008年版,第9页。

④ 赵宪章:《文学与图像》第1卷,江苏教育出版社2013年版。

体的题咏与绘画的关系都值得学人进行探讨。

综上所述,虽然已有学人分别围绕清代图像和清代诗歌的互动、古代图像和文学的关系等问题进行了探讨,但就题咏问题而言,依旧缺乏系统、全面的考察,以下两个方面仍少见重视,尚有待学界全景式、多维度切入。其一,现有文献对题咏历史现场的生态研究有所欠缺,多数论文和专著对个案的描述和研究较多,却未将其作为一个整体进行研究,对于题咏的解读仍需加强。其二,现有文献对戏曲和图像的互动研究较少,以往研究对文体这个层面的关涉不够充分,甚至阙如。因此,本书试图系统探讨清代题咏现象,庶几具有重要的理论价值和审美价值。

三、内容安排与方法意义

时下国内古代题画诗整理已取得了许多学术成果,这为古代文学学科研究注入了理论的活力和生机;同样,文艺学学者也在图像与文学的关系研究方面有骄人的成绩和新颖的创见。因此,在写作的过程中,在确保引用资料的权威性和典型性的同时,本书注意吸收了一些前辈和当代学者的新观点、新方法、新材料。本书共分为十二章。其中,第一至三章关注的是文学传承图咏,第四至六章关注的是文人雅趣图咏,第七至九章关注的是政治隐喻图咏,第十至十二章关注的是奇思追忆图咏。

第一章,《四壬子图》题咏。该个案开启了清代诗人图像题咏的命题,引申出图像题咏的基本文化生态状况。本章是以桐城诗人方文及其诗学渊源为中心进行探讨与阐释的,是对清初诗人及其交游网络的梳理。

第二章,《楝亭图》题咏。该题咏是孝道文化的景观展示,也是清白家风与道德传承的具体体现,还是一幅激活文化世家"家学观"和文脉传承的家族图景。

第三章,《湖楼请业图》题咏。此题咏描绘的是清代江南诗学理论家袁枚招收、提携女弟子的群体肖像。这样以女性诗人为中坚力量的"文化造势"在清代尚属首例,起到了开拓闺阁文人诗学风气的作用。

第四章,《彊村校词图》题咏。此题咏反映了清代词学史上一个别致独到的文学事件。词人如何通过图绘展示清代士人日常校勘的雅趣,如何通过题咏抒发历史大变局下的感怀,如何以校勘为个人事业推动清代词学的发展,这些问题都与此图咏密切相关。

第五章,《东轩吟社图》题咏。本章突出了对清代中晚期江南诗社的关注,揭示了清代文人结社图咏的研究价值和学术存在感,同样也是对清代文人群体聚合的有力探索。

第六章,《读易图》题咏。此图咏主要阐发了清人对《周易》经典的推崇和承袭,使阅读《易经》的场景留驻在日常生活之中,闲适化的读易题咏是清代文人生活艺术化的文化表征和情感理路。

第七章,琉球《饯别图》题咏。本章涉及琉球、海洋文学等重大问题,是一份文学与政治生态交融的实证文史资料。题咏人数多为学人,展现了博学鸿词士人的交游之谊。

第八章,《南台祖帐图》题咏。这是标志文人李鼎元册封起点的送别图咏,映射出历史和时代的影像。既是时代映照下的清代士人的心灵史,更是一份珍贵史料,值得从绘画和文学的双重意义上加深认识。

第九章,《分湖旧隐图》题咏。此图咏堪称南社研究的重要文献,是柳亚子与南社成员谈时政、论文学的交游媒介。通过图绘透视分湖地域,通过地域角度来梳理和感悟南社成员的时代抉择。

第十章,《鬼趣图》题咏。此个案惊异难解,别树一帜。《鬼趣图》题咏人数众多,从同题题咏诗群中可以窥见“人趣”与“鬼趣”的近似性。爬梳《鬼趣图》名家题咏,可以彰显乾嘉名士的风流和清代讽刺诗学的风采。

第十一章,《详注聊斋志异图咏》的图文关系。该章展示的图咏,不仅再现了聊斋故事的精彩内容,也为画家、诗人提供了广阔的创作空间,进一步体现了诗画一体的艺术维度,凸显了图咏本内容与形式完美结合的学术含量和文化肌理。

第十二章,《红薇感旧图》题咏。本图咏呈现出个人化的抒发表达,堪谓追忆内心情怀往事的图绘。围绕图绘,形成了集诗、词、文、曲等于一体的题咏文学作品景观,展示出丰赡翔实的题咏文学体裁和南社成员非凡的文学创作才力。

通过梳理以上个案,以图证史,探寻图像背后的文化隐喻和审美价值,唤醒共同记忆,以此窥视清代政治、经济、军事、文化等社会形态及清代士人的价值追求、艺文生涯、精神向度。大体而言,“清人图像题咏”能够成为一个比较清晰的学术观测点和生长点。在理论方面,明确提出题咏是综合艺术载体,阐述图文体的生成原因、外部表现、内在机制。

在研析方法的选择上,主要采用了以下路径:一是文献研究法。本课题在吸收了前辈学者的新观点、新材料基础之上,试图梳理清代诗歌,进行个案研究。二是检索研究法。运用数据库检索方法,查找海内外前沿动态和稀见文献资料,丰富研究内容。三是综合研究法。以比较法、归纳法为手段,把文学史与图像史作有力结合,包含对清诗的全新解读和对古代画作进行多角度、深层次的意蕴探讨。对涉及个案的社会史和文化史背景进行研究,力图借助图像符号学、社会学、历史学、艺术学以及文化史的研究视角撰著。

通过个案连接，图像与诗歌达到深层互动，诗画关系融通，是一种学科能力综合、个人学力集成的过程。本书论述上力求做到言必有据、信而有证、史论结合、有所创见。

其一，本书对个案的解析力求寻找到一个新的研究视角，使立论既新颖鲜活，又符合客观实际，给人以新的启迪和思路。譬如，在对《彊村校词图》题咏的研究过程中，注意从文献记载的相关资料出发，试图通过一定的考释，对图绘的产生背景、活动形式、表现特征、人文价值等问题作一个全面梳理，从而凸显清代文人的精神追求和学术遵奉，展示有清一代学人的风采和士人的休闲之貌。

其二，对每一个图的内容意蕴以及绘图意旨作出深入的分析、研究，充分揭示和再现清代文学的历史原貌和清代文人的肖像。比如，《东轩吟社图》题咏章节不但要对其社团的基本构成作进一步的解析和阐释，更要通过江南文人社团的勃兴，从而勾连成一条璀璨的江南地域社团珠链。

其三，结合对题咏的多义解读，紧紧围绕审美、艺术、人生三者的相互联系，从而走进清代士人的精神世界和内在心态。例如，在对《湖楼请业图》的思考中，既标明了清代女性诗学的美学特征，又借助女弟子的群体造势侧面观照了袁枚的诗学世界与文论选择。在这一章中尽量透视出单文本的多义路向，以期体现图像题咏的丰富性。

本书主要有如下研究意义：

其一，图文互动互释层面上的意义。本书在占有文献资料的基础上，以互文理论为抓手，试图构建起题咏文学这一学术语境，为艺术史研究提供丰富的细节和研究视角。

其二，图像文献整理层面上的意义。由于传统中国学术多观照文字文献的考辨，而缺乏对复合图文的分析，从而降解了文献研究的质感。本研究能在一定程度上既揭示图像文献的研究价值，又使研究者关注到图像文本的研究意义。

其三，跨学科研究层面上的意义。建立了艺术、文学、历史三者同构的宏观结构，勾勒出图文体的基本体量。对于扩大学科互动、拓宽艺术史的理论谱系，具有十分重要的学术价值。

本书在占有清代大量诗歌资料的基础上，通过对诗歌的微观分析来揭示一些“有意味”的问题，具有一定的开拓性，并提出了“图像题咏”这一典型问题，但是限于学养和功力，这一研究在探索题咏文体发展规律、题咏现象的发展历程和士人文化人格方面还有待完善，在诗歌艺术方面还需要有进一步的深入探索，文献的全面性也有待进一步考量。由于课题涵盖了多个学科，故需要一定的跨界思维和学科知识结构。除此之外,原版图像的不易获得、收藏分散也限制了本书的写作。

总而言之,本书力求围绕绘图的形成、题咏诗的文学特征及清代士人的精神追求三条主线,全面地观照清代士人的生存方式和文化心态,触摸清诗的时代感,并深入挖掘其对当下的启迪意义。尽管如此,无论是理论上还是实践上,"图像题咏"还有许多值得探究的内容,但是可以肯定的是,随着清代文学研究的深入,"图像题咏"这一蕴涵丰富、极有价值的研究课题将会得到更多学者的关注,不断有更鲜活、更独特的学术佳构问世。

第一章 《四壬子图》与清代诗人图像题咏现象

清初诗人方文曾请画家戴苍绘有《四壬子图》，所谓“四壬子”指陶渊明、杜甫、白居易和方文四位同生于壬子年的诗人。图像展现了方文的文人形象和诗学取向，其后江淮诗人的《四壬子图》题咏则揭示出“节义坚守”与“诗道质朴”的时代意义。在清代诗歌史上，《四壬子图》是一个诗画融贯的典型范例，具有一定的代表性意义。从产生该图到题咏出现乃至产生影响的全过程，作为一个文学艺术事件应该得到重视。深入分析研究该图及其相关问题，不仅有益于切近理解方文的“嵞山体”，亦可以从中了解清初文人的文学旨趣和精神趋向，对了解诗歌史与图像史的内在关联性同样具有重要意义。

第一节 《四壬子图》的内容及绘图意旨

明末清初中国处于历史的大变局中，中国文学史、诗歌史亦处于重要节点上。入清后，各种社会关系发生裂变，各阶层思想出现冲突，文坛随之动荡，产生某种分离和组合。在这样的复杂环境中，诗人们怎样标示自己的面貌，如何展示独特的个性，如何表达自我道德诉求，并实现与同时代文人间的精神联系和观念认同，是值得考察的问题。桐城三诗家之一方文的《四壬子图》的出现，在当时似乎是一个偶然的事件，但其中包含的文学和非文学因素都具有一定的时代性特征。

方文（1612～1669），字尔止，一名一耒，号嵞山，别号淮西山人、忍冬子，桐城人。桐城方氏家族文脉传承，由明及清，才士辈出，而方文堪称明末清初之翘楚，以“嵞山体”在诗坛别树一帜。他曾请画家绘有一幅《四壬子图》，此举在其文学生涯中是一个颇引人瞩目的事件。该图像的绘者是谁，所绘内容为何，朱则杰先生对此作过相当深入的考证，为我们展示了许多原始文献史料，揭示出该图产生的基本背景与要义。在此基础上略作申发,以进一步说明《四壬子图》的内容及绘图意旨。

关于该图的大概面貌,方文的《赠戴山人葭湄》一诗有所表达:

前年冬月涉邗水,董相祠边访知己。武林戴生居隔垣,为我曾图四壬子。
柴桑范度本天人,杜白风标并绝尘。何幸置我于其侧,意态相关若有神。
因持此图示同调,人人叹息夸精妙。先是曾鲸与谢彬,两公心法惟君绍。
今年夏月复来兹,何以报君惟此诗。西园雅集成千古,全赖龙眠李伯时。[①]

正如朱则杰先生所考,此图作者为同时代著名画家戴苍。戴苍,字葭湄,浙江钱塘人,以人物肖像画和山水画见长,深得谢彬画法真髓,并曾为当时著名诗人朱彝尊和王士禛分别作过《烟雨归耕图》和《渔洋山人抱琴洗桐图》等。由此诗首句推测,其时间大约在"前年冬月",也就是康熙二年癸卯(1663)的冬天,地点则在江苏的扬州。[②] 后来,王士禛在《渔洋诗话》下卷第三十四则对此图有过一段妙趣横生的叙述:

方嵞山(文),桐城人。居金陵。少多才华,晚学白乐天,好作俚浅之语,为世口实。以己壬子生,命画师作《四壬子图》:中为陶渊明,次杜子美,次白乐天,皆高坐,而己伛偻于前,呈其诗卷。余为题罢,语座客曰:"陶坦率,白令老妪可解,皆不足虑;所虑杜陵老子,文峻网密,恐嵞山不免吃藤条耳。"一座绝倒。[③]

方文的友人孙枝蔚所作《题方尔止四壬子图》一诗对该图的画面有更为具体的描述:

嵞山攻诗三十载,老来作事何痴癫。不愿左揖安期袖,不愿右拍洪厓肩。
但愿论文遇陶叟,更招杜白坐两边。工部请吟收京作,太傅请书讽喻篇。
杨柳未衰身在宅,菊花才香客送钱。古今怪事无不有,四人同生壬子年。
岂无崔相与刘郎,彼虽同庚非高贤。性情已向卷中得,相貌兼求画里传。
丹青无如戴苍好,位置不敢乱后先。列坐宛如师弟子,向往何妨为执鞭。
世人尊杜或嗤白,嵞山大笑看青天。王杨卢骆皆千古,何况白诗近自然。
我命偶合韩与苏,三磨蝎图壁新悬。他时得共四壬子,观者一例增流连。[④]

---

① 方文:《嵞山集》,上海古籍出版社 1979 年版,第 956 页。

② 参见朱则杰:《方文〈四壬子图考论〉》,《西北大学学报》2006 年第 5 期。

③ 王夫之:《清诗话》,上海古籍出版社 1978 年版,第 208～209 页。

④ 孙枝蔚:《溉堂集》,上海古籍出版社 1996 年版,第 328 页。

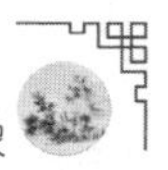

我们由此知道，此图绘有四人，前一后三，呈高低分布。后三人以陶渊明居中，左侧为杜甫，右侧为白居易。三人以宗师之尊高坐其上，而方文伛偻于前，谦恭地呈其诗卷，表现出景仰之态，形成明显的弟子与宗师的关系。这幅画的奇妙之处在于"古今怪事无不有，四人同生壬子年"。杜甫与白居易生于壬子年，文献史料记载甚明，而陶渊明生于壬子，只是关于他出生年代的诸种说法之一而已，但这已经无妨于方文对三者并尊共仰了。而唤起干支纪年中的深层记忆，将晋、唐、清跨及千余年的四位壬子年出生的诗人共绘于一图像，这是多么令人称奇叹绝的文坛之观！

当然，问题如果只是到这里，那么这幅画无非只是具有特别的雅趣而已，并不具有文学事件的意义。即使是"丹青无如戴苍好""相貌兼求画里传"，也只是道出其绘画艺术本身的意趣，仍然未及这幅奇绝作品的真谛。孙枝蔚诗中"岂无崔相与刘郎，彼虽同庚非高贤"句是特别值得注意的。要说明这句的意义，当看一看白居易《花前有感，兼呈崔相公、刘郎中》诗，其云："落花如雪鬓如霜，醉把花看益自伤。少日为名多检束，长年无兴可颠狂。四时轮转春常少，百刻支分夜苦长。何事同生壬子岁，老于崔相及刘郎。"这里的崔相、刘郎指中唐诗人崔群和刘禹锡。此二人与白居易俱为同年生人，亦堪为壬子之俊杰，但在方文的精神世界中，他们与白居易虽同庚，却未可称高贤。

进一步看，清初钱陆灿《题嵞山先生续集乙巳丙午诗》曾提出一个有趣的问题："近来诗卷擅千秋，栎下官高尔止游。何事同生壬子岁，竟无一字学崔刘？"其中"栎下高官"是指方文的友人周亮工（号栎园），他与方氏同生于万历四十年(1612)，岁在壬子。钱氏所提出的问题是：既然栎园与方文都为壬子年生人，为何独倾心于杜甫和白居易，而置崔、刘等诗人于不顾呢？其实稍加考索即可知，与白居易同生于壬子年的至少还有李绅等诗人，方文在《崔李行》中将其归入"古今风雅有神契，况复俱生壬子岁"的范畴，但《四壬子图》中于唐代取则典型，唯尊杜白而不及其余。周亮工在为方文所作的《西江游草序》中有一段话实际上解答了这一问题：

> 而世俗之见鲜与余同，惟吾友方子尔止，其论诗与余最合。盖余闻尔止之言曰：三百篇尚矣，屈宋而后足以追踪继响者，惟汉人乐府……而少陵、香山其源皆出于此。虽气格声响不能画一，而风旨所归，先后同揆，期于闻者足以感动而后止，即有善析者不能岐两家而使之异辙也。而耳食之士，遂以少陵独步，非香山所可几，岂足为通论乎？今使世之为诗者，苟能推白之坦逸以合于杜之雄浑，开合顿挫，自为一气，方足雄据作者之坛……

尔止之论与余合若此。[①]

由此可见,《四壬子图》并非“壬子”名人的聚合,而是一种诗学精神上趋向相同的典型化选择,是诗歌创作取向高度一致的表现。需要注意的是,这里透露出一个信息:明末清初诗坛对白居易诗歌的精神和风格存在着争议,尤其对白居易与杜甫之间的诗学连接存在严重的误解,“尊杜嗤白”“贬抑香山”成为当时颇有影响的诗学话语。上文所引王士禛之谓“陶坦率,白令老妪可解,皆不足虑;所虑杜陵老子,文峻网密,恐翕山不免吃藤条耳”,其实也是在少陵与香山之间划出一条鸿沟。而方文强调的是少陵、香山“虽气格声响不能画一,而风旨所归,先后同揆”,亮工对此深表赞同,引为同道。由此看来,《四壬子图》不仅表明方文的自我诗学取向,而且在一定程度上也是一种形象化的诗论,是对当时诗坛“抑白”之说的正面回答。方文曾作有《初度书怀》九首,为顺治八年(1651)40岁生日所作,其二云:“昔闻杜陵叟,降生乃壬子。厥后香山翁,生年亦复尔。相去六十载,英名千古峙。我生幸同庚,性情复相似。酷嗜二公诗,诗成差可拟。”[②]可见方文对“杜陵叟”与“香山翁”,已经在内在诗学精神上一致化了,其崇拜的情感真诚而强烈。

另外需要讨论的是方文对陶渊明的选择与膜拜。陶渊明不仅是文学史上地位崇高的诗人,而且在士族精神史上也是一个不朽的偶像。不论是仕途失意的士大夫,还是安贫乐道的布衣,都为陶渊明的生活选择与思想人格所折服。他数度出仕,而后不愿为五斗米折腰而坚隐不出,其隐逸风度与清高格调成为古代文人的精神范型,对后人产生了深远的影响。白居易用“垢尘不污玉,灵凤不啄膻”来比喻陶渊明的高尚人格,曾创作了为数可观的“效陶”诗。从《效陶潜体诗十六首》《题浔阳楼》《访陶公旧宅》等诗可知,白居易越到中后期,精神上越以陶渊明为皈依。苏轼在《与苏辙书》中说:“吾于诗人,无所甚好,独好渊明之诗……自曹、刘、鲍、谢、李、杜诸人,皆莫及也。”[③]而清代方文更是对陶渊明崇敬有加,自称“手探架上书,先得陶公诗”(《元旦读陶公诗》),其为陶渊明小像题诗,在庐山“明朝寻栗里,相与酹陶公”(《庐山访无可道人》),云“当时晋宋交,公卿莫知数。生既等浮云,死即同朝露。世眼多瞢瞢,谁能测其故”(《庐山诗》其三十一),凡此都可看出其对陶渊明的倾慕。此外,方文在诗法上继承了陶渊明一脉。方文效陶,要旨在于学习其诗的冲淡清雅、天然纯真。方熊评价方文诗

① 方文:《嵞山集》,第771～772页。

② 方文:《嵞山集》,第58页。

③ 北大中文系编:《陶渊明研究资料汇编》,中华书局1962年版,第35页。

道："翕山夫子擅风骚，丙午诗篇体更高。正是苏公绚烂极，勿因平淡妄訾謷。"① 方文的诗学取向正是沿着陶诗"一语天然万古新，豪华落尽见真淳"的路数而发展的。

从以上分析大略可见陶、杜、白三家传承有致的脉络，将三家并论者古来实不乏其人，明末清初亦有不少诗人作如是观，徐芳《西江游草序》即云："古之善言情者，莫如陶彭泽、杜少陵、白香山，其词淡朴真至，使人无不可解而卒不可到……吾友方尔止以文名天下有年，其于诗，独好彭泽、少陵、香山而摹拟之。"②这实际上已与钱陆灿《题翕山先生续集乙巳丙午诗》"壬子同年作者同，陶公杜公与白公。若修岁谱兼诗谱，又记翕山江以东"完全同调了。这里我们赞同朱则杰先生的意见："方文的诗歌在艺术师法上正是以白居易为主，上窥杜甫，同时兼及陶渊明的。也正是因为如此，所以《四壬子图》对方文来说，既原本'同生壬子年'这一客观因素，又同时反映出诗歌创作的主观取向，具有诗学上的意义，这才是真正的巧合。"③

第二节 《四壬子图》题咏揭示的"节义坚守"与"诗道质朴"

古人好游历交往，方文生当明清之际，其平生交游面较宽，既有邢昉、顾梦游、阎尔梅、万寿祺、陈子龙、孙枝蔚、纪映钟等以气节相重、拒不食"周粟"的遗民，也与出仕清廷的龚鼎孳、宋琬、施闰章、徐乾学、王士禛有交往，同时还得到钱谦益等一批文坛耆宿的青睐。《翕山集》中展开了一幅清初诗坛文人交往、结为同道的画卷，文会雅集的场面次第出现，足为诗史增色。而自《四壬子图》出现，以之为中心的题咏相当踊跃，诗画两端达到了有效的互动与融贯，方文交游网络由此又建立起一重精神链接，成为诗人间契合的新标志。以下简略介绍几位诗人的题咏情况：

姚若翼，字伯右，一字寒玉，江苏江宁（今南京）人。为人豪爽，有晋贤风致，擅画墨梅，时号"姚梅"。方文与他结识于崇祯年间，《翕山续集》卷二《为姚寒玉六十寿》称："寒玉才如不羁马，诗情酒态狂而野……更出新意采真瓣，点缀笔端奇复奇。曾为我题四壬子，钟山花蕊供驱使。又为我涂草堂壁，根柯宛在空山里。"④

---

① 方文：《方翕山诗集》，黄山书社 2010 年版，第 920 页。

② 方文：《翕山集》，第 765～766 页。

③ 朱则杰：《方文〈四壬子图考论〉》，《西北大学学报》2006 年第 5 期。

④ 方文：《翕山集》，第 985 页。

方拱乾,初名策若,字肃之,号坦庵,又号甦庵、云麓老人、江东髯史等。安徽桐城人。顺治十四年(1657),因受江南科场案株连,于1659年被流放于宁古塔。自宁古塔放还,客居扬州,有机会一睹从弟的《四壬子图》并题咏。《四壬子图为尔止弟题》云:“开辟以来四壬子,支干若为诗人使。曹刘沈宋几时生,茫茫岁月谁缕指?哲弟称诗世共传,堕地同符岂偶然。哀愚莫怪难方驾,自悔先生十七年。”[①]方文有《从兄坦庵先生招饮寓斋看菊,率成二首》其二有云:“从来小谢论诗合,为我重题壬子图。”并自注曰:“予与陶、杜、白三公皆壬子生,有《四壬子图》。”[②]

汪懋麟,字季角,号蛟门,江苏江都(今扬州)人。康熙六年(1667)进士,授内阁中书。因徐乾学推荐,以刑部主事入史馆充纂修官,修明史,撰述最富。他与汪楫同里且并有诗名,时称“二汪”。著有《百尺梧桐阁集》26卷。汪懋麟题诗对《四壬子图》作了直观的注脚。诗云:

客从白门来,示我壬子图。壬子者为谁,晋唐三老夫。
旁有嵞山氏,脱帽依坐隅。生年既无异,赋性岂有殊。
黄菊秋正华,东篱且提壶。长镵托为命,入谷声相呼。
有时弹清琴,知音良不诬。古今虽异代,先后皆同趋。
况乃抱奇节,此君非腐儒。千载思高人,图画安可无?[③]

王又旦,字幼华,号黄湄,顺治十五年(1658)戊戌科进士,由潜江知县历官户科给事中、户部都给事。他善于作诗,极富文采风流,官声、诗名皆重,与诗坛领袖王士禛并称“二王”。康熙二年(1663)十月,“(方文)过扬州,再晤孙枝蔚、戴苍、吴嘉纪、汪楫。十九日,王又旦初度,孙枝蔚、房廷祯、吴嘉纪、郝士仪、汪楫集石塔寺,先生后至,论诗至深夜,翌日共饮汪楫斋头。又旦为题《四壬子图》”[④]。虽然王又旦的题咏诗今或不存,但方文的《喜关中王幼华见访草堂》提及王曾作此诗:

广陵城西木兰院,与君僧舍初相见。是日偏逢岳降辰,旨酒嘉鱼聚群彦。
我年最长居上头,衮衮谈诗夜未休。坐中欣赏君第一,从此心期胶漆投。
来朝复饮汪生处,尽日流连不忍去。刻烛为题《壬子图》,笔端疑有神灵助。[⑤]

① 方拱乾:《方拱乾诗集》,黑龙江教育出版社1992年版,第467页。
② 方文:《嵞山集》,第1061页。
③ 汪懋麟:《百尺梧桐阁集》卷三,上海古籍出版社1980年版。
④ 李圣华:《方文年谱》,人民文学出版社2007年版,第412页。
⑤ 方文:《嵞山集》,第974页。

阎尔梅,字用卿,号古古,号白耷山人、蹈东和尚,江苏沛县人。明崇祯三年(1630)举人,为复社巨子。甲申、乙酉间,为史可法画策,史不能用。乃散财结客,奔走国事。清初剃发号蹈东和尚。诗有奇气,声调沉雄。著有《白耷山人集》。阎尔梅是在龚鼎孳葬母时遇到方文的,自此他们唱和不倦。阎尔梅有两首诗涉及《四壬子图》。《题方尔止四壬子图》云:

> 靖节先生家栗里,高卧北窗征不起。人知其卒在元嘉,不知其生岁壬子。杜陵天宝之诗人,香山变为长庆体。迨有明兮千余年,桐城堀生方尔止。四子皆以壬子生,先后文章辉青史。画作词坛聚讲图,著其干支称世纪。我闻宗氏少文喜卧游,满屋琴书画山水。抚弦动操万峰鸣,如置身在烟泉里。又闻谢子敬微爱步兵,手图长啸对孙登。古人初不问穷达,一往辄复有深情。尔止此图傲古人,自命风雅之功臣,上下千秋若同堂,旦暮遇之须眉新。惜哉汉图无画工,不图风雅图麒麟。[①]

他的另一首诗《桃花城秋夜赠方尔止处士》虽未在题目中出现“四壬子”的字样,但行文中也提及了这幅图,同样可看成是对《四壬子图》的题赞:“尚论古今作诗史,晋唐三子皆壬子。异代同年殊不偶,画成一图传不朽。”[②]

此外,《四壬子图》的题咏者还有前面提及的孙枝蔚、钱陆灿、王士禛等诗人。其中,孙枝蔚其人与题诗都是相当引人关注的。孙枝蔚,字豹人,号溉堂,陕西三原人。明亡后,他虽客居扬州,但不忘故乡,因名其所居曰“溉堂”,以寓西归之思。他工诗词,多激壮之音。因为在康熙十七年(1678)参加博学鸿词科考试之故,他被史家排除于遗民之外。卓尔堪《明遗民诗》不录溉堂,现存各种《明遗民录》中也都没有溉堂的名字。对于应考,他虽金榜有名,但好友杜濬用《与孙豹人书》劝其勿作“两截人”。枝蔚颇为动容,最终书写了《告终养疏》而得以放归。考察孙枝蔚全人,仍应置于遗民和布衣群体论之。

清初以扬州为中心的江淮诗人群中,孙枝蔚是有其特殊影响力的。他与方文为挚友,方氏去世后,枝蔚的悼词《长相思》写得泣血锥心:“长相思,长相思,不道如今长不归,更寻相赠诗……恨悠悠,梦悠悠,满腹文章一土丘,魂仍招得否?”[③]在方文的友人中,枝蔚与他唱和最多,今存诗歌 59 首、词 5 首,其《寄怀方尔止》诗必当一读:

> 布袍终日走风尘,白月青灯念故人。两眼山河家四壁,十年龙凤梦三春。

---

① 阎尔梅:《白耷山人诗集》,上海古籍出版社 1996 年版,第 273 页。

② 阎尔梅:《白耷山人诗集》,第 273 页。

③ 孙枝蔚:《溉堂集》,第 639 页。

离离怕见花枝动,蔼蔼长教酒盏亲。为问新诗应更好,愁中销我髩如银。①

如果说其《题螽山诗卷首》“看似寻常最奇崛,成如容易却艰辛。螽山诗合荆公语,轻薄何劳哂古人”只是就诗论诗而已,《题方尔止四壬子图》则是基于“布袍终日走风尘,白月青灯念故人”深切同情和理解之后的情感表达。孙枝蔚集中也有相当可观的仰陶、崇杜、效白之诗,其中所透露的是彻底的“布衣情结”。这里需要指出,清初诗人,经历了天崩地裂、海飞山立的激烈动荡之后,出世与入世成为一个大问题,而两者之间往往只有一步之遥,甚至只是一念之差。俞显于顺治十五年(1658)曾寄书布衣诗人李确云:“举世莫不好纷华,而先生独守寂;举世莫不好富贵,而先生独食贫;举世莫不好荣达,而先生独处卑湿。”②由此可见,顺康之交士族中普遍存在着纷华与守节、富贵与食贫、荣达与卑微的选择,面临的心理挑战和压力是巨大的,相当一批士子在仕进与守节的歧路口彷徨。此时方文《四壬子图》面世,明确祭出陶、杜、白三家之旗,而聚集于扬州的文士纷纷题咏,无论是顺时入仕者,还是逆势拒仕者,都在以下两个方面对方文加以赞许:

一是节义坚守。汪懋麟称道方文“奇节”“高人”,阎尔梅称“古人初不问穷达,一往辄复有深情”,实际上都是对方氏在清初所秉持的节义、所达到的道德的高度肯定。陶渊明与杜甫自然都是甘于箪食、瓢饮、陋巷、孤贫的典型,白居易亦是勘破穷达、不随浊流之智者,所以方文向晋唐三夫子的膜拜,在一定意义上也是一种宁隐勿竞、甘为布衣的精神诉求。这种“不酣豢于富贵,志气自清;不奔走于形势,性情自澹;不营逐于世故,神理自恬”③的道德形象,是为时人默会心识、服膺钦慕的。

二是诗道质朴。纪映钟在《题方螽山徐杭游草》中称赞方文“以自然为妙,一切纤巧华靡、破裂字句,从不泚其笔端,垂三十年,守其学不变,而日造坚老纯熟,冲口而道,如父老话桑麻,不离平实,却自精微”④。自然、坚牢、平实,其实正是螽山体的本质特点,这种质朴的诗道由陶渊明而及杜甫,再经白居易传承,至方文而发扬光大。明清之际,山飞海立的动荡之后,诗歌应该如何发展,为一代诗人所考虑。当宋元诗渐成新追求时,方文坚守陶、杜、白的诗学路径,以质朴的诗歌表达澹直悲凉的情怀。这是一种区别于台阁典丽雕绘之气的诗学风范,既非绝对宗唐,亦非隐然入宋元,颇为同道者诩扬。

---

① 孙枝蔚:《溉堂集》,第 361 页。

② 俞显:《西堂来书》,李确:《蜃园文集》卷二,民国刊本。

③ 杭世骏:《道古堂文集》,上海古籍出版社 1996 年版,第 320 页。

④ 方文:《方螽山诗集》,黄山书社 2010 年版,第 918 页。

《四壬子图》作于康熙二年(1663),这一年方文52岁。虽然新朝已经建立二十年,但明遗民尚存,其反清的斗争还在继续,对明王朝的怀思并无止息。方文《四壬子图》是以新异的题材和面貌以图系史,而在江淮征集题咏唱和则起到以诗存史的作用。征诗,实际上是一种精神认同的达成。这种风雅之举虽然主要是诗学范围内的活动,但在清初特定政治文化生态环境中,一切诗学活动都非绝对纯粹,必然带有一定的遗民色彩,既可见遗民的思潮涌动,也可见遗民间的精神激荡。而扬州作为清代初期具有特殊地缘政治意义的地域,一时更是聚集了众多文坛高士和布衣名流,这是《四壬子图》产生的环境,也是其扩大影响的基础。

概言之,《四壬子图》之所以成为当时之话题,并为后人所津津乐道,是方文其人和清初这个时代契合的结果。无方文其人,自无遥跨漫长历史岁月的四壬子的奇异聚合;但脱离了清初扬州这个遗民汇聚的具体时空,《四壬子图》的影响力也将大为下降。从这一意义上说,《四壬子图》是清初特定历史所造就的。

第三节 方文其他征题作品与清代诗人绘画题咏现象

"题咏"之"题"源于中国画中的品题,即以题写的方式,对图像之像主作出应和,或对图像之内容进行品评。题的文字或短或长,或叙事或抒情,或文或诗。其文,称"题赞""题跋";其诗或其他韵语形式,则称"题咏"。清人钱泳《履园丛话·收藏》云:"晋唐名迹,品题甚少;即有品题,不过观款题名而已。至宋元人始尚题咏。"[①]有直接书写于画卷之上者,可视作画中补诗,借诗之艺术为绘画增重,既是绘画产生、存在、传播的见证,也起到评鉴和促进再传播的作用;亦有就画题咏,畅意而为,不留字迹于画卷者,这已与诗人之间的唱和风调意致相似了,只不过唱和的直接对象是特定图像,而不是诗歌作品。

绘图征集题咏是一种颇为风流的行为,这种雅好至明清尤甚,方文是这种文化行为的实践者和助推者。他是一个艺术感受极强的诗人,且与同时代画师交往很多,不但本人为时人撰诗题画,也常常将自己的生活情景、个人遭际和创作境况请画师绘为写真,四处征求题咏。除《四壬子图》外,尚有《抱瓮图》《采药图》《庐山图》《苦吟图》《松图》等。其《采药图用谈长益韵》曾先自题云:"山人采药向中陵,独抚松杉慨不胜。浸酒欲收贞一子,编篱皆用忍冬藤。苗分薇蕨春烟冷,米聚菰蒋秋水澄。却讶灵均好奇服,制荷衣又索胡绳。"继而广征题咏,孙枝蔚《方尔止处士采药图》有谓:"壮士谁教入涧阿?画图看罢泪滂沱。"可知方

① 钱泳:《履园丛话》,上海古籍出版社2012年版,第177页。

文并非以自题诗征和,而是持图示友、征求题咏的。以图载事,持图征诗,图像与诗歌架起双桥并通向了征题者的心灵。

这里对《抱鸳图》的征题原委作一解读,因为它是方文生平中又一重要的文学事件。顺治十三年(1656),方文家中惨遭变故:其妻暴死,外家深怨,遣人将方氏怀有身孕的小妾金鸳杀害,且发生了掠夺田产的纠纷。方文四处奔走却不得伸冤,抑郁难纾,而后不得不举家移至枞川。次年作长篇《述哀》诗详录其事,有道:"去年三月初,奇祸来顷刻。大妇中风死,外家构成隙。小妇横被戕,胎堕复脑坼。凶人斩我后,田园又见夺。……夺田犹自可,杀人何太恶。杀人而夺田,世无此狼贼……况怀五月孕,预喜孙枝茁。匪因霜露陨,乃遇豺虎咥。"[①]金陵画师悲其遭遇,为金鸳作《抱鸳图》。不久,方文准备北游京师以排遣愁闷之情,经扬州与孙枝蔚道别,请他给《抱鸳图》题诗。《溉堂集》卷九有《尔止索题姬人抱鸳图》,其四云:"面上春风纸上尘,有情谁不泪沾巾。坠楼往事虽堪痛,相迫尤应是外人。"[②]此外,龚鼎孳、王士禛、宋琬、许珌、雷士俊、严沆等人也都纷纷为此图题咏。邓之诚《清诗纪事初编》卷一载:"文有《抱鸳图》,遍征题咏。盖闺人金鸳,为豪宗夺田所杀,堕胎而死。鸳者,冤也。不能报冤,而报之以图咏。海宇鼎沸之际,似此横逆,当复不少,世间正有荼苦耳。"[③]

稍作比较可以知道,方文的《述哀》诗与《抱鸳图》实际上源于一事,而且《述哀》很可能即画师所作《抱鸳图》的蓝本。方文也曾将《述哀》诗示人,今见录于《嵞山集》卷二《述哀》诗后的题咏诗仅梁以樟、宋琬、孙枝蔚数家而已,俱为单篇。《抱鸳图》一旦征题,和者甚众,而且既有以单篇和者,亦有以组诗和者。由此可见,图像征题作为一种诗人间交游的手段,比以诗章征题更具有激发力和传播力。如果成为一种普遍的交游方式的话,图像征题定然会为清代诗歌史增加许多艺术趣味和人文色彩。这里我们不妨稍稍拓宽视野,聊举数例来看一看清代诗人绘画题咏的现象。

从现有的文献资料看,清人征求题咏叠和的画像在内容上主要表现为以下三个方面:

一是体现山水意趣、表达隐逸倾向的作品。典型的例证如徐釚的《枫江渔父图》。康熙十四年(1675)年,时年 40 岁的徐釚请钱塘画家谢彬为自己绘此图像。实际上,该图的人物乃由谢彬绘成,而周围的景致则系钱塘画家章声所补。画面以真人写照为主,山水补景为辅,采用近、中、远横列的三段式画法来表现

---

① 方文:《嵞山集》,第 104～107 页。

② 孙枝蔚:《溉堂集》,第 387 页。

③ 邓之诚:《清诗纪事初编》,明文书局 1985 年版,第 121 页。

枫江的秋景，江水、岩石、竹林、枫树构成自然景观；像主徐釚上着开襟短衫，下着宽裤，头戴斗笠，盘踞于篷船船头，与书及酒具相伴，右手持钓竿，显示出一个与世无争、怡然自乐的人生角色。《枫江渔父图》绘成后，像主徐釚便携带此图与当时的文坛名流交游唱和，四下索题。所题者有诗，有词，有律绝，有歌行。纳兰成德云："收却纶竿落照红，秋风宁为翦芙蓉。人淡淡，水蒙蒙，吹入芦花短笛中。"顾贞观云："十里烟波唤小红，问他鸥鹭可相容。歌浩荡，影空蒙，一笠重寻是画中。"梁佩兰云："洞庭莺脰浩荡游，划波两桨蜻蜓舟。珊瑚钓竿执在手，欲下不下心悠悠。"此图题咏者竟达九十人以上，均出自诸大老之手，洵极一时之盛，堪称清初诗、书、画精彩绝伦的展示。[①] 康熙二十六年(1687)，徐釚携带此画回到故里吴江。康熙三十四年(1695)，曾将画面上的题咏辑刊行世，为一时盛事。

二是表现伦理道德、传达孝悌情感的作品。清道光年间，江苏武进才子汤贻汾曾画有一幅《吟钗图》，图中的老妇人是汤贻汾之母杨氏。她出身江苏武进世家，婚后遭遇家变，在悲痛艰难中始终持家有法，使子孙有成。断钗乃汤母杨氏陪嫁之物，原本完好，与杨氏相伴近 40 年，但某夜就枕时玉钗却戛然而折。老人对承载着杨氏家族温暖和情感的物件不意而毁伤心不已，口示《断钗》二绝云："美便无瑕断亦休，晓奁宵枕梦悠悠。于今别有思亲泪，记与钗时新上头。""镜非台已悟空门，赠嫁钗簪半不存。三十九年千万路，鬓丝丝断玉还温。"贻汾深深体会到母亲断钗后的悲伤，和诗云："瑶琴掷碎砚焚休，精卫难填此恨悠。今日新吟动凄怆，玉钗无恙语从头。""梦隔梅花小院门，卖珠侍婢亦无存。难忘兄妹寒窗夜，钗股挑檠鸭鼎温。"[②]不久画成《吟钗图》恭录母亲诗于其上，在日常交游圈和家族亲友中广泛征题，江南人士"争看彩笔传佳话"[③]，"海内争传忠孝门"[④]。自《吟钗图》面世，历数十年，海内士人继声歌咏者多达数百人。其中，《国朝闺秀柳絮集》收录吟咏此图的女诗人就有 60 余人，有往往一题再题者。那些唱和题咏之作，经杨氏后人多次收集整理，编为《断钗吟》四卷。

三是具有趣味性、民间色彩浓厚的作品。乾隆年间，罗聘的《鬼趣图》广为流传，激起文人的兴趣，获得大量题咏。《鬼趣图》为组图形式，共 8 幅。所画之鬼各呈怪异之状：有的赤身跣足，前后追逐；有的手持藜杖，面目凄怆；有的腾于云间奔走；有的则若枯木乱石中的骷髅。自《鬼趣图》创作完成之后，罗聘便将

---

① 参见邓实辑：《中国古代美术丛书》第三册初集第六辑《徐电发枫江渔父小像题咏》，国际文化出版公司 1993 年版，第 97 页。

② 汤贻汾：《琴隐园诗集》，《清代诗文集汇编》第 526 册，上海古籍出版社 2011 年版，第 206 页。

③ 黄秩模编、付琼校补：《国朝闺秀诗柳絮集校补》，人民文学出版社 2011 年版，第 845 页。

④ 黄秩模编、付琼校补：《国朝闺秀诗柳絮集校补》，第 1284 页。

此图携带在身边。他一生中三次上京都携带此图,《鬼趣图》简直成为罗聘游走于公卿之门的敲门砖,而此图之“奇”也激发了从公卿贵族到一般文人的极大兴趣。姚景衡题咏曰:“久闻鬼趣图,乃在髫龄时。壮年游京国,晋接名贤仪。每于巨集中,获诵鬼趣诗。”可见罗聘当时以此图“搏名流之玩”是相当成功的。各方人士的题咏,立场角度都不相同,有持无鬼论者谓:“旨趣由来妙不知,偶然涉笔作儿戏。光天化日元无鬼,墨客文人例好奇。”(潘仕成)但多数人将信将疑:“吾闻此宇宙,一以气机贯。万有莽纷迹,人鬼恒居半。人者气之凝,鬼者气之涣。”(英廉)亦有洞察其中揶揄之意者:“白日青天休说鬼,鬼仍有趣更奇哉。要知形状难堪处,我被揶揄半世来。”(吴照)今国家图书馆藏海山仙馆藏版《鬼趣图题咏》中所收题咏者共 75 人,包括翁方纲、程晋芳、姚鼐、蒋士铨、钱择石、张问陶等一大批名家,而且有不止乾嘉文人,亦有道咸间文人。可见对罗聘《鬼趣图》的题咏(跋),是一个不断累积、叠加的过程。[①]

诗与画在艺术上具有同源性、互通性,内在关联度极高。明清文人往往都有良好的诗歌和绘画的修养,许多诗人兼具画家身份,而画家们也几乎无不擅诗。可以说,诗人们的那片天地同样也是画家的天地,这种天然的诗画一体的文化氛围和艺术修养是清代画像题咏现象普遍存在的基础。应该看到的是,即事成画、持画征题、因画成诗是一个环环相扣的过程,也是诗人间人际交往互动的过程。像主(或绘画者)借此正可以扩大影响,使其进入特定的文化圈,甚至凭借图像与诗歌所形成的情感符号和艺术标志使自身向经典作家趋近。在这一艺术活动中,显然越具有出世意向、德性内蕴、艺术趣味的作品,越能激发兴味,获得更多的题咏唱和,而方文《四壬子图》恰恰是既包含道德力量,又不执著于功利,同时也有极大的巧合性、趣味性。这样的题材,得到当时和后人的重视就是必然的了。

无论在清代诗歌史上还是在图像史上,《四壬子图》都具有符号意义,而该图从产生到题咏的全过程,作为一个文学艺术事件有得到充分重视的理由。就方文研究来说,也许研究《四壬子图》并不如研究“嵞山体”更具有直接的诗学意义,但这一研究的路径又何尝不通向和切近“嵞山体”呢?如果要进一步拓展研究思路,将诗歌史和图像史作为文学艺术关联度极高的艺术范畴结合起来考察的话,那么《四壬子图》显然不失为走向这个艺术范畴的一个既有趣又有价值的样本。总的来说,清代诗歌与图像的互动共生关系还有待于激活,本章只是一个抛砖引玉的尝试。

---

① 参见李瑞豪:《乾嘉文人与〈鬼趣图〉》,《古典文学知识》2014 年第 1 期。

第二章　曹寅《楝亭图》及题咏：孝义寄思与家族文脉传承

在题咏文学研究中，经典意象会构成一种文化想象，《楝亭图》便是一例。《楝亭图》是曹雪芹祖父曹寅为追思父亲而专门请多名画家所绘的同题作品。画卷反映了曹寅对父亲的忆想和怀念，题咏则是对孝道的提倡和深化。本章论析了图像产生的背景及文化价值，阐释了清代文学与美术的互文与再生，为多维视角下的艺术研究提供新的构建趋向。

第一节　曹寅《楝亭图》及题咏的文化背景

曹寅作为文学家，相关问题多有钩稽和归纳，为学界所关注，但是对其征题《楝亭图》的分析，特别是对题咏的观照，却乏有探论。因此，对《楝亭图》的解构，将是一个值得思索的问题。

《楝亭图》与曹寅其人一样，较早地被红学家所研究、所重视，是作为曹雪芹和《红楼梦》研究的背景材料出现的。红学家周汝昌曾在《红楼梦新证》中考证出《楝亭图咏》诗歌群，这为本章写作提供了重要的文献参考；而学者启功对《楝亭图咏》的绘画分析，又使得研究者可以更具象地观看这幅九人同题创作、几十位江南士人题咏的孝义传家画卷，由此感受清代文人的画风和性情。

要了解《楝亭图》的形成过程，就要从画卷题咏的发起人曹寅说起。

曹寅(1658～1712)，字子清，号楝亭，亦号荔轩。他的先世为汉族，原籍奉天辽阳(今属辽宁)。自曹寅祖父起就为满洲贵族的包衣，隶属正白旗。曹寅官至通政使，管理江宁织造，巡视两淮盐漕监察御史。

曹寅生活的年代是清初康熙统治时期。众所周知，曹寅的家族是富贵之家、风雅之门。父亲曹玺原名尔玉，字完璧，是曹振彦的次子。曹玺是个亦文亦武的才智人物，他历官江宁织造三品郎中加四级，赠工部尚书衔。由于这样的家族权势,曹寅在年轻时就有机会结交众多的江南士人。这其中一部分是在京城结识的,但大多数是在任职织造时结识的。据史料记载,与曹寅有诗文唱和、交往者约200人。曹寅是主盟江南的重要人物;当为确论。

曹寅不仅具备良好的艺术素养和清正的文化气质,而且具有深厚的家学渊源和密集的交游网络。曹寅诗、词、曲皆通,爱好藏书、刻书,热衷主持地方文化活动。显赫的官员和文人身份、交接人物之盛、结识士人声名之高都是他有文化影响力的直接缘由。对于海内文士的接纳广度,既体现了康熙一朝对文人的包容度和文化自由度,也展现着对管理江南和观看江南的文化自觉态度。曹寅在江南的20余年间,成为主持江南风雅、众望所归的艺文人物,也继承着其父的文化积累,在江南地区享有极高的声誉。

曹寅自号“楝亭”,结集亦名《楝亭集》,包括《楝亭诗钞》《楝亭词钞》等,文人也多称他为“曹楝亭”。“楝亭”,既是曹寅的名号,也是替代曹寅其人的文化符号和声名称谓。那么曹寅自称“楝亭”的原因是什么呢?

这源于康熙二年(1663)其父曹玺任江宁织造时手植的一株黄楝树。由于楝树树大可荫,曹玺在树下建亭,故名“楝亭”。楝亭大致位于江宁织造署(今南京大行宫处)庭院之中。楝亭不仅是曹玺休憩、课子、督儿之所,也是父亲在曹寅心中的物化形象。康熙二十三年(1684),曹玺受命再次督理漕运入京,不料身患重疾而亡。此时,曹寅未过而立之年,父逝之事带给他极大的伤悲,也使得他刻骨地铭记住了遗训:“遗戒惟训诸子图报国恩,话不及私。”[①]以上足以说明楝亭既是一个具体的建构物象,又是饱含家族传承情绪和伤逝悲义的情感意象。

《雪桥诗话》续集卷三记载:“楝亭者,督织造于金陵,署旁构一亭,以为荔轩兄弟读书之所,手植楝树以为表识。完翁弃世,荔轩袭职南来,见高树之扶疏,睹庭楹之如昨,绘《楝亭图》,题咏甚富。”[②]曹玺死后,曹寅先后请名家画手绘制了多幅同题《楝亭图》。当时,许多有名望的文人学者都对此画写有题咏。对曹寅而言,楝亭不仅是怀念先人以及追慕家德家风的哀思存在,而且后来逐渐变成曹寅绵延家风、弘扬家德以及携友交游的雅集场所与文化标志。曹玺逝世几年以后,曹寅继任此官,他结识江南文人雅士的机会也越来越多,这也就为《楝亭图》题咏的逐步完善和广泛传播提供了文学便利。

现存的四卷《楝亭图》,作画者和题咏者共计60多人,几乎包括了康熙时代的当朝名人,他们多为著名诗人、学者和画家。《楝亭图》曾被收藏家张伯驹收

① 康熙《江宁府志》卷十七《宦迹》,清康熙二十三年(1684)稿本。

② 杨钟羲:《雪桥诗话全编》,人民文学出版社2011年版,第942页。

藏过，今藏于国家图书馆。"《楝亭图咏》现存四卷，内容是清初许多名家所画的《楝亭图》和题咏楝亭的诗、词和赋。各段都是纸本方块，纸色并不一致，可知原来是若干本册页，不知何时被拆开，各自搭配，改装成卷。每卷大致都是前边装几页画，后接若干家题写的诗文。"①

九位画家分别为程义、戴本孝、恽寿平、严绳孙、陆漻、沈宗敬、禹之鼎、黄瓒、张淑。其中，以下几位画家的画作值得重点关注：

戴木孝(1621～1691)，字务旃，号鹰阿山樵。安徽休宁县人，侨居安徽省和县。戴本孝父名戴重，明朝灭亡时绝食而死。戴本孝是典型的遗民画家，为遵从父亲遗训，入清后绝意仕进，以诗画自娱。存有《余生诗稿》。戴本孝是黄山画派的代表人物，以画山见长，尤善于使用枯笔。他笔下的《楝亭图》构思新巧，凸显了其绘画长处，观者很容易被茫茫如雾、点苔细腻的山脉所吸引。楝亭的简淡之美是通过淡远的江南山脉烘托出来的，幽邃之美是通过近处的野鹤、小桥衬托的。《楝亭图》题咏云："天章云锦迈芳型，遗爱人人仰楝亭。江气山光应护惜，感思霜露草青青。辛未小春遇司马张公祖瓜浦署中，因出示荔翁老先生《楝亭图》册，委命续貂，寄呈。"由此可知，《楝亭图》是张纯修请戴本孝创作的。据此推测，很多题咏画作有可能是通过中间人传递画册进行征集的。

禹之鼎(1647～1716)，字上吉，号慎斋。江都(今江苏扬州)人。康熙时供奉内廷，官鸿胪寺序班。他善画仕女、文人小像，作品有《护送贵妃荔枝图》《放白鹤图》《国门送别图》等。禹之鼎以画肖像见长，山水不及肖像。《续桐阴论画》这样评价禹之鼎的山水画："山水未脱町畦。"②禹之鼎《楝亭图》共两幅。第一幅《楝亭图》题有："荔轩老先生属写《楝亭图》，偶然走笔，并试里句请教。"第二幅《楝亭图》题有："偶读楝亭诗画册，知先贤曹大人退食舒啸处也。余向游白门，曾客斯亭，坐卧其下。今瞻荔翁继美；复吟《楝亭》，一时宇内文人归依，歌韵图绘弥帙，所谓地因人传。"两幅《楝亭图》创作时间不同，第二幅比第一幅清雅细腻。第一幅是"偶然走笔"所作；第二幅是画家偶读楝亭诗画册后完成的，追忆了画家与曹寅的交游，也记录了此时图册已有不少文人题咏的情况。

恽寿平(1633～1690)，初名格，字寿平，后以字行，改字正叔，号南田、云溪外史、白云外史、东园客、草衣生等。江苏武进(今常州)人。著作有《瓯香馆集》《南田诗草》《南田画真本》等。恽寿平自成一格，善画花鸟，继承宋元技法，画法工整，笔墨洒脱清隽，色调柔秀清新，有"恽派""常州派"之称。他尤以没骨花卉见长。恽寿平绘《楝亭图》用写意法，突出楝树的形似和枝叶的秀逸。画家把亭

① 《启功全集》，北京师范大学出版社2010年版，第109页。

② 秦祖永撰：《续桐阴论画》，同治三年刻本。

子置于楝树的远景之中,也是一种精巧的构思。

严绳孙(1623~1702),字荪友,号秋水,后号藕渔,又作藕塘渔人,江苏无锡人。康熙十八年(1679),严绳孙以布衣举博学鸿词科,授翰林院检讨,筑雨青草堂,以书画著述终老。严绳孙与朱彝尊、李因笃、潘耒并称"四布衣"。严绳孙题诗:"闻道司空旧草亭,至今嘉树想仪型。分明一片棠阴在,遥对钟山万古青。补衮勋华奕叶新,芳亭绿树几回春。即今衔命吴趋者,元是窗前夜读人。"

九位画家描绘的图像内容大体一致,图绘的构图都比较简单、明晰,整体的美学风格较为舒雅。画卷的远处是水云弥漫的秀山,而近处楝树遮蔽下的空间为草亭,草亭的前面则是湖石,有的画者画了许多块状的碎石。有的图绘出现了向远方观看、沉思的人物(应为曹寅本人),而有的图像则没有。

第二节 清代士人书写的《楝亭图》题咏

《楝亭图》是重要的历史文献,所以对《楝亭图》文献资料进行梳理,可以展现清代文学家的心路历程和交游履历。题咏之作不限于诗歌,还有词与文:"此图绘者甚多自恽寿平、禹之鼎,以次凡数家。人各一幅。清初名公题者几乎备矣。尤西堂一家即两题,一为诗一为赋。纳兰容若与顾梁汾同用韵题词二阕,而容若书之。分装为四卷。亦巨观也。此为研讨《红楼梦》作者之绝妙资料。"①

题咏始于康熙二十四年(1685),大约持续到康熙三十一年(1692)。书画家张伯驹收藏过《楝亭图》,他罗列了题咏诗人名录:

> 纸本,图着色,墨笔。共十幅。盖曹完璧官江宁织造曾于署中亭畔手植楝树一株,没后,子寅官苏州织造,再官江宁织造,楝树犹存,因为楝亭图咏,以追怀先德。于此图咏亦可探索《红楼梦》影射之人物。共四卷,第一卷,一图黄瓒,二图张淑,三图禹之鼎,并自题诗。卷后题咏者成德、顾贞观、潘江、吴暻、王方岐、唐孙华、陈恭尹、吴文源、方仲舒、顾彩、张渊懿、方嵩年、林子卿、袁瑝。第二卷,四图沈宗敬,五图陆漻,张景伊题诗,六图戴本孝,并自题诗。卷后题咏者姜宸英、毛奇龄、张芳、杜浚、余怀、梁佩兰、秦松龄、严绳孙、金依尧、王丹林、顾图河、姚廷恺、吴农祥、费文伟、王露。第三卷,七图严绳孙,八图恽寿平,九图程义,并自题诗。卷后题咏者何炯、徐乾学、韩菼、徐秉义、尤侗、杨雍建、王鸿绪、宋荦、王士禛。第四卷,十图禹之鼎,并自题诗。卷后题咏者,尤侗、徐林鸿、冯经世、田时发、邵陵、许孙

① 潘伯鹰:《观书画记》,《潘伯鹰文存二:艺海夕尝录》,上海辞书出版社2013年版,第41页。

菑、潘炳义、石经。[①]

纳兰性德是图绘最早的题咏人，也是曹寅的好友。

纳兰性德(1655～1685)，字容若，号楞伽山人，满洲正黄旗人。大学士明珠长子。康熙十五年(1676)进士，授乾清门三等侍卫，后循迁至一等。有《通志堂集》、词集《纳兰词》。他的词《满江红·籍甚平阳》揭开了楝亭图绘的本事：

籍甚平阳，羡奕叶、流传芳誉。君不见、山龙补衮，昔时兰署。饮罢石头城下水，移来燕子矶边树。倩一茎黄楝作三槐，趋庭处。

延夕月，承朝露。看手泽，深余慕。更凤毛才思，登高能赋。入梦凭将图绘写，留题合遣纱笼护。正绿阴青子盼乌衣，来非暮。

康熙二十三年(1684)，纳兰性德护驾南巡，曾到江宁织造府拜访过曹寅。翌年五月，曹寅携图至京，请纳兰性德等人题咏，“入梦凭将图绘写，留题合遣纱笼护”。此后不及一个月，纳兰性德便染病而亡，年仅31岁。生前，纳兰性德还作有题咏文《曹司空手植楝树记》。

《楝亭图》题跋蔚为大观，为了廓清其文化脉络，以得知清代诗人的诗思与性情，这里选取一部分，兹录如下：

(1)王方岐诗：

遗泽传毫素，瑟瑟悲风生。风生今为谁？孺慕多远情。
春晖暖嘉树，霜哀有馀清。昔日授经处，新条与云平。
含辛寄木末，遐瞩空屏营。海内此亭古，应闻堂构名。

按：王方岐，字武徵，号蒙谷，江都(今江苏扬州)人。明遗民，与郑昕庵、徐地山等并称为“竹西十佚”。著有《蒙斋诗集》。

(2)陈恭尹诗：

昔闻诗礼地，地是叹人遐。夜月虚茅宇，春风到楝花。
自公曾许国，有子善承家。手泽垂垂在，清阴迥未涯。

按：陈恭尹(1631～1700)，字符孝，初号半峰，晚号独漉子，广东顺德人。与屈大均、梁佩兰并称“岭南三大家”。著有《独漉堂诗集》。

(3)方仲舒《题楝亭二首》(其一)：

昔闻舅氏马秋竹，盛称知己曹司空。十年晤对儒生似，一树摩挲宾客同。

---

① 张伯驹：《烟云过眼》，中华书局2014年版，第174页。

遥想层阴作新语,至今密叶含清风。难忘手泽佳公子,索取诗篇传阿翁。①

按:方仲舒,字董次,号逸巢,桐城人,寄籍江宁。方苞之父。康熙年国子监生。著有《江上集》《棠村集》《爱庐集》《渐律草》《卦初草》《逸巢焚余稿》。

(4)余怀题诗《寄题楝亭二截句》:

赏心亭子说秦淮,今日风流让署斋。
一楝婆娑清荫好,依稀王氏种三槐。
司空名德在千秋,画翣传闻出石头。
谁咏君家"华屋"句,白杨风起恸西州。

按:余怀(1616~1695),字澹心,福建莆田人,侨居金陵(今江苏南京)。以遗民自居,终老布衣。著述甚富,有《味外轩文稿》《板桥杂记》《茶史》《平生萧瑟诗》《三吴游览志》《枫江酒泉诗》等。

(5)梁佩兰诗:

一见画图怜大孝,司空手植意无涯。
伤心好似冬青树,三月孤亭哭楝花。

按:梁佩兰(1629~1705),字芝五,号药亭,又号郁州,广东南海(今广州)人。著有《六莹堂集》。

(6)秦松龄诗:

古人歌棠阴,嘉誉被百世。今人多贻谋,仿佛得斯义。
曹公富家学,训迪周弗备。哲嗣尤象贤,渐摩独纯粹。
种树列阶墄,春雨积苍翠。政成忽遄归,清影亦蕉萃。
岂期大贤后,衔命复踵至。交柯日蕃滋,继述信有自。
为图著永久,指画传盛事。孝思在千秋,于此庶不匮。

按:秦松龄,字汉石,号留仙。江南无锡人。著有《毛诗日笺》《苍岘山人集》《微云词》。

(7)韩菼诗:

嘉树疑从赤水移,小铃秋到子离离。
鲤庭徙倚浑如昨,谱入家风祖德诗。②

韩菼(1637~1704),长洲人,字元少,别号慕庐。康熙十二年(1673)进士。

---

① 周汝昌:《红楼梦新证》,译林出版社2012年版,第220页。未注题咏皆出自本书。
② 陆时化:《吴越所见书画录》,《续修四库全书》第1068册,上海古籍出版社1996年版,第331页。

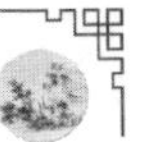

著有《有怀堂诗文集》等。

(8)乐钧诗《题楝亭图四首》：

康熙中，内府汉军曹君，董三官江宁织造。手植楝树于庭。已而，其子荔轩继官于此，因作亭而写图焉。韩慕庐先生为之记，今藏黄闻峰员外家。荔轩自号楝亭，后为两淮盐政。

一

支茜园深绛雪飞，当年初点使臣衣。
登楼印绶传佳梦，重见郎君帅武威。

二

亭外花风信欲阑，流苏宫紫散春寒。
可怜博得韩宣誉，画入冰绡更好看。

三

东郡趋庭事已陈，一株长殿秣陵春。
婆娑料得无生意，送过曹家两代人。

四

比似甘棠已百年，洛阳忠孝至今传。
千金自买姚黄贡，不费官家少府钱。[①]

按：乐钧(1766～1814)，原名宫谱，字元淑，号莲裳，别署梦花楼主，江西临川人。嘉庆六年(1801)举人。因家贫，奉母侨居江淮间，为两淮盐政曾燠招致幕中。著有《青芝山馆诗文集》《耳食录》。

(9)王鸿绪《曹荔轩楝亭图》：

束发诵三百，蔽芾南国棠。遗爱在斯民，犹戒翦拜伤。
何况仁孝心，手泽讵忍忘。猗欤司空公，惠政敷江乡。
官廨植嘉木，蔼蔼扬清光。蟠根滋地脉，繁实凌冰霜。
茅亭却丹雘，素心用何臧。婆娑一枝下，授经声琅琅。
哲嗣双凤举，芭采辉岩廊。伟略裕终贯，丽藻追班扬。
惟帝曰作服，黼黻资垂裳。元方拜命出，玉节来金阊。
黾勉公务余，秋色忽已苍。万山隔亲舍，白云邈茫茫。
长叹感风木，物在人云亡。忾僾若闻见，燕吴遥相望。
蓼莪怀罔极，三复尝淋浪。古来艺苑内，奇树标篇章。
孔明庙前柏，德操园中桑。君子志隐节，大匠惜栋梁。

① 乐钧：《青芝山馆诗集》，《清代诗文集汇编》第481册，上海古籍出版社2010年版，第277页。

岂若本至德,乔荫含馨香。试展楝亭图,难以绘事量。
渊哉霜露思,永与日月长。①

按:王鸿绪(1645～1723),初名度心,字季友,号俨斋,又号横云山人,江苏华亭(今上海松江)人。康熙十二年(1673)进士,授翰林院编修,官至户部尚书。著有《横云山人集》《横云山人词》。

(10)纳兰性德《曹司空手植楝树记》:

诗三百篇,凡贤人君子之寄托,以及野夫游女之讴吟,往往流连景物,遇一草一木之细,辄低回太息而不忍置,非尽若召伯之棠:"美斯爱,爱斯传"也。又况一草一木,倘为先人之所手植,则睠言遗泽,攀枝执条,泫然流涕,其所图以爱之而传之者,当何如切至也乎!余友曹君子清,风流儒雅,彬彬乎兼文学政事之长,叩其渊源,盖得之庭训者居多。子清为余言,其先人司空公当日奉命督江宁织造,清操惠政,久著东南;于时尚方资黼黻之华,闾阎鲜杼轴之叹;衙斋萧寂,携子清兄弟以从,方佩觿佩韘之年,温经课业,靡间寒暑。其书室外,司空亲栽楝树一株,今尚在无恙:当夫春葩未扬,秋实不落,冠剑廷立,俨如式凭。嗟乎!曾几何时,而昔日之树,已非拱把之树;昔日之人,已非童稚之人矣!语毕,子清愀然念其先人。余谓子清:"此即司空之甘棠也。惟周之初,召伯与元公、尚父并称,其后伯禽抗世子法,齐侯汲任虎贲,直宿卫,惟燕嗣不甚著。今我国家重世臣,异日者,子清奉简书乘传而出,安知不建牙南服,踵武司空。则此一树也,先人之泽,于是乎延;后世之泽,又于是乎启矣。可无片语以志之?

(11)叶燮《楝亭记》(节选):

公以暇辄偃息于斯,以寓其先忧后乐之意。今司农公荔轩及弟筠石两先生,公之贤嗣也;天子仍授司农公以公之官,而移府治于苏州,乃绘楝亭以为图,于先泽三致意焉。海内贤大夫士名公卿至传观为盛事,咸作诗歌以称述之。燮最后获观,乐其流风余韵之必传也,乃作而言曰:"昔人有言:'君子可寓意于物,而不可留意于物。'"夫意之所寓,其人之品行、事业、道德、文章,皆于是乎在。故古之君子,有不敢苟焉于此者也。夫亭以木名,而木惟楝,不同于梗、楠、杞、梓之为材,然有华有实,可藉以为用,又大异乎樗栎之为散材。②

① 王鸿绪:《横云山人集》,《清代诗文集汇编》第168册,上海古籍出版社2010年版,第217页。
② 叶燮:《已畦集》,《清代诗文集汇编》第104册,上海古籍出版社2010年版,第367页。

按：叶燮（1627～1703），字星期，号己畦，浙江嘉兴人，清代文学批评家。晚年定居吴江横山（今江苏苏州），人称“横山先生”。康熙年间进士。任宝应知县，后因得罪上官而罢职。能诗文，著有《己畦集》《原诗》。

（12）倪灿诗：

一

匹马衔悲客复来，空馀亭畔楝花开。西风听雨情何极？落日看云首重回。
两字孝忠存父训，一原道义是师裁。苍苔白石犹如昨，写入丹青意更哀。

二

休言兰室与兰房，吟向寒风意味长。亭是传经扬子宅，树同亲植召公棠。
当年执卷论心在，此日流观满眼伤。炙砚临文报金石，扶疏绿荫忍相忘。

按：倪灿（1626～1687），字阍公，号雁园。江苏上元（今南京）人。康熙十六年（1677）举人，康熙十八年（1679）召试博学宏词，授翰林院检讨。长于史学，善诗文，精书法。著有《扬雄太玄经校正》《雁园集》等。

（13）王士禛诗：

孤亭思旧德，岁岁楝花风。浇用千牛乳，来从五柞宫。
甘棠终忆召，大树尚留冯。手泽劳封殖，无忘赋《角弓》。[①]

按：王士禛（1634～1711），字贻上，别号渔洋山人，山东新城人。顺治十四年（1657）进士，初官扬州推官，入为部曹，转至翰林，刑部尚书。康熙四十三年（1704）罢官归里。创神韵说，诗作甚丰，著有《带经堂集》《渔洋山人精华录》《居易录》《池北偶谈》等。

从汇系的题咏作品看，作者既有明遗民，又有博学鸿儒。钱澄之题咏：“承命以册页征诗，敝邑人士久慕风谊，勇于请教，而诗多页少，未能广征，然能诗者大半在此矣。疑此册未必如此其短，或诗人书法不善，窃自裁去耳。”[②]“诗多页少”，“能诗者大半在此矣”，说明曹寅征集图咏之多。钱澄之认为短制画册极有可能是一些诗作被不善书法的诗人裁掉了。虽然这种推测并不一定正确，但至少证明图咏征题作为清代文人的一种风气，是被文人重视的，书法功底亦在考量之列。

通过以上题咏，增进了对题画诗的认知，走进了文人内心世界。曹寅知艺好客，交友甚广，众多的题跋在一定程度上反映了清代文人士人的生活方式和学人气度。由此可以看出，一方面清代诗人互相赠答，互为激励，成为一种创作

① 王士禛：《带经堂集》卷二，清乾隆刻本。

② 钱秉镫：《田间尺赎》卷三，光绪三十四年本。

路径;另一方面绘画形式呈现出美术与文学并美的互为景象,题画诗已经成为那个时代文人倾注诗思与画意的心灵慰藉。

第三节 《楝亭图》题咏的阐释视角

梳理题咏是理解诗人鉴赏诗作的基础。从《楝亭图》看到什么,易言之,解读《楝亭图》的意义在哪里,这将是一个值得深入思考的问题。应该指出的是,以上摘引的题咏并非楝亭图卷的所有题跋,而是有所择取的题咏片段。这些作品,或为诗歌,或为词曲、文赋,都表明了孝义传家之道和士人们重视家族、亲情的人伦观念。

楝树形象的根繁叶茂呈现出曹家文脉有后的传承生态,诗人们借助楝树的形象来张扬曹寅的家风、家德文化。楝树有根,文人有后,曹寅继承着曹氏家族的文化基因,播传着江南文化的诗学成果。楝树不仅是曹家的精神象征和文化符码,而且是江南文脉成熟的标志意象。

第一,楝树意象传达的是父慈子孝、孝义传家的家族亲情文化。楝树是亲情浓化所在,是后代延续孝道之思的精神寄托。

孝是人伦道德的一种,它不仅是士人的立身之本,而且是立国之本和道德之本。孝不仅指对父母有恭敬之心和赡养之职,而且表现为对祖先有敬宗的虔诚精神。讲求孝义、孝义传家是古代士人的自觉品格,也是儒家所宣扬的孝悌规范。儒家传统把孝悌放在极为重要的地位,不仅注重士人齐家守业的道德涵养,而且鼓励士人追求"修身、齐家、治国、平天下"的道德境界。儒家认为,尽孝与尽忠是同一性的,由尽孝走向尽忠也是孝子忠臣的必由路径。

孝悌之道是清代士人恪守的家族守则,在传统中国文化中也占据极高的地位。梁漱溟认为:"说中国文化是'孝的文化',自是没错。"[①]"这不仅是因为中国崇孝是世界闻名的,更在于它是中国文化的'根核所在'——中国文化自家族生活衍来,而非出自集团。亲子关系为家族生活核心,一'孝'字正为其文化所尚之扼要点出。"[②]

而作为诗人、藏书家的曹寅就是践行孝道文化的士人楷模。在清代,士人

---

① 梁漱溟:《中国文化要义》,学林出版社 1987 年版,第 307 页。
② 梁漱溟:《中国文化要义》,第 307 页。

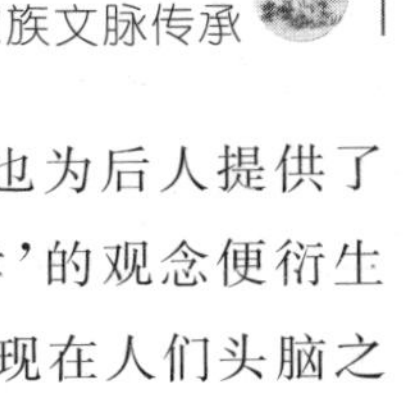

对孝悌观念加以强化,对孝道进行再思考,其具体的家族行为也为后人提供了道德范式。"'亲亲'是属人类感情范畴。随着家庭的诞生,'孝'的观念便衍生而来。孝以两种形态,即对在世的尊长和对去世的尊长的孝出现在人们头脑之中。尊长在世,须奉养、尊敬、服从;父母去世,须吊念、追终、祭祀。当与祖先崇拜联系起来时,化作人自觉的认识和行动,孝便成为一种心理定式,一种带有文化意义的模式。""曹寅煞费苦心地选用孝悌文化作为他吸引当时江南名士的切入点,把孝悌文化作为了其纪念父亲、塑造形象的载体符号。"①

康熙二十三年(1684),曹玺去世。曹寅由此陷入了生命中最为愁苦的境地,他在《放愁诗》中回忆了慈父爱子、育子的亲子场景:"白发坐堂,绿发立阶。良食绗尔,含饴哺孩。手足辑睦,琴瑟静偕。千春相保,咫尺莫乖。丰获勤耨,馑粥伛偻。"②同年,《楝亭图》被创作出来,同题绘画、多人创作的现象颇为少见,画家知名度之高、题咏人之盛、题咏时间之长等都可窥见《楝亭图》在曹寅心中的地位之重。

从绘画文本看,《楝亭图》基本算是"无人图",绘画着墨的重点在于楝树。民间传说,楝树可成为植树者逝世时的灵柩。曹玺手栽楝树的目的并非在此,但是植树者已逝、后人借楝树意象追思寄情却是不争的事实。在曹寅几年以后出任江宁织造之时,仍不遗余力地拜访名家、请人题咏,由此亦可看出曹寅不忘慈父、追忆感伤的孝子情怀。

每一次翻阅画卷都是曹寅对父慈的追忆和怀念,而每一次请人题咏和作画都是对楝亭孝思的延续和深化。曹寅的孝道精神在题咏中得以传播和发扬,通过题咏也使士人们不断认同着中华孝道文化。

以下诗歌皆从立孝和尽忠的角度赞扬了曹寅的孝子之为。金依尧题跋:"追思既已匹曾、闵,孝于父者忠于君。吁磋乎!子职尽,先德彰;一时人士共称扬。君不见莱公柏,召公棠,至今千载留清芳。一自我公兹植后,不令古人独擅场。"③倪灿诗:"两字孝忠存父训,一原道义是师裁。苍苔白石犹如昨,写入丹青意更哀。"④张渊懿诗:"孝思嗟不匮,俯仰伦纪彰。栽培因笃厚,春风弥繁昌。"⑤

① 毛策:《孝义传家:浦江郑氏家族研究》,浙江大学出版社 2009 年版,第 82 页。

② 曹寅:《楝亭集》,上海古籍出版社 1978 年版。

③ 周汝昌:《红楼梦新证》,第 312 页。

④ 周汝昌:《红楼梦新证》,第 291 页。

⑤ 周汝昌:《红楼梦新证》,第 287 页。

费文伟题跋:“身遥侍红云,手泽念畴昔。孝思发华滋,白云荡胸臆。”[①]乐钧诗:“比似甘棠已百年,洛阳忠孝至今传。”[②]秦松龄题诗:“为图著永久,指画传盛事。孝思在千秋,于此庶不匮。”梁佩兰诗:“一见画图怜大孝,司空手植意无涯。伤心好似冬青树,三月孤亭哭楝花。”杜濬题诗:“托根得其所,布叶自然稠。已宿慈乌稳,还添孝雀修。”方仲舒诗:“孝友文章楝亭里,宁俟建立声名喧。”吴文源诗:“扬大孝,伸大忠,挥大文章建大功。蔼然称为儒者宗,不愧千秋思召公。”[③]

第二,图咏颂扬的楝树不仅是曹氏家族的文化象征和代指符码,而且是凝聚着家族情感的精神标志和哀思投射。它既是一棵展现家族荣誉、家族文化根深叶茂的秀林嘉树,也是一棵家学传播和文脉传承的希望之树。

钱穆认为:“当时门第传统共同理想,所希望于门第中人,上自贤父兄,下至佳子弟,不外两大要目:一则希望其能具孝友之内行,一则希望其能有经籍文史学业之修养。此两种希望,并合成为当时共同之家教。其前一项之表现,则成为家风。后一项之表现,则成为家学。”[④]

家风是家族道德感的传承和优化,是慎终追远精神传统的继承和坚守。清白、孝义家风是曹寅家族的传统风尚和优良传统。而家学是文化承传道统,家学之树可以起到勉学的作用,文化的继承通过楝树的意象加以升华。

楝亭文本、楝亭符号得以保存,图卷中这棵普通的楝树逐渐形成了家族性的传递放大。曹家是与皇家关系较为密切的、荣受皇恩巨福的家族。从曹玺开始,曹家由武转文,更加注重文化教治的功用,逐渐转变为江南地方性文学家族。曹玺任江宁织造后,更加注重对后代的培养,注重家风和家德的延续和巩固。康熙一朝,曹玺、曹寅、曹颙、曹頫祖孙三代,任此职长达六十年,“一家世掌丝纶业”(田时发题咏),“父子同官世泽长”(杨雍建题咏),这样的家族荣耀和皇家职责是对曹氏家族文化的肯定。

自曹寅起,家学的继承意识和文脉的自觉绵延愈加强化。曹寅喜好文艺又爱好藏书,精通诗词、戏曲和书法。曹寅深厚的文化教养和广泛的文化活动,营造了曹家浓郁的文化艺术氛围。康熙四十四年(1705)五月,曹寅奉旨总理扬州

① 方晓伟:《曹寅评传》,广陵书社 2010 年版,第 331 页。

② 乐钧:《青芝山馆诗集》,《清代诗文集汇编》第 481 册,上海古籍出版社 2010 年版,第 277 页。

③ 周汝昌:《红楼梦新证增订本中》,第 309 页。

④ 钱穆:《中国学术思想史论丛》,东大图书公司 1977 年版,第 171 页。

书局,负责校刊《全唐诗》,次年九月刊毕试印,“进呈御览”。康熙皇帝于四十六年(1707)四月亲撰序文,五十年(1711)三月正式出版。五十一年(1712)三月,曹寅又奉旨刊刻《佩文韵府》,且亲至扬州天宁寺料理刻工。曹寅弟曹宣在年轻时以博学多才著称,而在曹氏家族中的最具名声的当为文学家曹雪芹。

在“楝亭”的文化含义中,另有一个重要侧面就是曹玺在树下课子。

“课子”的“课”字源于古代幼教方式的一种——“自课”,一般“以父亲的角色最为重要,其次是祖父和母亲,再其次是父系其他的长辈,以及家中其他的男性长辈,或恰好有能力又有闲暇的家人”①。课读,不仅可以帮助后代进学,提高后代的文化素养,从而出人头地,而且还暗含着光宗耀祖、保存文化正宗的目的,而这些对一个家族的兴盛是十分必要的。

《楝亭图》虽然只是绘画作品,但也是中国古代家族文化发展的产物。图像与题咏都承载着较为丰富的人文信息,具有一定的代表性。《楝亭图》带有家训般道德规范的性质,也是可以保存的家族兴学样本;《楝亭图》题咏,可以使世人一睹清代士人重学尚读的基本镜像,体认清代家族家教培养的重要性,感受到中国古代家风的绵长悠远的潜在意识。同时,图咏也包括使后代维持家业的想法,因为兴学的优良传统亦可巩固政治地位、稳固经济财富。

第三,楝树是一棵反映曹寅文化交游广泛的友情树,而楝亭则是一个互通江南文学的场所空间。

题咏是慨然为歌、四方和之的结果。“座客挥毫写珠玉,司徒和泪写丹青。”(张景伸题咏)“座客挥毫”“司徒和泪”强调了楝亭图咏是真情流露之作。尤侗《送曹荔轩机部移驻江宁四首(其二)》:“三载苏台驻节时,邦人争咏衮衣诗。”②韩菼《楝亭记》:“海内而皆兄弟也,则亦皆子孙行也,有不触于孝子之心者乎?”③程义题诗:“友贤下士何惺惺。”这些诗都体现了楝亭客多的文化事实,楝亭可以成为精神标志,也源于曹寅众多的交游人数。“客至皆题楝,从今有楝亭。难将一掬泪,洒作万年青。夕雾收全幔,寒山掩半屏。悠悠后来者,材否念居停。”④

题咏人数多达60多人,题咏者名高才大,“及至曹楝亭来做苏州织造,他更

---

① 熊秉真:《好的开始:近世士人子弟的幼年教育》,台湾“中研院”近代史所、美国戴维斯加州大学历史系编:《近世家族与政治比较历史论文集》,台湾“中研院”近代史所1992年版,第222页。

② 尤侗:《艮斋倦稿》卷五,清康熙刻本。

③ 韩菼:《有怀堂文稿》卷八,清康熙四十二年刻本 。

④ 端木蕻良:《曹雪芹》,江苏文艺出版社2009年版,第366页。

结识了大批的文学之士,这时期他征题求咏的行动也最活跃……若仅仅是这种应酬来往,并不说明多大问题,怎奈他们的关系实不止此。他们诗文唱和甚多”①。“我们可以看到当时江南汉族名士对曹寅人品与文才的认同;而《楝亭图》和曹寅《楝亭集》中以满汉诗人唱和为题材的诗歌也恰好成为了明清之际满汉融合时期见证满汉文化、南北诗人之间交流的重要史料。”②

综上所言,《楝亭图》及题咏是文化型家庭家学建构的图像记忆和文化记忆,是孝道文化的展示景观,也是清白家风与清华道德传承的具体体现;同时,在《楝亭图》及其题咏中我们亦可以感受到亲情的绵绵浓意和扩大家族文化传播力的气势,所以这也是一幅激活文化世家“家学观”的图景。图咏是历史的绣像,《楝亭图》一经创作,就如同家谱等家族文献的附件,一同随着家族血脉的延续而传承下来。后人在观摩、研究、感悟《楝亭图》的同时,必然也经历着对其家族文化博大精深的体认。

---

① 周汝昌:《红楼家世:曹雪芹氏族文化史观》,黑龙江教育出版社 2003 年版,第 160 页。

② 方晓伟:《曹寅评传·曹寅年谱》,广陵书社 2010 年版,第 146 页。

第三章 《湖楼请业图》题咏:清代闺阁文人诗学风气的高扬

《湖楼请业图》全称为《随园十三女弟子湖楼请业图》,是展现清代江南诗学理论家袁枚招收、提携女弟子的群体肖像。《湖楼请业图》的生成背景为随园老人在浙江杭州的两次湖楼集会,这样的以女性诗人为中坚力量、规模浩大的文化造势在清代尚属首例,起到了开拓闺阁文人诗学风气的作用。《湖楼请业图》,不仅印证了袁枚在江南的诗坛盟主地位,而且带动了清代江南女诗人的诗学创作。"湖楼"是杭州西湖的缩影,"请业"是随园女弟子对性灵诗学的崇尚之举。"湖楼请业"发生于具有人文渊薮的江南地域,足见江南诗学、教育风气的开放和繁盛。

第一节 《湖楼请业图》的文化背景——湖楼雅会

清代士人闲暇雅会是颇为风流的行为。由于清代政治的安定和经济的繁荣,为士人们的雅集活动提供了较为稳定的社会环境。对于士人而言,雅集是彰显个人诗学地位和呈现文艺创作、批评风貌的平台和媒介。士人们借助雅集的舞台互动交流、提高诗艺,通过雅集次数的增多和成员身份的不俗来为自身的文化行为造势。越是名流士人,经历的雅集数量往往越多,也越热衷于雅集活动的开展。作为乾嘉诗坛盟主的袁枚,一生雅集无数,他曾经请无锡的画家吴省曾绘制了《随园雅集图》,该图像描绘了沈德潜、蒋士铨、庆兰、陈熙以及袁枚五人雅集的场景。

如果说《随园雅集图》标榜和阐发了以袁枚为核心的男性文人的诗学观念,那么《湖楼请业图》则是对清代江南女性诗学风气的高度张扬。"粉云墨雨,张宴湖楼,当时传为佳话”[①],是清代诗坛非保守派对袁枚雅会的普遍赞誉。因为湖楼雅会的声势浩大,《湖楼请业图》理所当然地成为考察袁枚和随园女弟子诗学的重要切入点。

袁枚(1716～1798),“性灵派三大家”之一,字子才,号简斋,又号仓山居士,人称随园先生,钱塘(今浙江杭州)人。乾隆四年(1739)以一甲第五名进士及第,选翰林院庶吉士,历任江苏溧水、江宁各县知县共七年。袁枚一生著作较多,有《随园诗话》《子不语》等著作传世。

袁枚在艺术主张上追求性灵解放。他的“性灵说”别树一帜、开放恣肆,拨开了陈腐诗学的尘雾,开启了个人化的性情诗学的篇章。袁枚其人也是颇具批判意识的文化思想家,提出了很多不同流俗的文化见解和学术立论。袁枚的文艺思想自成理论体系,对清代中叶诗坛产生了极为深远的影响。

在独学冥思的基础之上,袁枚注重扩大学术文化的影响,他不仅结识了思想观点相近的赵翼、张问陶等著名诗人,而且广招随园弟子,自建诗学门派,编撰了理论著作《随园诗话》与“性灵派”成员诗集等。作为“山中宰相”,他中年辞官后就寓居于南京小仓山,以随园为艺术领地,构建富有性灵色彩的交游文化网格,扩展诗学思想的维度,带动士人的诗学风雅。随园俨然成为袁枚“自铸文化圈”的象征。

袁枚所铸造的文化圈不但包括以袁枚家族成员为主的家族网状文人圈,而且也包含以非血缘纽带建立起来的江南友人和师生圈。而江南士人的妻子、女儿也逐渐接受着诗学巨擘的思想熏陶和学术传播,一同踏入了随园的诗学领地并开辟了杭州一脉的浙派文域,她们的作品散射出女性个体独到的诗学光芒和在当时颇为勇敢的见识。

自明代至清代,妇女的识文断字普及率逐渐提高,尤其是在经济和人文较为发达的江南地区,女性读书已呈现出蓬勃之气。然而就总体而言,女性读书尚属少数,读书女性多生活于中上阶层的士大夫家庭。有清一代,女性诗歌创作、女性结社、妇女文学的勃勃生机已然显现出明晰的地域化和家族化色彩。然而闺阁诗人即便可以接受到家族内外的教育,就其总数而言,还是少量的、局部化的。因此可知女子尚未普遍地走出闺阁,也就更难与男性公开地交流、切磋,彰显声名,顺畅地确立女性诗人的主体身份,从而具备足够的身份认同感。

传统社会的人们遵循着女性“内言不出于阃”的训诫,所以袁枚敢于公开地招收女弟子、宣传收女徒对于很多人来说就是个异端。自明代李贽首开师传提携的风气后,袁枚就承续流韵余波,“敢为天下先”。他不仅招收了女弟子四十

① 施淑仪:《清代闺阁诗人征略》,上海书店1987年版,第326页。

余名(有的研究者认为还要多),两次召开闺阁诗会,而且还两次请人绘制了《湖楼请业图》,并刊刻了《随园女弟子诗集》。这样成系统的、有规划的文化造势和诗学展示在当时是颇有胆识的。袁枚招收女弟子在今日看来虽不足为奇,但在当时却有"冒天下之大不韪"的舆论风险,故而遭受攻击、不被认同就成为必然。

第一次湖楼诗会是在乾隆五十五年(1790)春,时年75岁的袁枚回杭州扫墓,顺带招集十余位女弟子举办了湖楼诗会。女弟子孙云凤作有《湖楼送别序》:"我随园夫子,行年七十,妇孺知名,所到四方,裙钗引领。庚戌四月十三日,因停扫墓之车,遂启传经之帐,凤等抠衣负笈,问字登堂,一束之礼未修,万顷之波在望。畅幽情于觞咏,雅会耆英;作后学之津梁,不遗闺阁。持符召客,女弟子代使者之劳;置酒歌风,武夷君作幔亭之会……"①

袁枚在临行前则作《庚戌春暮寓西湖孙氏宝石山庄临行赋诗纪事》:"红妆也爱鲁灵光,问字争来宝石庄。压倒三千桃李树,星娥月姊在门墙。"②从以上的序文和诗作可知,第一次湖楼会的具体时间是庚戌四月十三日,地点在西湖孙氏宝石山庄。

第二次湖楼雅会是在乾隆五十七年(1792)春,此年袁枚有重游天台之行,回来时经杭州,遂再办湖楼诗会。

袁枚《随园诗话》卷五描绘了第二次雅会的热闹场景:"今年,余在湖楼,招女弟子七人作诗会。太守明希哲先生从清波门打桨见访,与诸女士茶话良久。知是大家闺秀,与公皆有世谊,乃留所坐玻璃画船、绣褥珠帘,为群女游山之用,而独自骑马还衙。少顷,遣人送华筵二席、玉如意七枝,及纸笔香珠等物,分赠香闺为润笔。一时绅士艳传韵事,以为昔日[illegible]亭太守所未有也。"③

上述提到的太守明希哲即为明保。明保颇为好客,亦崇拜知名文士。在第二次湖楼诗会的前一日,他听说大名士袁枚来杭,便邀请袁枚作客,态度甚为谦恭。此时的袁枚就直接招收了两位女弟子,一名梧桐,一名袖香,皆为明希哲之妾。

文章并没有直接写雅会的声名有多高,而是借太守友情出演来抬高雅会的地位。这样的出场带有瞬时性,太守并未参加湖楼会,而是只身骑乘而归。太守的贡献是不仅仅出让了自己所坐的玻璃画船,以作为闺秀游山行水的工具,而且还赠送了筵席和闺秀的润笔费,这种待遇是从未有过的。可见太守起到了雅会赞助人的作用。雅会资用既是一种私人化的赠予和感谢,又似乎是某种官

① 袁枚:《新式标点随园女弟子诗选》,新文化书社1934年版,第23页。

② 袁枚:《袁枚诗选》,人民文学出版社2009年版,第169页。

③ 袁枚:《随园诗话》,江苏古籍出版社2006年版,第520~521页。

方政府为宣传本地和招待名士所输出的费用。

《湖楼请业图》是对两次湖楼雅会的影像式的美学记录。由于当时并没有发达的照相技术,所以雅集的回顾和描述也必须通过绘画才得以完成。这种绘画颇似今天的艺术照,图像记录与才女之题咏相谐,试图对雅会有更生动的诠释和总结式的保存,是文献的另一种形式——图像文献。然而这种记录又不完全等同于真实事件,带有个人化喜好和创造性添加的主观因素,以致它并非原发历史的记述。

袁枚暮年招收了不少女弟子,参加湖楼之会的亦不在少数,然而能够列入图绘的仅有十余人。《湖楼请业图》与《随园女弟子诗选》一样,既是随园老人对袁门弟子的才艺筛选和精英化的提携,又把弟子的诗格、诗品作出了排次。在袁枚临去世的前几年,他仍不遗余力地携图请人题咏,可见图绘在他生命中的位势之重。在随园老人晚年,经历了很多病痛的折磨和人情的善变。很多女弟子都先他而逝,他对晚年的生活也格外珍视,同时对自创的性灵诗学有极强的眷恋感和焦虑感。这幅图是袁枚最后学术的终结和总结,所以他对这幅图特别眷注,也试图用这幅作品所蕴含的师承理想为自己弥留的生命注入活力。

第二节 《湖楼请业图》:袁枚女弟子的才艺群像

《湖楼诗传》卷七云:"子才来往江湖,从者如市。太邱道广,无论赀郎蠢夫,互相酬唱;又取英俊少年,著录为弟子,授以《才调》等集,挟之游东诸侯;更招士女之能诗画者共十三人,绘为《授诗图》,燕钗蝉鬓,傍花随柳,问业于前,而子才白须红舄,流盼旁观,悠然自得。亦以此索当途题句,于是人争爱之。所至延为上客,适馆授餐。"[①]《授诗图》即《湖楼请业图》,其版本等技术问题尚存在诸多疑点,对此学者也进行了不少研究。

《湖楼请业图》是设色绢本的手卷作品。范烟桥看过此图:"图丈馀,人物皆粉面艳装,工细浑厚,兼而有之。随园有手书跋语,记图中人姓氏里居。越年以亡去三人,续隶三人,复为补图于其后。题咏甚夥,匆匆过目,有若走马看花,殊可惜也。"[②]图的尺寸为 41 厘米×302.5 厘米,与文中的"图丈馀"是一致的。作品不仅完整保存了图像,而且存有四纸文人题跋。

《湖楼请业图》大约作于第一次湖楼文会五年之后,即 1796 年。作者为尤诏和汪恭。尤诏,字伯宣,号柏轩,苏州人。写真得陆春畦法,与金启并称为"吴

---

① 王昶:《蒲褐山房诗话新编》,齐鲁书社 1988 年版,第 32~33 页。

② 范烟桥:《鸱夷室文钞》,海豚出版社 2013 年版,第 33 页。

中首望”。汪恭,字恭寿,号竹坪,安徽休宁人,侨居毗陵(今江苏常州),尝居吴门(今苏州)。妙于音律,精于行楷,山水、人物、花鸟皆有佳处。该图合作完成,尤诏写照,汪恭制图。

端方《壬寅销夏录》一书录有该图题跋与钤印。题跋作者有:熊枚、曾燠、胡森、王昶、俞国鉴、吴蔚光、庆林、张云璈、王文治、刘熙、康恺、王鸣盛、梁同书、郭堃、安盛额、成策、徐爔、陈廷庆、张溥、钱大昕、周汝霖、黄安涛、彭龄、归懋仪、吴琼仙、席佩兰、严蕊珠、王蕙芳、戴兰英等。除了袁枚的钤印外,还存有不少题跋者的钤印。

《湖楼请业图》共有袁枚自题前后二跋。由于图绘为拼接增补而成,其具体原因是有弟子去世,所以袁枚授意增加三位女弟子图像(补图者为“老友崔君”),故出现了两个跋语,作者在后跋中有交代。通过观图,可以发现两图的风格也明显不同,可见有创作时间的差异。

前跋云:

> 乾隆壬子三月,余寓西湖宝石山庄,一时吴会之弟子各以诗来受业。旋属尤、汪二君为写图布景,而余为志姓名于后,以当陶贞白真灵之图。其在柳下姊妹偕行者,湖楼主人孙令宜臬使之二女云凤、云鹤也;正坐抚琴者,乙卯经魁孙原湘之妻佩兰也;其旁侧坐者,相国徐文穆公之女孙裕馨也;手折兰者,皖江巡抚汪又新之女缵祖也;执笔题芭蕉者,汪秋御明经之女妽也;稚女倚其肩而立者,吴江李宁人臬使之外孙女严蕊珠也;凭几拈毫若有所思者,松江廖明府之女云锦也;把卷对坐者,太仓孝子金瑚之室张玉珍也;隅坐于几旁者,虞山屈宛仙也;倚竹而立者,蒋少司农戟门公之女孙心宝也;执团扇者,姓金名逸字纤纤,吴下陈竹士秀才之妻也;持钓竿而山遮其身者,京江鲍雅堂郎中之妹名之蕙字芷香,张可斋诗人之室也。十三人外,侍老人侧而携其儿者,吾家侄妇戴兰英也,儿名恩官。诸人各有诗,现付梓人。嘉庆元年二月花朝,随园老人书,时年八十有一。

前跋书写于嘉庆元年(1796)二月,它揭开了《湖楼请业图》的全貌,既交代了成图缘起和背景,又概括了图像的布置内容。前跋中闺秀人物的出场排序与图画的观看次序一致。《湖楼请业图》主体部分(即不含增补的三弟子者)虽是整体性长卷,但是可以分割为五组群像。这种分割是图像呈现后的自然结果,有利于深入了解此图。每组图像形如胶卷一段,它们共同连接了闺秀的风神图影。

第一组为孙云凤和孙云鹤,她们是湖楼主人孙令宜的女儿。孙令宜是湖楼会的赞助人,其女也在随园女弟子中排在重要的位置,所以首先出场的是款步徐行的两姊妹。她们的背后是美丽静雅的西湖，远方也有可能是如黛的孤山。两女子面前是一株苍翠的垂柳，她们仿佛在交谈，也仿佛正欲走近盛会。此组图似乎是湖楼会的主要闺秀特写，出现的人物最少；而景色有纵深感，所以最能展现西湖的特色和湖楼的风雅。

第二组图像共三人，中间正坐抚琴的是孙原湘之妻席佩兰，其旁侧坐的为徐裕馨，而手折兰者为汪缵祖。三人处在翠树劲石围成的环境中，场景带有封闭性，所以自成一图。席佩兰拨琴神闲，态度安然，琴前方还立有香炉。侧坐的徐裕馨形若居士，仿佛在伴着琴声禅修入定。站立的身着米黄色衣服的汪缵祖似乎在赏兰，又似乎在旁观下一幕场景。

第三组出现的才女最多，也更能展露其艺术风雅。此组推出的闺秀有六位，辅助人物为端砚童子。闺秀分别为：执笔题芭蕉的汪妽，倚在汪妽身后而立的秀女严蕊珠，凭几拈毫画梅、若有所思的廖云锦，把卷对坐的张玉珍，端坐于几旁的屈宛仙，倚竹而立的孙心宝。这幅图是画艺图，虽然几案上的笔墨纸砚以及童子手中的砚台物形尚小，但精巧有致，可以以此图代言主题。竹子、芭蕉都是青翠素雅的植物，设置于此，足见画家的匠心。而芭蕉的题写者又似乎是此帧画作的中心，四女子都在注视她的创作，只有廖云锦在为自己的作品进行独立构思。在清代，不论是女性画家还是男性画家，都有不少成熟的作品存世。画作的产生，有的是画者闭门作画的结果，也有很多作品产生于群体聚会的时段。这样的观摩、交流显然为绘画技艺的提高提供了助力和媒介。

第四组展现了两名清秀女子。迎面走来执团扇的女子为金逸，身着淡紫衣；静坐山石后、持钓竿的为鲍之蕙，身着翠衣。与闺秀服饰、相貌相对应，苍竹、山石、清池的场景安排显得十分恰切、洁雅。这幅图有行乐休闲的意味。

第五组与前四组形成了某种隔离，这有可能是画师的有意设置，也有可能是袁枚授其为之。这种安排旨在把男性先生与女弟子分离开来，园林的花窗和墙壁有隔挡的作用。此外，花窗又具备一定的可视性，能起到框景湖楼的美学作用。这样就可以通过袁枚的视角来观看才女，也就更具朦胧、浪漫的色彩。画卷中的袁枚面态雍容、白髯低垂，很深的眼袋现出衰老之态。而他又脚穿红鞋，似乎显示出他有一颗不老之心。他右手扶纸，似在构思诗作，案几旁边还有笔墨砚纸。侄妇戴兰英站于袁枚侧旁，即为"侍老人侧而携其儿者"。兰英之子恩官年龄较小，略显胖态，笑容可掬，手执如意的他十分有趣。戴兰英《题湖楼请业图》是典型的题咏诗，诗作既交代了兰英自认为"忝入"《请业图》的欣喜，又抒发了她因从师袁枚而如坐春风的自在："诗人慧业雅作图，公独创以湖楼呼……

公因小阮怜鄙人,丹青补在空虚处。”[①]

《湖楼请业图》后跋交代了补录三名女弟子的原因在于有两名女弟子仙逝:

> 乙卯(1795)春,余再到湖楼,重修诗会,不料徐金二女都已仙去,为凄然者久之。幸问字者又来三人,前次画图不能羼入,乃托老友崔君为补小幅于后,皆就其家写真而得。其手折桃花者,刘霞裳秀才之室曹次卿也;其飘带佩兰而立者,句曲女史骆绮兰也;披红襜褕而若与之言者,福建方伯玙沙先生之季女钱林也。皆工吟咏,绮兰有《听秋轩诗集》行世,余为之序。清明前三日,袁枚再书。

补图中手折桃花、身着蓝衣的为曹次卿,袁枚弟子刘霞裳之妻。图中穿红斗篷的女子为钱林。飘带佩兰而立的是骆绮兰。

《后湖楼请业图》为《湖楼请业图》的续篇,作于嘉庆二年(1797)八月,即袁枚去世前夕。画幅尺寸为 30.5 厘米×305 厘米。作者为钱东、陈嵩。钱东(1752～1817),字东皋,号玉鱼生,浙江仁和(今杭州)人,侨寓江苏扬州。钱杜从兄。花卉宗恽寿平没骨法,笔致清隽,设色秀雅,小品居多。陈嵩(约 1736～1799),字中岳,号肖生,江苏如东县人。精绘事,工写生,画梅尤出色。《后湖楼请业图》亦是合作艺术品,钱东负责绘图,陈嵩补写树石。

“眼前此幅《后十三女弟子湖楼请业图》写众闺秀相集请业事状,亭馆之中,有执笔欲书者,有临窗吟哦者,有坐曲廊观景者、读书卷帘者,隔岸绿杨堤上,仕女数人则骑马而来,随园主人白眉长髯,正坐水阁沉吟,若有佳篇待制,一客正坐画船携书来访。园中嘉树扶疏,湖石灵珑,水阔地僻,环境极为幽美。”[②]

《后湖楼请业图》是在《湖楼请业图》的基础之上形成的变体,即描摹的人物几乎一致;发生场景一致,都在西湖湖楼;人物从事的活动一致,即请业和诗画交流。如果说有较大的不同,则是图画风格和笔法不太相同:《湖楼请业图》带有保守安静的闺阁气,画中的女子娴雅文静;而《后湖楼请业图》的风格野朴不失趣味,人物展示更加开放自由。

《后湖楼请业图》也可以切分为五个片段进行研究,按照观看绘画的顺序,依次为:其一,携妾带书前来的船中客,有可能是太守和袁枚的女弟子。其二,水阁里的白眉长髯老翁袁枚,和《前湖楼图》几乎一致。其三,多名随园女弟子阁亭论艺,显然已突破了十三弟子的限制,也极有可能是添加了士人的参与情境。其四,以戴兰英和恩官为主的图绘。其五,多名女子骑马前来请业,穿红斗

---

① 匡来明:《随园女弟子诗词》,光华书局 1931 年版,第 144 页。

② 周建锋:《从〈湖楼请业图〉看古代文人雅集》,《收藏》2014 年第 6 期。

篷者有可能是钱林。《后湖楼请业图》卷后附有闺秀的题跋,作者分别是吴琼仙、席佩兰、严蕊珠、王蕙芳、袁淑芳、戴兰英。《湖楼请业图》题跋者多为男性,而《后湖楼请业图》的题跋者皆为女性。

无论是图画还是题咏,文人们都极力把随园女弟子的才艺群像勾勒得淋漓尽致。孙云凤《湖楼请业图》序不算是题跋,但是具备湖楼请业"总题咏"的文学意味,映射出画与诗的双重格调。它借一个赴会女弟子的口吻,来表达对女性求教、女性才艺的肯定:

> 夫清风明月,东坡赋赤壁之游;柳浪椒园,右丞作辋川之画。况乎门前积雪,久深问道之心;座上春风,曾被吹荣之化:宜其徘徊旧地,绘写新图矣。彦兮叔氏,一楼小筑,三竺遥邻。占人世之仙都,傍尘寰之佛土。平挹孤山之翠,斜当夕照之峰;晓日消烟 ,明湖开镜。花光乍满,红侵远寺之墙;草色初齐,青接长堤之柳。于是登斯楼,览斯景,拂吟床,披秘笈。时翻书帙 ,帘穿燕子之风;乱扑窗纱,槛落桃花之雨。刻意下丹黄之笔,冥心搜金石之文;亦既尚友古人,自求心得矣……藉以丹青纪其色笑,不特图因事载,行且地以人传矣。①

第三节 《湖楼请业图》:随园女弟子的诗学高扬

在清代,诸如《湖楼请业图》此类的以群体人物为中心的肖像图颇多,伴随而来的题咏也日趋兴盛,如《东轩吟社图》《宣南夜话图》《归舟安稳图》等。和袁枚相关的图绘,就有《随园雅集图》《恩假归娶图》《张忆娘簪花图》《随园对雪小影》《天女散花图》等。很多学者把此类肖像画归于行乐图,实际上图绘的含义要远远高于行乐的意义,且每幅图都有特定的阐释语义,需要具体分析。有学者认为:"明末清初之际,有一类'行乐图'颇盛行于世,袁枚在《随园诗话》中曾挖苦说:'古无小照,起于汉武梁祠画古贤烈女之像。而今则庸夫俗子,皆有一行乐图矣。'(卷七)这类'行乐图'其实就是肖像画,多以园林中的亭台楼阁为背景,在描绘人物的同时也刻画出他们的生活场景。袁枚的话有些刻薄,其实他自己也未能免俗,传世有多幅园林行乐图,并且大多是跟他的女弟子们在一起。实际上随着生活水平的提高,当时即使'庸夫俗子'也可能拥有一座自家的小庭园,在园中画像自然也就顺理成章。这类绘画一般不是纯为观赏而作,大多具有纪念意义,有时是为个人写照,有时则是作为整个家庭的全家福,表现全家人

---

① 袁枚:《袁枚全集》第7册,江苏古籍出版社1993年版,第28~29页。

在园林中共享天伦之乐的图景。"[①]学者特意拈出"纪念意义肖像画"这个概念，是准确恰当的。

通过对《湖楼请业图》及相关题咏的考索，发现图像比较真实地反映了像主晚年的这次极为重要的文教活动。图像唯美却不失真，背景优雅却不空虚，人、事、情较为统一、和谐地结合于图绘中，是一幅值得研究和重视的图像文献，也是了解袁枚交游、思想的实录印迹。图像的展示是多侧面的，题咏的含义也是极其丰富的，如果选取一个最为恰切的思考角度，则是男性士人带动下的江南女性文学的张扬。

一、《湖楼请业图》是江南女子迈出闺阁、走向公共空间的位移图

从普遍意义上讲，女子走出闺阁是近代以后的事情，对于大多数妇女来说，古代是没有机会踏出闺阁的。闺阁是传统社会女子居住和从事生产的场所，它既是一种建筑存在，又是一种隔绝妇女与社会的屏障。幽居深闺是传统伦理道德和社会对女子的普遍要求，而女子也恪守着"外言不入于阃，内言不出于阃"的天然界限。

"女子无才便是德"的观念统治了传统中国的大部分时段。中国历史不乏女性文人，但是她们多是在个体空间、家族空间中进行文学创作的，其与外部交流的机会少之又少。"如果说女性在家庭内部受到的隔离足够严格的话，她们走出大门之外的活动更是备受限制。既经缠足，与外人和男性交往又受严格的规则管制，上流社会的妇女活动身体的机会已经微乎其微。"[②]古代社会女性较为封闭的空间造成了女性诗人视野的局狭，较少在公共空间露面束缚了女性的情感意识与文思源泉。

而到了明清两代，随着江南妇女地位的提高，江南的名流闺秀终于有了观看外部世界的机会，促发了女性意识的觉醒。江南经济的富庶、人文环境的丰厚都是促使女子文学发展的客观原因，而江南世家的开明意识、文化涵养和超前观念则是推进闺秀走出闺阁的直接动力因素。走出深闺的女子多是名宦之妻、富贾之妾、士人之女。对于布衣平民的妻女，空间的转化和位移仍是奢侈和力不从心的事，她们仍处于家庭建设的日常劳作中。因此，迈出闺阁是地域性的、家族性的局部风气，绝非全国性的、各阶层的文化福利。

而名流女子一旦走出闺阁，就会迅速融入与男子共生的开放空间，崭露着

---

① 高居翰：《不朽的林泉》，三联书店 2012 年版，第 290 页。

② [美]曼素恩(Susan Mann)：《缀珍录：八世纪及其前后的中国妇女》，定宜庄、颜宜葳译，江苏人民出版社 2005 年版，第 73 页。

家族培养、个人积淀的诗艺水平。她们并没有止步于此,而是积极地谋求交际和求学的机会。历史上即使有早于袁枚的男师收女徒现象,甚至是江南女子结社活动,但都没有"湖楼请业"这般声势浩大、位移较远。随园女弟子分布很广,但以吴越两地为主,"闺秀,吾浙最盛"[①]。湖楼请业者有来自苏州的闺秀,也有浙江本地的佳人。本地女子到达宝石山庄是一种位移,而苏州的女子也在进行一种出游。宝石山庄尽管是私家园林,但已经具备了公共空间的含义,是文艺的会所、休闲的区域。

由此在题咏诗中出现了两个向度的描写:一是表现女弟子对走出闺阁惬意感的抒发。"深闺柔翰半荒芜,破格怜才有此无?一路春风吹不断,真从白下到梨湖。"这是才女吴琼仙的即兴诗句。"不扶鸠杖不乘船,步访深闺日午天。赢得痴儿与娇女,争先出户看神仙"中"争先出户",表达了女诗人袁淑芳对走出闺阁的畅意。"廿年梦想先生面,今日扁舟始见过",亦是张溥对行进情状的描述。二是对公共空间的唯美描写。如席佩兰"宝石山庄靠镜湖,人间清绝一方壶",王文治"宝石山庄启绛帷,春波十里漾琉璃",安盛额"宝石山庄绛帐开,置身端合胜蓬莱"。

以上两个向度的描写都贯穿着欢快的步履转移,是从闺阁走向户外空间的诗意表达。走出闺阁是局部的风雅行为,而袁枚女弟子的行进速度之快也似乎预示了江南名流女性"性灵"的空前解放和妇女文学的觉醒。

二、《湖楼请业图》是以男性士人为引领、以女性成员为主的文化造势图,是袁枚与女弟子的诗学双赢图,更是女性诗人的"立言传世图"

古代才女擅作诗是毋庸置疑的。袁枚也认为女子宜作诗:"俗称女子不宜为诗,陋哉言乎!圣人以《关雎》《葛覃》《卷耳》冠《三百篇》之首,皆女子之诗。"[②]"传统观念压抑女子创作才能,漠视其潜在的或已经显示的价值;袁枚则反其道而行之,他珍视女子的价值,要发掘女子的创作才能,扫除女子从事诗歌创作的思想障碍,为女子作诗鸣锣开道、撑腰打气。为此采取了征圣援经,打鬼借助钟馗的战术。既然《诗经》之首'皆女子之诗',可见女子作诗乃天经地义之事,无须受传统观念的束缚。乾隆诗坛盟主袁枚的倡导对包括随园女弟子在内的女子作诗无疑是个鼓舞,增强了女弟子作诗的勇气与信心。"[③]

"为女子作诗鸣锣开道"表现于思想导引和诗学实践等诸多方面。作为"江

---

① 袁枚:《随园诗话》,人民文学出版社 1960 年版,第 572 页。

② 袁枚:《随园诗话》,凤凰出版社 2004 年版,第 442 页。

③ 王英志:《袁枚评传》,南京大学出版社 2002 年版,第 271 页。

右三大家”之一的袁枚，提倡诗歌创作要自然流露感情，是主张艺术上追求性灵思潮的代表人物，是个性张扬、不拘世俗的反传统老师。他敢于在“男尊女卑”和“尊孔”的时代里，向传统的陈腐的观念宣战，敢于开风气之先，鼓励女子作诗。在个性自由氛围中成型的“性灵派”佳作，不仅包括男性士人的创作，而且还包括女子的作品。在他的培养下，女性的诗艺才华几乎达到了与男子比肩的程度。经过他的点拨，女子的诗艺得到了提高，突破了家族内部女教的局限，迈向了社会公共空间。

袁枚招收的女弟子众多，这种现象在文学史上是鲜见的。“湖楼女子”只是众多女弟子的代表，请业也是一种审美化的文化造势。在湖楼请业的带动下，更多士人的妻女加入到了随园女弟子的队伍中，女子人数超越了任何流派。

袁枚热衷为女弟子出书，集册刊行，是对女弟子的提携和对女性诗学的张扬。袁枚还在《随园诗话》中大力提及女弟子的名字和活动，为她们彰显声名，摘录她们的诗句名言，经常与她们唱和，尽管这样的举动是颇受保守派非议的。而女弟子也不避讳对其师的崇拜和尊敬，在诗歌中争相赞颂先生的才华、感恩先生的赏识。袁枚于嘉庆元年(1796)编纂了《随园女弟子诗选》，目录收选 28 人，今本只收 19 人诗作，与十三女弟子几乎是重合的。值得注意的是，《湖楼请业图》以表现女性才艺为主的作品，题咏诗作者也不乏一些女性，这在以往的题咏现象中是罕见的。甚至可以认为《湖楼请业图》和《随园雅集图》是展现袁枚诗学创作思想和人文交游的“图画双璧”。十几名女弟子通过图像文献得以留名，时至今日，人们依旧可以通过图绘感受到她们的动人个性。这些诗学举措，这些迅速建立的闺秀名声和与士人的交际联动，促进了女子诗学的发展，壮大了性灵派的声势。女子不仅由闺阁走向了公众，而且有了“立言”的机会，这在过去的历史中，是几乎没有的。大规模的名声造势、毫不掩饰的门派特色都为性灵派的持续流传注入了活力。

有学者认为：“袁枚可能考虑到自己来日无多，而一些女弟子已经先他而逝，因此他对自己和女弟子们的‘流传后世’开始经营。”[①]还有专家认为：“确立袁枚在苏州的各种文化表演，其全部意义乃在于试图将这种‘私人话语’变成‘社会话语’，他的苏州女弟子在人数上超过男弟子的结果正表明了‘私人话语’社会化在符号意义上的成功。此外，他的成功还来源于在苏州和主张程朱理学的‘道学先生’从正面进行‘话语权力’的争夺。”[②]

由此可见，袁枚的文化宣传，既来源于他“自铸文化圈”的所有诗学品格的

---

① 罗以民：《子才子：袁枚传》，浙江人民出版社 2007 年版，第 209～210 页。

② 王标：《城市知识分子的社会形态：袁枚及其交游网络的研究》，三联书店 2008 年版，第 143 页。

积淀,是一种对学说的发扬和对个体诗学地位的确定;也包含了自身"为名而谋"和"话语权力争夺"的文化焦虑感。袁枚不拘一格地招收弟子,既是对自身地位的保护和巩固,也是对女子诗学的珍视和欣赏。

《湖楼请业图》题咏诗对湖楼女子的"立言传名"给予了充分的肯定,如熊枚"国风妇女多遗恨,未得輶轩表姓名"讲明了湖楼女子的名声得到了显扬,没有像"国风"里所描述的妇女那样被埋没。胡森"开到西池诗世界,定知天上也推袁"是对袁枚为女子扬名的行为的赞扬。俞国鉴诗赞扬了湖楼千秋雅话和薪火相传:"问字人来许问津,烟霞留得著书身。关西夫子推杨震,海内龙门龙识李。栽培肯使门墙隘,拳石天开诗世界……标题小字缀分明,雅话千秋留姓氏。汉儒几辈衍薪传,文席分依绛帐悬。蛾眉不入陶甄手,终是当年化雨偏。词坛韵事先生擅,眼底裙笄诣笔砚。但使人人授一经,十三经已都传遍。"张云璈"才女原从间气生,往往埋没深闺名"亦是对湖楼以前才女宿命的哀惜。鳌图"看罢斯图一怅然,人生名著有机缘。应知此外多闺秀,不遇先生谁与传"则是对袁枚机会造势的又一种肯定。

三、《湖楼请业图》是家庭私塾教育的外部延伸图,亦是带有诗歌互动性质的从师问学图和教学相长图

在清代,文理略通的女子日渐增多,就整个社会而言,虽然女学有了部分的松动,但是社会风尚并不提倡女性学诗,女性教育的风气之门并未完全打开。教育是启发诗艺的最佳途径和重要手段,也是通往诗学的必要条件和文化背景。切断了教育之路,或者是教育闺秀的业师不够强大和优秀,都会阻碍才女诗歌的进步和提升。在江南,由于文学家族成员受到的诗学熏陶较多,人文素养较高,看待世界的方式较为通达,也就越重视女性(多为妻女)的教育问题。

清代是女子受教的巅峰时期。而江南地区是女子受教、开风气之先的文化密集区,也是促使女性文学集大成的助推区域。"明清时期的某些地区,特别是长江三角洲地区,世家望族中让女子接受教育的情形日渐普遍。女性自己也记录了她们如何热切地寻求父母给予她们在家中接受教育的机会,并且常常将诗作为一种自我记录的方式,终其一生都在继续写作。这些女性诗作中,许多主题及主旨借鉴男性学者文人诗作。对她们而言,诗歌也是一种人际沟通和社会交往的方式。无论是在和平盛世的深闺之中,抑或是在社会政治动荡之际,作为难民躲避战争和叛乱,女性用诗歌记录特定的生活场景,用诗歌表达内心的冥思,记录自己的游历,为文集或画作题词,并书写自己对日常生活的体验。"①

① [加]方秀洁等编:《跨越闺门:明清女性作家论》,北京大学出版社2014年版,第4～5页。

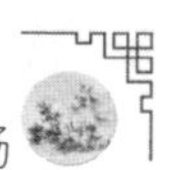

袁枚说:"近时闺秀之多,十倍于古,而吴门为尤盛。"[①]这句话表明了江南闺秀的数量并不在少数。由于较为宽松、富庶的生活环境和深厚、继承性的家族文化,清代世家大族重视对女子的教育,注重女子才艺诗文培养。重视教育、关注培养是促进女性诗歌发展的关键因素,在家族化的教育支持下,女子作诗必然能够有所促进。问字求学的女性大多为名流闺秀,是女性中的少数群体。她们受教育的途径,一是私塾的培养,二是家教的熏陶。对于前者,在"男女授受不亲"的时代里,对塾师有明显的准则要求;而对于后者,家教的普及仍是家庭成员内部文化的交流,是血缘化的教育方式。此外,清初已出现了女子结社(如蕉园诗社),这一结社的手段类似于教育的新模式,加强了闺秀女子间的诗意交流。然而,以上这些方式都没有像袁枚招收女弟子那样具备冲决罗网般的惊世骇俗。

私塾和家庭受教是带有封闭性的,而袁枚的湖楼却是开放性的。湖楼女子由静态的、血缘化的"受教",转变为动态的、非血缘化的"请业"。女性拜男性为师强化了女子的社会性。她们不再接受家族内部讲授基本诗文的培养模式,而是请教了当时诗坛的最为高端的诗歌霸才。这位地域性诗坛领袖,对王士禛、沈德潜等人的诗学观点都有所批判。他并非一个简单的塾师,以教授才女基本诗艺为生,而是有培养精英才女、描绘闺秀诗学谱系的目的。

事实上,并非所有的妇女都有这样的机会请教,也并非所有的女弟子都有被画入《湖楼请业图》的可能。湖楼请业十三女子,是精英女性中的代表,是女弟子中的优秀人物。湖楼请业发生于随园雅集之后,此时的袁枚已经完成了对男弟子的教授行程,而更重视女性的诗学力量。袁枚对待女弟子,视为平等化的诗人才子,他说:"为他人之师尚不敢,况为才女之师乎?然而伏生老去,正想传经,刘尹衰颓,与谁共语?以故莞尔而笑,居之不疑,谨覆数行,用酬来意。"[②]

"红妆也爱鲁灵光,问字争来宝石庄。压倒三千桃杏树,星娥月姊在门墙。"这首诗描绘了一幅师生融洽、师生相宜的文化图景。俞国鉴题咏"巾帼班中学士多,同参慧业礼维摩。吴都花益增颜色,越国人非艳绮罗。湖楼一角谈经处,楼外青山山外树。瑟瑟齐调帝女弦,行行妙写东阿赋",描绘了教学相长、诗学互动的湖楼美学景观。围绕着湖楼之会,袁枚还多次到闺秀家中看望弟子,请才女题跋;与女弟子通过书信进行诗学对话,探讨艺术;袁枚积极为她们编撰书籍,《随园女弟子诗选》即是教育的直接成果。据记载,袁枚框定的十三弟子中最为满意的是三位闺秀,而她们的所谈所讲早已逾越了女性才力的界限,具备不让须眉的诗歌精神。

---

① 袁枚:《随园诗话》,人民文学出版社1982年版,第785页。

② 袁枚:《答孙碧梧夫人》,《袁枚全集》第5册,江苏古籍出版社1993年版,第670页。

“同来卧雪门边立,各肖吟诗月下妆。”(陈廷庆题咏)“昭容自受门生拜,争似登龙都讲开。”(王鸣盛题咏)诸如此类的诗确立了弟子们“袁枚女门生”的身份。“汉儒几辈衍薪传,文席分依绛帐悬。蛾眉不入陶甄手,终是当年化雨偏。词坛韵事先生擅,眼底褒笄谙笔砚。但使人人授一经,十三经已都传遍。白发还教绣幄遮,按图重写碧窗纱。待过百二春风后,会种三千桃李花”(俞国鉴题咏),是袁枚湖楼诗学薪火相传、学术有后的最完整的叙述。“女为师傅曾经有,女作门生古未闻。先生人是古今稀,但到先生事亦奇”(刘熙题咏),是湖楼请业不流于俗、古今称奇的最好回答。

图像不仅仅是体现对像主赞颂、景仰、纪念的情感文件,而且是保存像主特定时期生平活动的重要传记资料。随园女弟子的才艺群像在图绘的历史展演中得以传播。一言以蔽之,《湖楼请业图》是清代艺术史上大放异彩的历史存在,有待于学界进一步挖掘、梳理。

第四章　朱祖谋《彊村校词图》题咏：清末民初士人的心灵书写史

《彊村校词图》在清代词学史上是一个值得关注的文学事件图。清末民初时期，此类图像与题咏的个案较多，呈现出词心记史的特点。词人如何通过图绘展示日常校勘的雅趣，如何通过题咏抒发历史变局下的感怀，如何以校勘为个人事业推动清代词学的发展，这些问题都与《彊村校词图》和题咏密切相关。因此，在图像和文学的双重视野下，推衍《彊村校词图》题咏的意趣和内涵，对于体现词人在历史变局中的心灵书写史不无意义。

第一节　朱祖谋《彊村校词图》的图景展示

浙籍词人朱祖谋，被盛誉为"集清季词学之大成者"，是清末至民国初年的词坛领袖。他的词作饱寓家悲国恨，词学活动多聚集于江南地域，以他为中心的校词事件在近代校勘史上引人瞩目，值得探究。《彊村校词图》是融合图像和文学的历史材料，在清代词学史上是一个别致独到的文学事件图。学界对朱祖谋其人生平和艺术风貌的研究脉络较为清晰，而通过图绘梳理其人的论题较少。本章姑为试论，力图呈现清代词人在历史变局中的个人书写史。

朱祖谋(1857～1931)，原名朱孝臧，字古微，号彊村、沤尹，浙江湖州人。光绪八年(1882)举人，翌年成进士，改庶吉士，授编修。光绪三十年(1904)出任广东学政，因与总督不合，引病辞官，卜居苏州。辛亥革命后，专攻词学。著有词集《彊村语业》三卷，诗集《彊村弃稿》一卷，编有《彊村丛书》《湖州词征》《国朝湖州词录》。

钱仲联《光宣词坛点将录》将朱祖谋称为"天魁星呼保义宋江"，评曰："彊村领袖光宣词坛，世有定论。虽曰揭橥梦窗，实集天水词学大成，结一千年词史之局。《彊村丛书》之刊，整理校勘，厥功至伟，无待赘说。"直观地看，朱氏作为光宜词坛领袖,其卓著贡献之一就是整理校勘词籍。

朱祖谋填词之举始于40岁,校勘词籍的时间并不早,其间受到了"清末四大词家"之一王鹏运的引导。王鹏运(1848～1904),字幼霞,号半塘,广西桂林人。同治九年(1870)举人,历官江西道监察御史、礼科掌印给事中。著有词集《半塘定稿》《半塘剩稿》。

光绪二十二年(1896),朱祖谋回到北京后,应邀加入了王鹏运词社。陈三立《散原精舍文集》卷一七《朱文直公墓志铭》云:"及交王半塘鹏运,弃而专为词,勤探孤造,抗古迈绝,海内归宗匠焉。"由此可见,与王鹏运交往,才是朱祖谋校词的起点。而这种师承关系的强化,又进一步确立了朱祖谋的词家身份。

光绪二十五年(1899),朱祖谋与王鹏运合校《梦窗词》。沈曾植《彊村校词图序》云:"盖校词之举,鹜翁(王鹏运)造其端,而彊村竟其事,志益博而智专,心益勤而业广,乾坤道息,身隐焉文,海内知交助蒐秘逸,校成之词已刊者数十家,未刊者方日出而未有已也。"[①]王鹏运曾提出了"校词五例",即正误、校异、补脱、存疑、删复,此论开创了近代词籍校勘学,是"造其端"的一种体现。而彊村"竟其事",不仅指彊村在此"五例"的基础上增加了"斟定句律"一条,而且指朱祖谋在其师影响下把校词事业发扬光大。

《彊村校词图》是反映朱祖谋校勘词籍场景的图绘。据《蕙风词史》记载:"彊村侍郎《校词图》两幅,一苏州顾西津绘,一安吉吴昌硕绘。盖侍郎校刊唐宋金元人词二百余家,《彊村丛书》夙已追汲古而抗四印。一时名流,题赠殆遍。"[②]事实上,同题《校词图》共4幅,每幅画作的创作时间不同,每幅画作的题咏者也不同。通览题咏文献,评点者多把"彊村校词"放在与明代毛晋汲古阁刻《宋六十名家词》相同的地位,可见朱祖谋校词在历史上的重要地位,而名流题赠进一步确立了朱祖谋的词坛领袖地位,扩大了文学活动的传播影响。

第一幅的作者顾西津即顾麟士,是首位创作《彊村校词图》的画家。顾麟士是著名书画收藏家顾文彬之孙,字鹤逸,江苏苏州人。顾麟士"家有怡园,饶泉石之胜,鹤逸读书之暇,醉心翰墨,所作山水超然尘埃之表,盖得于清气为多也"[③]。顾麟士作有题咏《为沤尹先生作〈校词图〉附书三绝句》其一:"置身南北宋,手定众家词。中有衰兰泪,茫茫谁与知。"通过题咏诗可知,画作展示了朱祖谋校勘数家宋词、精审订律的过程,题咏创作的时间是"乙卯五月",即1915年5月。

① 《清代诗文集汇编》编纂委员会编:《清代诗文集汇编》第783册《行状墓志铭》,上海古籍出版社2010年版,第816页。

② 况周颐:《蕙风词话　广蕙风词话》,中州古籍出版社2003年版,第485页。

③ 张鸣珂、丁羲元:《寒松阁谈艺琐录》,上海人民美术出版社1988年版,第151页。

1916 年，第二幅《彊村校词图》由何维朴创作。[①] 何维朴是何绍基之孙，字诗孙，湖南道县人。何维朴"又能画山水，宗娄水四家，濡染淋漓，景物遐旷，近今之杰出也"[②]，作有《林文直公登岱图》等。

何作《彊村校词图》是一幅诗意山水文人画，设色苍雅，笔墨变化精微，画风清逸萧疏。这幅画的近景是河岸上低矮的柳树和苍劲的松树，河岸水墨渲染平顺。沙渚上立有一桥，桥上的人形貌不清，似乎是走过桥前来拜访主人的客人。树木和山石之间有几座房舍，房舍四周有树木围绕，这里是词人盘桓之地。两三文人坐在临水的室中，其中一人应为像主朱祖谋，其他人则为艺文活动的参与者。图画的远景是云雾氤氲下的道道群山，气势雄浑肃穆。这幅图境界辽阔，画中的烟山云树被赋予了一种孤寂的内在生命。山石占据了较多的画面，山水景物似乎置于更重要的层次。与此相比，绘画的主题人物并不显眼，这与中国画的特点有关。"渺小"的人物是辞官还乡的文人士大夫朱祖谋。光绪三十一年(1905)，朱祖谋任广东学政时，因与总督意见不合，以修墓请假、解职北归后，居住于苏州。画中描绘的显然是朱氏隐居之所。

第三幅由吴昌硕、吴待秋和王竹人三人合作，图被《词学季刊》创刊号收录。吴昌硕，浙江安吉人，是"海派"画家的代表。他诗、书、画、印并进，晚年形成了独特的风格。代表作有《紫藤图》《墨荷图》等。吴待秋(1878～1949)，名徵，以字行，浙江桐乡人。吴待秋与吴昌硕为世交，二人曾合绘过《十年说梦图》。王竹人，名云，浙江杭州人，西泠印社早期社员。

三人作《校词图》用笔苍润，风格古雅高逸。图绘描绘了坐于树下的朱祖谋，他静观天地，研读古籍，体现出闲适超逸的情态。图绘的左侧是大株葱郁的松树，与坐着的像主形成了对比。像主左手拈笔，一边思考，一边翻开桌上的书籍。图绘的右上方为作者题跋。

1925 年，吴昌硕创作了第四幅《彊村校词图》。吴昌硕作此图时已八十岁高龄。"朱沤尹《彊村校词图》，吴缶老笔也。缶老作此图时，年已八十，苍劲浑肃，精力弥满。自言拟奚蒙泉，政恐蒙泉无此气魄尔！"[③]冯幵题云："缶翁老好事，画笔见殊致。萧寥水石外，人间此何世。"由此得知，吴作的创作内容包含了"萧寥水石外"，画境与何作《彊村校词图》相似。吴昌硕题咏词云："金风嫡派。一世词流甘下拜。余事丹黄。远接虞山近半塘。故山浮玉。梦里消磨文字福。何日归篷。和尔樵歌一笛风。"《彊村校词图》题咏者不仅有诗词作者，画家也参与

① 参见龙榆生：《风雨龙吟室丛稿》，国立暨南大学文学院 1931 年版。

② 张鸣珂、丁羲元：《寒松阁谈艺琐录》，第 125 页。

③ 况周颐撰，屈兴国辑：《蕙风词话辑注》，江西人民出版社 2000 年版，第 511 页。

到题咏创作,是文学与绘画的双向互动。

此外,朱祖谋曾与况周颐、吴昌硕等人多有唱和雅集,吴昌硕绘有《香南雅集图》可为明证 ,其题咏者亦多达 40 余家,大量文献显示出清季民初题咏活动的兴盛。围绕朱祖谋相关的题咏数量可观,如 1933 年春,吴湖帆创作了《沤社填词图》。沤社是唱和活动长达数年的江南地域性结社,每月集会一次,入社者有朱彊村、程十发、吴湖帆等人。

第二节 《彊村校词图》题咏的多重情感倾向

朱祖谋弟子龙榆生,亦是词学大家,他辑录了《彊村校词图题咏》一卷,是《彊村丛书》的附录部分。《彊村校词图题咏》分文、诗、词三类,作者达四十余人。其中作序者有沈曾植、叶昌炽、王国维、沈修、孙德谦、张尔田等人。与很多个案相比,此图像和题咏序文数量较多,且多出自名家之手。作诗者有胡嗣瑗、陈三立、杨钟羲、缪荃荪、顾麟士、郑孝胥、瞿鸿禨、夏敬观、胡嗣瑗、陈衍和黄节等人。作词者有吴昌硕等人。

文献是文学史保存的重要载体,通阅这些题咏诗文,可以窥见文本所包含着的思想奥区和多重情感倾向。

一、"伤心入图"说

题咏者多认为《彊村校词图》是政治寓意的表达,题咏普遍反映了朱祖谋作为遗民的精神苦闷和落寞心态。清代士人的思想潮流总会随着历史长河的震荡而变化,从清王朝被撼动到被推翻,朱祖谋的文学书写总与重大的政治社会事件相关,是新旧时代历史风貌的记录者。庚子事变前,他因与慈禧等守旧派的政见不合,曾两次抗疏极谏。光绪二十六年(1890),八国联军攻破北京,王鹏运等士大夫闭门而居,朱祖谋等人来到王氏的四印斋,填词唱和,抒写悲慨,词集汇编即为《庚子秋词》。由于朱彊村同情维新派,戊戌六君子之一的刘光弟遇害后,朱彊村又写有多首悼念词。辛亥革命后,朱祖谋拒绝做民国官员,以遗老自居。时值国是日非,外患日亟, 直到彊村晚年,词人内心依旧充满了悲哀幽愤。

在众多的题咏诗词中,抑塞幽愤的基调充斥纸面。如黄节的《奉题沤尹先生校词图》一诗:"先生别有沧桑感,难写伤心入画图。"[①]如陈三立《彊村校词图为沤尹题》其一:"指正九天遗一世,作痴谁泣校词人。"其二:"坐满鬼神相视笑,

---

① 《清代诗文集汇编》编纂委员会编:《清代诗文集汇编》第 783 册,第 829 页。

莫教图我读离骚。”如诸宗元题咏：“天水厓山供痛哭，累公清泪助丹黄。”如陈宝琛题咏：“聊将歌哭谢人群。”题咏者和像主在许多词作中寄托难隐感慨，如“沧桑”“伤心”“泣”“离骚”“厓山供痛哭”等词都表达了作者在改朝换代背景下经历时代转换的悲恸。“厓山痛哭”虽然是宋代灭亡的典故，但是异代同悲，千古同慨，关心国事的士人表达的都是家国遭受重创的世变情怀。

当代学者也多持有此类观点，认为题咏的意蕴是朱祖谋所遭遇的精神危机的折射。比如，《论清季民初词籍校勘之兴起》一文中提及：“沈曾植、王国维、秦绶章、叶昌炽、沈修、张尔田等数十家题《彊村校词图》，几乎都提到了这一层含义，郑孝胥甚至明确地说：‘侍郎哀感寄诗余，投老词林托勘书。’足见这种心态确实是当时遗老们的心思郁结所在。”[①]如《(后)遗民地理书写填词图、校词图及其题咏》一文认为：“《彊村校词图》及其题咏则不仅可视为清词的终结，且暗示了一代文化遗民生活在别处的‘想象之乡愁’。”[②]

“晚处海滨，身世所遭，与屈子泽畔行吟为类。故其词独幽忧怨悱，沉抑绵邈，莫可端倪。”词评者认为，朱氏的遭遇已与屈原的遭际相类，作品风格也沉抑迂回。朱祖谋绝命词《鹧鸪天》则是他一生的总结：“忠孝何曾尽一分，年来姜被减奇温。眼中犀角非耶是，身后牛衣怨抑恩。泡影事，水云身，枉抛心力作词人。可哀最是人间世，不结他生未了因。”词人即便是有济世之心，也只能以悲哀作结。

二、“身隐于文”说

“进为国直臣，退为世词宗。”辛亥革命之后，朱祖谋致力于填词校刻，题咏也是反映朱氏隐居校书生涯的书写。夏孙桐《朱公行状》云：“辛亥国变，不问世事，往来湖淞之间，以遗志终矣。”江蓬仙记《彊村逸事》云：“光复之后，苏人七清公主持法校，浙人电公任军政府事，皆以衰病力辞。从是退居沪上，易名鬻书，林下优游，校词传世。”

词人在历经辛亥国变后的“不问世事”是一种转移，是不愿入世的自我放逐，是对官场的告别。之前，他的出仕地域，由政治权力中心滑向边缘地带，更多的是无奈地接受。之后，“直臣”转向“词宗”的身份变化、失衡与满足的情愫互相交织，成为题跋者题咏的重点。然而朱祖谋把这种矛盾进行了转化，便是借书传世。此时的“林下优游”既是闲暇的隐居方式，又是借助文学倾吐情绪的

① 张晖：《晚清民国词学研究》，南京大学出版社2014年版，第23页。

② 姚达兑：《(后)遗民地理书写：填词图、校词图及其题咏》，《山东科技大学学报》(社会科学版)2013年第15期。

方法。

在题咏中,以下作品都是体现作者日常生活审美化观念的。《奉题沤尹先生校词图时同游西湖》:"水磨坊前旧隐居,红梅阁下小精庐。花前负手微吟歇,筠簟疏帘自勘书。"缪荃荪《题朱古微校词图》:"五夜一灯频改削,不知斜月上西墙。"吴昌硕题咏词《减字木兰花》:"梦里消磨文字福。何日归篷。和尔樵歌一笛风。"吴士鉴《题朱古微前辈〈彊村校词图〉》:"书林落叶扫无痕,十载宾萌独闭门。"《为沤尹先生作校词图附书三绝句》其一:"清远吴兴地,高人静掩关。墙头青数点,疑是弁阳山。"章梫题咏:"岭外归来戴笠耕。"

朱祖谋在苏州租有"听枫园",诗中的"小精庐"即听枫园。这原是宋代词人吴感的旧居,后由清代苏州知府吴云建园于此。因园有古枫,故名"听枫园"。园中山石、亭、池、花木、斋、阁俱全。宣统二年(1910),词人朱祖谋寓居于此园,园林为主人勘书提供了良好的环境。"花前负手微吟歇,筠簟疏帘自勘书"是词人日常生活的常态图景。园主在领略山水意趣的同时,将自己的校书活动与园林的意境结合,表现出志节的高雅和艺术观念的独到。如果重新观照图绘,一定要为图绘推索出《彊村校词图》实际场景的话,那么很有可能就是听枫园。

"五夜一灯频改削,不知斜月上西墙",已经消释了校词伟业的艰辛,更多的是文人投入学术活动的沉醉情态。这种日常生活,已告别了冲突的烦扰,暂时远离了政治斗争。"书林落叶扫无痕,十载宾萌独闭门","闭门"一词把日常生活的空间固定化,带有同与社会相隔离、孤立的意味。"日常生活中的满足是两种主要成分,即愉快和有用性的混合物。出现在这两种成分中的强度和持续性因素,决定着一个人在多大程度上可以说自己对日常生活'满意'或'满足'。"①李宣龚题咏"丹铅勘误书,著述自娱老",意为校书是有用和愉悦的混合,既是文人的乐趣,也有用书存名传世的效果。题咏的书写记录了日常生活的这种满足感。

三、"有乡不归"说

《彊村校词图》题咏序文多出自名家之手,王国维、秦绶章、叶昌炽等人皆写有序文。其中,王国维序最能体现第三种情感倾向。

王序兹录如下:

> 惟友朋文字之往复,差便于居乡。然当春秋佳日,命俦啸侣,促坐分笺,壹握为笑,伤时怨生,追往悲来之意,往往见于言表。是诚无所乐于斯

① [匈]阿格妮丝·赫勒:《日常生活》,衣俊卿译,重庆出版社2010年版,第271页。

> 土，而顾沈冥而不反者，盖风俗人心之变，由都邑而乡聚。居乡者，虑有所掣曳，不能安其身与心，故隐忍而出此也……先生少长于是，垂老而不得归，遭遇世变，惟以填词刊词自遣。盖不独视古之乡先生矜式游燕于其乡者如天上人，即求如乐天、永叔诸先生退休之乐，亦不可复得，宜其为斯图以见意也。夫有乡而不得归者，今日士大夫之所同也。而为图以见意，自先生始，故略序此旨，且以纪世变也。①

序文不仅提到了词人世变下的自遣行为，还涉及"有乡不得归"的乡愁情绪。沈序题咏"居士虽家在彊村，平生出入中外，退而寄居他郡。图中风物，梦想所寄耳"，这就把《彊村校词图》的背景地标落于浙江，图中的风景含有心绪寄托的意味。词人的故乡本是浙江，而晚年却居住在苏州。词人少小离家，老大未回。他晚年的生活仅靠填词、刊词排遣，退休生涯亦与白居易、欧阳修迥然不同，多了一份世变的沉重。"有乡而不得归"体现了词人遥想故乡、对故土的思念之情。此外，这篇序文也是题咏三种情感倾向的总结，序文中"伤时怨生"即前文提及的"伤心入图"说，"春秋佳日，命俦啸侣，促坐分笺，壹握为笑"即照应了"身隐于文"说。

第三节　题咏折射的晚清校雠成就

"莫把丹青等闲看，无声诗里颂千秋。"（徐渭诗）在前摄影时代，画作无疑承担着记录政治、文学、艺术的功能。通过对《彊村校词图》画作和题咏的解读，作品所隐含的清末民初士人的心路历程愈加清晰，题咏书写与结集塑造了词家个性化的文学史形象。

校词的"校"即校雠，是指同一本书用不同版本相互核对，比对其文字篇籍的异同，正其讹误，求其正确。校雠词籍出现于宋代，罗泌校订的《欧阳文忠公近体乐府》是最早的作品。晚清以前，校勘多集中在经诗史籍，而此时已出现了大规模的名家词籍校勘。由于受到乾嘉考据学风的影响，晚清词籍校勘形成了风气。

对于朱氏来说，除了风气的客观原因，师承渊源和学术兴趣应是不可忽略的主观因素。缪荃荪题咏"汲古毛偕石研秦，半塘搜辑更翻新。谁知苕水彊村老，别出心裁傲古人。元钞宋刻古今殊，一字研求比一珠。校史雠经功力等，词家亦有戴钱卢。"朱祖谋在半塘先生的指导下广搜博采，甄采古籍的数量远超前

---

① 王国维：《观堂集林》（外二种），河北教育出版社2003年版，第576页。

人,把词籍校勘的事业不断向前推进。在校订的过程中,他花费了大量的心血,从中可见学术意志的坚定和学术兴趣的浓厚。而朱祖谋离开官场走向学术的生涯转换,也为他从事校勘提供了时间保障。

彊村校词事件在词学史上有很高的地位。题咏文曰:“盖词起五代,越三百余年,而有长沙汇刻,又越四百余年,而有海虞毛氏之刻,又且三百年,而后有居士之校刻也。”这虽是他人的溢美之词,但也说明了校词事件的典型。张尔田《彊村遗书》序云:“遂使声律小道,高跻乎古著作之林,与三百年朴学大师,相揖让乎尊俎之间,在于三累之上。”[①]从词学历史的纵坐标来看,彊村校刻、长沙汇刻、海虞毛刻三个重要的坐标点已然把历史进行了分割,其地位之高可见一斑。词的声律小道身份,在彊村校词的事业中得以终结。

校词之举顺理成章地成为专门之学,与其他经史古著作校勘比肩,其作用和影响是显而易见的。其一,通过校勘词籍的手段,保存和整理了历代词学文献,修正了其他校家的讹误,是严谨的学术化研究过程。其二,通过词籍校勘的手段,朱祖谋表达了词学家的理论主张和创作观念,词学理论推动了词学创作,而创作又激发了理论创造。其三,校词是对历代词家自觉化的词学承袭过程。朱祖谋曾笺注《东坡乐府》,多年校订梦窗词。而《彊村丛书》的完成,也为后世的学词者建立了词学范式。

朱氏笺校梦窗词是建立范式的起点,他曾四校梦窗词,时间长达三十年。光绪二十五年(1899),王朱合校《梦窗词》(王朱本),开创了词籍校勘之学。光绪三十四年(1908),有朱祖谋无著庵本(朱二校本)。此后还有三校本和四校本。

《彊村丛书》也是校例精详的词籍校勘著作,凝聚着作者的毕生精力和严谨态度,是朱祖谋一生词学观念的集大成之作。朱祖谋的词学成就主要是其校刻的《彊村丛书》。《彊村丛书》是比较完备的大型词类总集,搜集了唐宋金元历代词集。此丛书收词总集 5 种、唐词别集 1 种、宋词别集 120 种、金词别集 5 种、元词别集 50 种。多数词集出自朱氏手校,并写有跋语。

题咏折射出晚清词籍校雠的巨大成就。吴学廉《古微侍郎命题校词图》题咏把校词的背景、过程、影响和地位交代得颇为细致。

一

侃侃当朝折槛臣,挂冠余事作词人。
却将撑日回天手,蠹简丛中觅苦辛。

① 陈良运:《中国历代词学论著选》,百花洲文艺出版社 1998 年版,第 725 页。

二

诗余宏旨源风雅，历代名章未尽传。
在在何须灵物护，扬芬千载有斯编。

三

汇刻长沙迄海虞，大成后起赖鸿儒。
休论兰畹花间集，都与残篇断简俱。

四

画中林屋书充栋，秘籍奇辞费讨论。
理乱不闻常闭户，泉田之后见彊邨。

五

笔端温李供驱使，梅子狂言俗耳惊。
肴馔百家有人在，楼台七宝自修成。

六

浙水昆陵号起衰，半塘继起转堪悲。
只今能抗前贤席，惟有归安绝妙词。

七

瞻望觚棱旧月残，琼楼高处不胜寒。
谁知词客哀时意，曾见金人泣露盘。

其一“蠹简丛中觅苦辛”指词家在校勘、考证方面用力甚勤，不断进行搜求整理，其学术活动的艰辛被描写得淋漓尽致。其二“扬芬千载有斯编”说明校词文献结集的影响，词集呈现集大成的融合之势，“斯编”是汇刻词籍的千古之作。其四“画中林屋书充栋”“理乱不闻常闭户”提及校词的过程，以及钻研、搜集、校勘的物质基础是大量的别集和选本。其五“肴馔百家有人在，楼台七宝自修成”说明词籍校勘的完成，对词学研究的繁荣起到了推波助澜的作用。

“词家掌故迦陵后，二百年来两画图。”时距达两百年之久的《彊村校词图》是继《迦陵填词图》之后的重要图绘，两幅图堪称词学题咏双璧。本章着重围绕画作的征集、题咏的情感倾向和词籍校勘的成就三个层面进行梳理，在对上述几个方面的解读中，画作人、题咏作者的形象变得丰富、生动起来，清代士人从历史走向当下。《彊村校词图 》呈现出的多样风格，具有独特的认识价值和审美价值，在清词史上占有重要的地位，有必要深入探讨。

第五章 《东轩吟社图》题咏：清代文人结社的文化镜像

文人结社，始于唐，兴于宋元。嘉道年间，文人结社活动再度兴盛。枕湖诗社、存存吟社、红梨社、潜园吟社、西泠诗社、东轩吟社等文学社团犹如闪耀的明珠，勾连成一条璀璨夺目的江南地域社团珠链。此时，兰亭修禊、西园雅集早已翻篇，几社、复社风流已成往事。伴随着清廷政策的改变和文网的疏松，嘉道时期的文社又涌动着一股蓄势待发的复兴之态，而江南地域的文人结社尤甚。

活动于杭州的东轩吟社已不同于清初的文社，而是产生了微妙的变化，社员身份有学人化、家族化、地域化的倾向，而社集《清尊集》中也可以窥测地域文人日常化、艺雅化的文学活动。东轩吟社在继续展现清代士人的诗意生活基础之上，又在间接地反映着清代社会的流变以及地域学术文化的勃兴。作为东轩吟社的社图——《东轩吟社图》，一如《清尊集》的跟进，都是记录文人雅集、结社的生动历史文献，亦是文人学术互动与师友学脉传承、流播的实证资料。

东轩吟社富含较强的士人意趣和较为清雅的文化色彩，吟社成员的知名度和学术地位颇高。古今书界学人对东轩吟社多有关注、考量，频见匡补、新论，昭示出茂林嘉卉般的研究景观。近年来学者们对东轩吟社的考证已经达到了尚堪成熟的阶段。但是，《清尊集》《东轩吟社图》作为东轩吟社的"两翼"仍有可以深入探索的空间和细研价值。从社图的角度研究诗社，从《清尊集》中的题画诗观照诗社活动，乃是东轩吟社艺文表达的两个重要方面。基于此，本章力图透视社团成员的地域化、家族化、学人化的特质，庶几对清代社会的文化现象有更多的认知和创获。

第一节 东轩吟社的考察钩稽

学者蒋寅曾在《清代文学研究的回顾与展望》一文中指出："清代文学发达

的突出现象，如家族、性别、社团、流派都与地域概念胶着在一起。”[①]毋庸置疑，这种“胶着性”的新质在文学社团研究中表现得尤为突出，东轩吟社自然也不例外。东轩吟社的生长机制之根在山明水秀的杭州，是富饶美丽的地域涵养了东轩吟社的文化生态。在此地，汪氏家族成员在社团所占比重较大、女性社员在雅集活动中崭露头角、浙派诗学对东轩吟社的创作活动有深刻的影响等因素，已成为文社存在和发展的鲜明特征。可见，地域、家族、文学已经结成一条紧密的纽带，并贯穿于清代诗学之中，已然成为一种文学的引领。

文人结社与艺文雅集是文人间诗酒风流、学术交际的重要表现形式，结社往往伴有雅集，而雅集不一定促成结社。集结文社自中唐后频见，宋、元、明时达到勃兴，而至清朝顺治时，朝廷禁止结社。结社活动自康熙初年一直到乾隆年间相对比较沉寂；迨至嘉道时期，结社复兴；光绪朝时，文人结社交流如盐入水，溶入了本土文化。

杭州作为明清中国的文化高地之一，促成了江南结社的高度繁荣，是文学社团的主要聚集区。杭州文人结社，始于宋代；至明代的杭州，文人结社形成风气。浙人丁养浩辞官后，与郡人孙复斋等人组织了每月一聚的归田乐会。清代顺康、雍乾时期，杭州有孤山五老会、蕉园诗社、南屏诗社等。嘉道以降，结社之风遂盛，文社遍及南北，江浙结社达全国之冠，这期间主要活跃着水村诗课、华吟社、书画舫吟社、苹花社、潜园吟社。

一般说来，士人如身处昌明的盛世，周遭没有金戈铁马之声，则诗社容易迭起。而如果遇到兵燹，饿殍遍地，灾荒不断，则容易人心惶惶，地方性人文硕彦的结社则会出现式微的局面。概而言之，东轩吟社在历史上记载了重要的一笔，东轩吟社的诗歌与图绘得到了较完整精当的保留，说明当时政治环境相对稳定。凭借着社图与社集，凭借着名家的参与和传播，东轩吟社的声名日渐隆起。

东轩吟社是道光年间创办于杭州的诗社，成员为乡贤老宿、青年才俊，兼及家族闺秀社员。作为一个郡邑性的文学社团，它不仅深深地植根于江南这片柔山秀水之中，而且与其他众多的诗社集成为颇具全国影响力的社群。东轩吟社绵延数十年，文人酬唱、讴歌温噱、壶觞裙屐之游的盛景艺会达百次之多。名流耆彦优游畅吟、寄情山水的才俊之态，构成了以东轩庭园为背景的纪念性的民间文人群像图，即《东轩吟社图》。图绘不仅是社团的缩影，而且也留存了晚清江南的风雅和格局。

东轩吟社的创办人为吴衡照、汪远孙，社长为汪远孙。社址位于汪氏振绮

① 刘扬忠等编：《中国古代文学研究年鉴（2004）》，陕西师范大学出版社2006年版，第159页。

堂的"静寄东轩",东轩是吟社活动的主要地点。黄士珣《东轩吟社图记》:"道光甲申,海昌吴子律衡照假馆武林驿汪氏之东轩。东轩故汪氏先人雅集之地,因与主人小米远孙续为吟社。月一会;会不必东轩,而东轩为多。"[①]"通观整部《清尊集》,所涉集会地点大抵由近而远,一直达于城外西湖的山水之间;而其中心,确实就在这个'东轩'。"[②]结社持续的时间长达10年(1824～1833),成员逾80人,集会达百次。"一个社团前后延续十年之久,集会唱和达到百次以上,这在整个古代的结社史上都是极为少见的。"[③]社集为《清尊集》,堪为社员诗歌风雅的集大成。

道光十二年(1832),著名画家费丹旭奉汪远孙之命,创作出了早期代表作《东轩吟社图》。他描绘了27名诗社成员,前后题咏者甚众。从《东轩吟社图》观察、检视东轩吟社,是一个绝好的视角。有清一代,江南文坛俊彦星罗,名家辈出,画家以图绘的方式把社集的重要人物、庭园场所、学术活动加以纪事,把雅集的盛事佳话加以复写,就形成了结社图。

通过对结社图的考察,可以更细致地观测地域文学和学术的生态图景,亦可更敏锐地连接家族文学的关系纽带,以便充分了解清代文人的心态以及结社的原始面貌。《东轩吟社图》是对东轩吟社文学活动的描摹群相,而东轩吟社的社集《清尊集》与社图,则堪称姊妹篇,光照文坛。概言之,推究社图、社集的形成、嬗变,寻找江南士人生活的存在方式和审美情趣的文化层垒,这正是构筑江南文化生态的重要人文支点。

借助该吟社的社集《清尊集·凡例》,试将这个社团的基本轮廓作一个简单的梳理、考见:

(1)雅集每月举办一次,每月当值者由八人轮流,诗题由当值者命选,诗作被保存成册。

(2)社员根据诗题而作,诗体不一,题材多样,主要有咏古、咏物、纪胜等。

(3)诗作多以诗人"齿序"即年龄为编排顺序。

(4)体裁不仅有诗,亦有词、文。每集文载诗前,词附诗后。

(5)原存诗甚多,《清尊集》只择取一半。

(6)诗集主要由十多人所和,其他人的"吉光片羽"之作亦收录。

(7)每集数量多寡不一。

(8)闺秀亦存题画诗词(虽然闺秀名字未列于《清尊集目》内),闺秀主要有

---

① 费丹旭绘:《东轩吟社图》,上海世界社影印本。

② 朱则杰:《清诗考证》,人民文学出版社2012年版,第671页。

③ 朱则杰:《清诗考证》,第668页。

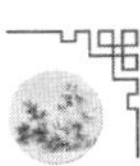

汪端、汪菊孙、陈瑛、汤芷、吴藻、韩云章等。

(9)集中所收为命题所作,投赠篇章不收入。

(10)目录作者以年齿排列,不以官名高低为序。

(11)《清尊集》共16卷,卷首载有目录。

(12)雅集持续共10年,雅集计百次。

东轩社员人数达80人,主要成员有吴衡照、汪远孙、胡敬、钱师曾、黄士珣、张云璈、费丹旭、汤贻汾、张应昌、陈世荣、姚伊宪、沈垛、汪秉健、汪阜、李寅、赵钺、梁祖恩、夏之盛、金城、周三燮、汪钺、汪适孙、李堂、吴振棫、孙同元、庄仲方、诸嘉乐等人。需要说明的是,核心人物主要有以下几位:

汪远孙(1789~1835),字久也,号小米,别号借闲漫士,浙江钱塘(今杭州)人。嘉庆二十一年(1816)举人,官内阁中书。终居乡里,结社吟诗,肆力于著书、刻书、藏书。先世藏书之所振绮堂,收藏大量善本。从第一世的创建者汪宪,到汪远孙已经是第四代藏书人了。汪家有水北楼,濒临西湖。春秋佳期,主人以焚香读书为常事,延纳士人学者,闲暇时与里中耆彦结东轩诗社,成为慷慨惜才的领袖人物。著有《诗考补遗》《汉书地理志校勘记》《借闲生诗》《国语考异》《三家诗考证》等。妻梁端、汤漱玉,并通诗礼,汤漱玉著有《玉台画史》。

吴衡照(1771~?),字夏治,号子律,浙江海宁人。嘉庆十六年(1811)进士,官金华府教授。吴衡照工诗文,尤擅填词。著有《辛卯生诗》四卷、《辛卯生诗余》一卷、《莲子居词话》四卷。

费丹旭(1801~1850),字子苕,号晓楼、环溪生。浙江乌程(今浙江湖州)人。费丹旭成名于道光时期,卖画于江浙,寓杭州最久。32岁时经汤贻汾介绍,在汪远孙家作画,在那里受到了文艺的熏陶。他出身寒素,为生计四处奔走,在杭州居住长达20年,晚年卒于上海。一生过着“历历追旧游,不少前事错。非不远俗尘,苦以家累缚”的生活。费丹旭善画仕女,笔墨研雅,以仕女画享誉画坛,兼善山水树石,潇洒自然。他向黄士珣学诗词,向高垲、张廷济学书法。费晓楼的肖像画《东轩吟社图》笔墨简练,抓住了27人的神采特点。传世作品有《果园感旧图》《鄂园考律图》《十二金钗图》《纨扇倚秋图》等。存有《依旧草堂遗稿》。

汤贻汾(1778~1853),字岩仪,号雨生,别号少云子、少云道人,晚号粥翁、琴隐翁。江苏武进(江苏常州)人。他以祖、父难荫袭云骑尉,授扬州三江营守备。改补广东抚标右营守备,升山西大同镇灵丘路都司。不久,擢浙江抚标中军参将、乐清协副将。后荐升温州镇副总兵,未赴任。汤雨生以见忤上官,退居林下。侨寓南京,筑琴隐园,招邀胜侣。汤贻汾精骑射、娴韬略、工诗词、精音律,抚琴、围棋、吹箫、击剑诸艺皆通,且擅长天文、地理及百家之学。著有《琴隐园诗集》。

胡敬(1769～1845),字以庄,号书农,浙江仁和(今浙江省杭县)人。清代辞赋家。他性格耿介,文章曾受到阮元赏识。嘉庆十年(1806),考上进士科第。选为翰林院庶吉士。散馆后,改授翰林院编修,经历武英殿、文颖馆纂修官,为《全唐文》《治河方略》《明鉴》总纂修官,并参与修撰《秘殿珠林》《石渠宝笈》。道光元年(1820),为侍讲学士。胡敬少有才名,在官所进奏文表,凡数千言,号称杰作。朝廷每有制敕、碑版,往往命他拟撰。后来,胡敬以乞养辞官归乡,他归杭后创办并主讲西湖崇文书院。著有《南薰殿图像考》《崇雅堂诗文集》。

黄士珣,字芗泉,号扣翁,钱塘(今杭州市)人。工于律赋,撰有《北隅掌录》《沧粟斋集》。

孙同元,字雨人,浙江仁和(今浙江省杭县)人。嘉庆十三年(1808)举人,道光七年任温州府学教谕,为诂经精舍的一员。他居官廉惠,好奖掖后进。撰有《永嘉闻见录》《学福轩笔记》等书。

钱师曾(? ～1835),字唯传,号蕙窗,浙江钱塘(今杭州)人。乾隆壬子年举人,先后参加潜园吟社和东轩吟社,而且都是核心成员。存有《静存斋诗集》。

张云璈(1722～1804),字仲雅,号复丁老人,浙江钱塘(今杭州)人。学者、诗人。乾隆三十五年(1770)举人,嘉庆十二年(1807)选任湖南安福知县,后调湘潭,因执政清明,人称“张青天”。著有《简松草堂诗集》《选学胶言》《选藻》《简松草堂文集》《蜡味小稿》《归艎草》《知还草》《复丁老人草》《金牛湖渔唱》《三影阁筝语》《四寸学》。

梁祖恩,字久竹,钱塘人。嘉庆三年(1798)举人,后任广东始兴县知县。

从以上社员的经历来看,东轩吟社不乏官员文人,亦不乏布衣。从“社约”第十条来看,结社编集不以官职大小为序,可见结社活动颇具真性情。很多文人对这样的风雅聚合多有赞誉。举例言之。

画家钱杜题东轩吟社曰:

汪君磊落古豪者,书卷横胸致潇洒。
怀才未肯谒君门,爱向东轩结吟社。
轩中幽处罗群贤,绿阴寂历喧风泉。
诗人画史及禅客,风流如在羲皇前。
兰亭回首久陈迹,觞咏胜事今千年。
人生萍遇亦偶然,但能诗酒相周旋。
头上不冠衣不船,便超尘埃追飞仙。
我到金牛湖上住,水北楼高隔烟树。

几时挂杖到君家，踏破苍苔叩门去。[①]

藏书家杨文荪题东轩吟社云：

西泠盛坛坫，名贤远相望。诗派亦屡变，后来辄居上。
杭厉复代兴，是年奉宗匠。嗟予生苦晚，弗获侍酬唱。
如君淡宕人，嗜好殊俗尚。藏书甲东南，亭馆致幽旷。
吟社推扶轮，老辈未多让。岂惟集裙屐，湖山亦神王。
好事古所希，风流谁颉颃。他时书素传，文献待蒐访。[②]

钱诗交代吟社的创建人及组织结构，提及吟社推动者为汪远孙，成员为"群贤"，多为诗人、画家、僧人，主要实述吟社承接千年的诗酒雅集意义。杨诗交代吟社续联浙派之风，突出强调了诗社的文学史层面的意义。

统而言之，东轩吟社历经了十年的鼎盛期，是杭州文人群体的重要基地。诗社文人的交游和创作活动，奠定了浙江文学研究的学术基础，体现了浙派文学的格局和特色，故而在清代文学史上占有一席之地。

第二节　《东轩吟社图》与《清尊集》题画诗

在东轩吟社的研究中，重要的是如何解构好"一诗一图"的问题："一诗"即社集《清尊集》，"一图"即社图《东轩吟社图》。聚焦社集社图，钩稽归纳，诗画互动，相互交融，更能厘然有序地还原东轩吟社的文学成就、文学活动以及精神趋尚，进而清晰地胪陈一个地方性社团的本真，认识并展现一个有意味的诗画现象。

《东轩吟社图》是检视东轩吟社实况的图像文献。在厘清《东轩吟社图》之前，不妨先简要了解一下费丹旭的艺术人生。费丹旭是清代肖像画白描派的代表人物，少时便得家传，父亲为著名画家沈宗骞的弟子。费丹旭与画家汤贻汾和张熊、鉴赏家张廷济等均有往来。他偶作诗词，工书法。绘画师法恽寿平，时有韵致。费丹旭常流寓于汪远孙、蒋百煦等人家，以绘画供人鉴赏。费丹旭以《东轩吟社图》等画作卓然画坛，声华籍甚。

费丹旭绘制的《东轩吟社图》，版本较复杂。该图先后有正本、副本两帧：正本原画可能已经失去，但现今还留有宣统年间上海世界社珂罗版影印本，据署款绘于"道光壬辰（十二年，1832）秋七月"；副本今藏浙江省博物馆，据署款绘于

① 王国维撰，周锡山编校：《王国维集》，中国社会科学出版社 2012 年版，第 165 页。

② 王国维撰，周锡山编校：《王国维集》，第 165 页。

次年“道光癸巳(十三年,1833)夏五”。[①] 光绪年间,汪远孙的侄子汪曾唯,请同里诸可宝为主要社员各撰小传,连同正本略图以及有关题跋等,汇刻为《东轩吟社画像》,有木刻雕版本和玻璃影印本。

《东轩吟社图》再现了社友雅集的生活场景,从中可以窥出不同社友的爱好和个性,可以体会到费丹旭早期肖像画的艺术风貌。《东轩吟社图》继承了肖像画以形写神的传统,具有神形兼备的真实感。画家对“形”的精确把握和对“神”的创意摹写,体现了艺术构思的丰富。

画者采用以线造型的绘画方式,画中人物的面部肌肉和五官描绘得非常准确、逼真,表现出每个人的风度气质和个性特征。眼睛是五官的重点,每个人的眼睛都被刻画得准确而自然。如目眇的钱师曾,塑造得就十分到位。不避讳对“人物缺陷”进行描绘,带有“自然主义”的特征。每个人的精神面貌有很大差异,但共同的特质是逸气和淡泊。

《东轩吟社图》的位置经营恰到好处,主次人物安排分明有序。在长达 6 米的画幅上,如何安排几十个人物,是对画技的考验。如何安排不同角色的位置,则又体现了画家的巧思匠心。比如,画家着重突出义和尚,用以表现释者的不同风范。同样,观者也能清晰捕捉画中抚琴者的形象,而辅助的人物则框定在相对次要的位置。

《东轩吟社图》的背景和情景空间得到了有效渲染,用以衬托社员的人物个性。小桥流水、亭台楼阁具有明显的江南意象痕迹,山水与人物相融相谐。环境的物件构建了风雅诗艺的氛围。就这幅作品来说,图中布置了不少“道具”,如葵扇、石、水槛、砚、案、诗卷、诗筒、琴、画等;点缀了些许“配角”,如侍女、童子等。风雅的物器、庭院的仆人不可或缺,因为这无疑为主角的身份和个性展示提供了恰切的陪衬。

据《杭州府志》卷一七三记载,图绘中的 27 位雅客依次为:

> 灌木依岩,略彴横水,随负花童子度而来者,汪剑秋钺也。一童子扫花径,穿岩背出老树下,倚石阑执葵扇者,秀水庄芝阶仲方。背侍女郎,指池荷而语者,黄芗泉士珣。池旁石壁插天,曲阑尽处,童子涤砚,坐石上填词者,项莲生鸿祚。水槛半露,二人对坐其中,女郎执拂侍者,为余杭严鸥盟杰及小米,小米执卷若问难状。小阁相连,据案作吟社图者,晓楼自貌也。其倚案观者,高爽泉垲。以手指图,若有所商榷者,诸秋士嘉乐。阁前柳阴覆地,置壶焉坐盘石上,观童子拾矢者,吴仲云振棫。持扇

① 参见魏萍:《费丹旭〈东轩吟社图〉》,《东方博物》2007 年第 3 期。

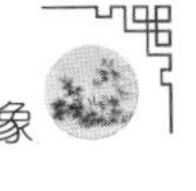

联坐者，夏松如之盛。童子捧壶坐桐树下、浮大白者，汪觉所阜。据石几撚吟髭者，胡书农敬，其弟子邹粟园志初执诗笺立于后。展笺雒诵者，赵雩门钺。童子捧杖、坐而听者，龚闇斋丽正。小童递诗筒至、二人对展诗卷者，左为阳湖赵季由学辙，右为归安张仲甫应昌。古松蟠拏下荫怪石，坐而琴者，汤雨生贻汾。并坐者，陈扶雅善。侧听者钱蕙窗师曾。倚松根抚膝而听者，汪又村适孙。松旁有石壁焉，童子捧砚执笔就题者，嘉兴张叔未廷济也。茂林修竹，别成境界，二人自水石间来、持白团扇者，汪少洪迈孙。奚童捧诗卷于旁者，汪小逸秉健。飞流急湍，石梁间之，童子烹茶侍坐而执拂谈经者，南屏释松光了义。旁坐则子律遗貌也。

另外，不在图中而在图记中出现的六人为孙同元、梁祖恩、张云璈、姚伊宪、周三燮、李堂，这是由于绘制此图时六人已谢世。

《东轩吟社图》图绘27位，其中汪钺、汪远孙、汪阜、汪适孙、汪迈孙、汪秉健都属于汪氏家族成员，血缘的亲近使他们增加了交流的机会，构建了汪氏家族的学术宝塔。“显而易见，一社之中往往有许多同姓成员，明显具有一定的家族色彩。在这些大社的领袖及其主要成员的身后，自然带有所在家族以及所属阶层的目标期待和现实利益。他们又都具有相当高的文学水平和政治地位或学术威望，其领袖人物更具有巨大号召力，并能提携后学。”[①]汪阜诗:“吾家积书三万轴，深悔儿时未能读。”汪端诗:“披君勘书图，仰屋志千古。因兹追夙昔，楹书忍重抚。余祖鱼亭公，君之曾大父。行年未三十，乞养弃簪组。嗜学富藏弆，卷轴充栋宇。读书先识字，何如专训诂。精核胜二徐，书成奏策府。伯父春园公，是为君之祖。”

“文社是靠着‘亲’和‘义’联合起来的文学组织，兼有血缘和师友双重关系，具有一定程度的宗族色彩。”[②]这27人中，许多都存在着师友关系，成员多从属于同一地缘链，文化学术上的交集甚多。在图绘中，有的人弹琴，有的人作画，有的人校书，有的人参禅。人物形象的设置多依据学者的爱好设计，显得真实而生动;图绘多设计为两人一组，更能观照出文人间的情谊。

总的来说，《东轩吟社图》是一幅具有生活气息、故事情节的文乐图，绘出了文人诗赋歌咏、奇文共赏、谈古论今、饮宴享乐 、娱乐游戏、郊游野趣的生态。菁英的交流促发了真挚友谊的播广，也促进了学术的发展。从这一意义上说，这都是古今文人期盼的理想艺文模式。此外，女性社员的加入，为东轩吟社的文化图景点缀了亮点。图绘描摹汪家池馆这个雅集场所，园林的清幽更加映衬出

① 凌郁之:《苏州文化世家与清代文学》，齐鲁书社2008年版，第59页。

② 凌郁之:《苏州文化世家与清代文学》，第57页。

艺文活动之风雅。

施补华跋此《画像》云:

> 东轩吟社者,钱塘汪小米先生远孙之所倡也。更九年,而乌程费丹旭晓楼为之图,钱塘黄士珣芗泉为之记。又三十四年,先生之从子曾唯出图示予而属题其后。其图所列二十七人里居姓氏详于士珣之记。云东轩者,志其宴集吟咏之地也。盖我朝重熙累洽,至于道光之初,东南数省,岁时丰登,民生给足,世家右族,尤能不事淫靡,好为文字,友朋之乐。而其时知名之士,承乾嘉诸老之绪论,词章经术,具有原本,寻常觞豆,篇什流播,彬彬可观。先生兄弟,藉祖父余资,读书好客,倡为吟社,至十余年,又为世家右族之所未有。①

这则材料首先交代了《东轩吟社图》创作时间晚于结社九年,题咏的产生亦晚于图像。接着描述了结社形成的多方位原因,即国家"岁时丰登"、士族"好为文字""读书好客"。吴德旋《清尊集序》中记录了东轩吟社的盛况:"虽迭为其主者仅有八人,而浙东西千里间知名之士,以及寓公过客之娴吟事者咸在,而闺秀之遥同者亦附录焉,可谓极一时觞咏之盛。"②

"觞咏之盛"的标志之一就体现为诗歌创作类型的多样化。咏古、咏物、志胜、纪事、饯别、感逝是《清尊集》的主要诗歌门类。通读这部杭州地方性文人结集,可以窥探出题画诗重点观照了清代学者文人的文趣走向和学术精神,勘书、填词、祭砚、辑诗是更靠近学者文人的生活真实。在题画诗标题中,多含有一个活动人物,如小米、雨人、晓楼、剑秋、雨生、仲耘、蕙窗等,他们亦是东轩吟社的核心人物。东轩社员多就某一个人物的行为进行发挥、题咏,既是对该文人的肯定、褒扬和文脉精神的强化,也是友人间交流互动、相互摹习、文事传播的情感传递。

对于《清尊集》中的题咏诗,其主要作品如次:

卷一 《题小米松声池馆勘书图》

卷二 《题听篁台花吟卷子》

卷三 《题雨人春江话别图》

卷六 《题剑秋除夕祭砚图》

卷七 《题小米继室汤德媛寒闺病趣图》

卷八 《题南湖华隐楼图》

---

① 沈津:《书林物语》,上海辞书出版社2011年版,第160~162页。

② 汪远孙辑:《清尊集》,振绮堂1839年版。以下出自《清尊集》者,不再出注。

卷九 《汤节母杨太淑人吟钗图为雨生题》

卷十 《题蕙窗桐槐旧馆图》

卷一二 《题秋江采鱼图》《题孙娴卿女士停琴伫月图》

卷一三 《题晓楼摹万征君遗像》

卷一四 《题仲耘辑诗图》

卷一五 《题芗泉骑虎图》

卷一六 《魏贞烈女断指图》

尤其值得关注的是,清代闺阁女性常被进行侧面观看,她们的私人故事循序渐进地进入了男性士人主流话语的视野,题咏诗中有关女性的作品即是这种现象的文学反映。这些女性,有的是作为主要社员的伴侣出现的,以女性社员的身份加入以男性为主导的结社活动,是东轩吟社的直接参与者和创作者;有的是作为社员的亲人出现的,因具有良好的声名和较高的才气而走进东轩社员的题咏视线;而有的则是"道听途说"来的远景女性,她们的"加盟"诚然也为题咏内容的多样化贡献了鲜活的素材。下面重点对《清尊集》卷七、卷九、卷一六出现的《寒闺病趣图》题咏、《吟钗图》题咏、《魏贞烈女断指图》题咏分别进行分析:

第一,道光八年(1828)的《寒闺病趣图》题咏。

《寒闺病趣图》是描摹才女汤漱玉闺中生活的场景。汤漱玉是汪远孙的继室,未嫁一年即病卒,曾辑《玉台画史》。汪远孙曾绘《寒闺病趣图》,又邀同人题咏。这一次酬唱不仅有胡敬、孙颢元、李富孙、黄士珣、吴衡照、李堂、朱紫贵、朱步沆、项鸿祚等人参加,闺秀汪菊孙(汪远孙之姊)、吴藻、汪端、汤芷、陈瑛等才女也投以佳作。

如汤芷的《锁窗寒·题汤德媛寒闺病趣图》:

不恨偏愁,非慵似懒,恹恹终日。年华逝水,又是暮冬时节。倚妆台,双颦翠蛾,云鬟强整娇无力。正峭寒一阵,侍儿低语,夜来微雪。帘密休轻揭,怕见了梅花,怜伊瘦骨。葱尖拢袖,闲究还丹真诀。更多情,呵冰草书,几回鹿脯从人乞。待和风吹暖兰房,共玩春宵月。

项鸿祚的《洞仙歌》:

玉梅三九,尚恹恹娇困。疏了缃奁木瓜粉。倚熏笼微暖,药碗浓香。应未减,较帖量茶风韵。起来呼半臂,拥鼻沉吟,雪意垂垂几时准。闲煞画眉人,浅惜轻怜,写多少、无题诗本。且莫任、双鬟拓纱窗,禁不住黄昏,峭寒一阵。

吴衡照的《西子妆·为汪君小米题其室汤德媛女史寒闺病趣图》:

愁无那。瘦减容光,转怕脂粉涴。久拚疏了绣工夫,检戚衰、七言分和。扶行婀娜。试如水、深廊穿过。最销凝、一点重炉细火。

吴藻的散曲[南越调·小桃红]《题寒闺病趣图》:

簪不上金钿翠钿,袅不尽茶烟药烟,挣得个长眠短眠。镇支离瘦骨香桃,厮守定愁边梦边。消受煞卿怜我怜,供养到情天恨天。不提防一阵罡风,吹去了花仙月仙。

《题寒闺病趣图》是对卧病在床的闺阁女性汤漱玉的风情描写。词曲中写景与抒情交叉,意境空灵美奂,意象清冷寂寞,病中的抒怀富含伤感悲情。才女微染小恙时憔悴堪怜、半睡半醒、娇弱慵懒、消瘦愁苦的形象在词曲中都有所抒发。药香茶香、金钿翠钿、文房四宝成为陪伴芳人的审美物件。《题寒闺病趣图》既是对闺阁才女病痛的生命记录,也是对清代才女身份的有力强化与情感认同。这些题咏关怀了女性文人,使她们逐渐迈出闺阁,成为他人关注、品评、赞扬的角色。闺阁女性出场时略带病趣,娇羞无力,但是她们已然占据了男性文人剩余的空间。男性文人的关注使闺阁女性的存在感有所提升,而女性间的关怀又为病者提供了精神支撑之力。

第二,胡敬、汪远孙、黄士珣、汪端、吴振棫等人题咏了汤贻汾的《吟钗图》。

“道咸二朝名人集中为《断钗吟图》题识者,所见不下五六十家。图盖汤贞愍公为其母杨夫人作也。夫人十四岁随父官昆明,父赐之玉钗。于归后偕其夫侍翁,官台湾。林逆乱,翁殉节,夫亦殁焉。后贞愍奉板舆之官扬州,钗断于琼花馆,夫人作二绝纪之。”[①]画家汤贻汾曾创作了一幅《吟钗图》,图中老妇是汤贻汾之母,即婚后遭家变的杨氏。断钗为杨氏陪嫁之物,原本完好,与杨氏相伴近四十年,但夜里就枕时戛然而断。老人对承载杨氏家族温暖和情感的物件毁坏伤心不已,口示《断钗》。汤贻汾不久画成《吟钗图》,恭录母亲诗于其上,并在日常交游圈和家族亲友中广泛征题。

黄士珣诗曰(节选):

此钗虽断美无瑕,母德争传忠孝家。
三十九年万里路,侍亲受赐由官衙。
一朝亲老钗还折,不觉思亲泪凝血。

汪端诗曰(节选):

---

① 陈康祺撰:《壬癸藏札记》卷二,清光绪刻本。

节母于今有孝子,不信但看图画里。

“母德争传忠孝家”“节母于今有孝子”是《吟钗图》题咏中对“孝子节母”的赞誉。清人袁重其《霜哺篇》云:“时袁骏六十七岁,其母已逝世七年。从十四岁开始,持续五十多年,名士大夫题咏数以千计,题目各异,主题则一,即袁母之节和袁骏之孝。”①在清代,以孝道为主题的题咏诗文是值得关注的现象。

第三,胡敬、黄士珣、庄仲方、陈来泰、汪远孙、屠秉等人题咏了《魏贞烈女断指图》。

魏英姑是殉夫断指的贞女,东轩文人对她的烈节之贞给予了赞赏。

黄士珣题《魏贞烈女断指图》:

后来见刀不见指,血光红映灯光烧。人言此女何烈性,女性非烈女有命。女非忘亲女志定,撤环愿作婴儿子。不死指断死已病……魏英姑字李,未嫁夫先殂,年十七岁身殉夫。他年彤管修女史,魏贞烈女首屈指。

邵懿芬题《魏英姑断指图》:

同穴虚同室,清风泉下流。死心贞一念,烈性殉千秋。
指断肠俱断,名留身莫留。增光彤管笔,堂上泪堪收。

从以上案例可以看出,《清尊集》题咏诗词不乏对女性命运和才女情感的关注,不乏对节母孝道和母教传家的赞颂,亦不缺乏对贞节女性、节烈之女的褒扬和对传统伦理价值观的认同。东轩文人同情悲苦女性的经历,重视女性的生命形态和才学创作,看重女性在士人生涯中的情感位置和血缘联动,体现了东轩文人的悲悯之心和仁者之爱。《清尊集》题咏的兴盛,反映出东轩吟社社员之间的亲情意浓与友情意真。社员个体的意趣被关注,社员亲属的境遇被题写,都再次展露出东轩吟社的社集担当与雅气风骨。因此可以说,这种影响至巨的文学题咏和独有的江南士人关怀特质,就当时而言,大有独领浙江诗坛一时风骚的势头。

第三节 《东轩吟社图》题咏:清代地域结社的显现

毫无疑问,《东轩吟社图》为研究文人结社提供了具象的图像资料,而研究东轩吟社,则为古代文化研究增添了鲜活灵动的炫笔。清代江南的地域文学、清代士人的诗性生存方式以及文学社团的集聚效应都可以从图绘中得以窥见。

① 杜桂萍:《文献与文心:元明清文学论考》,中华书局2009年版,第160页。

第一,《东轩吟社图》昭示了清代江南地域文学的高度繁兴。

明清时,江南是中国一个极为重要的人文区域,经济富庶,文化繁荣,人才荟萃,社会相对太平。长期以来,江南地域文化一直备受海内外学人的关注。可以说,江南地区逐渐成为中国传统诗学的深厚的人文渊薮,也是中国古典诗学的创作源地。

东轩吟社出现之时,清朝仍处于平稳时期,人民生活相对安定,此时的杭州士人对清朝政府的态度颇为温和。早在乾隆时期,江南文人中就有大批优秀学者、雅士脱颖而出。创建文人诗社,切磋技艺,举办文会,成为当时杭州的流行风尚,这极大地促进了浙派诗文创作的佳作迭出。至于像嘉道年间东轩吟社那样绵延达十年,集会唱和达百次的社群,委实令人称奇。这足以表明,江南为艺文社会的地标意义,当之无愧。杭州钟灵毓秀的地域优势,艺文家族的集聚效应,学术人才的互相激发,都是助推当地文学的重要力量。《东轩吟社图》作为一种文学生态的解读,极其真实地反映出清代江南地域文学社群的繁盛景象。

第二,《东轩吟社图》及《清尊集》标志着文学社团群体聚合效应的重现。

显而易见,东轩吟社的一个突出特点就是反映了群体的聚合,反射出艺术类性的吸引力,而《东轩吟社图》及《清尊集》恰是群体聚合的灼烁重现。东轩吟社是规模较大、层次较高的精英诗社。诗社长达十年、人数众多无疑成为文人群体聚合的表征。诗社成员中有的为官员文人,有的为纯学者文人,他们因艺生缘、因趣而聚的百次交流亦体现了东轩社员的群体凝聚力。这说明,东轩吟社社员性情不同,但各具人格魅力。他们彼此敬重,相互欣赏,温和谦恭,鲜有文人常见的意气之争。除了姻亲和家族成员之外,更多是缘于名流响附和创办者文化力的吸引力。

荀子曰:"人之生也,不能无群。"在任何一个历史发展阶段,人类都不能孤立存在,而是在很多方面都以群体的形式进行活动。狭义的社会群体多指有交集联系、富有持续性且拥有共同目标的紧密群体。此外,"群"还意为同质的聚合。社集是社员诗学交流的结晶,亦是群体聚合的表现。群体社交包括了情感活动因素,即个人之间以及个人与群体、个人与活动之间的情感反应。东轩社员由于思维方式、生活气质、爱好趣味的相似,形成了社会群体的亚群体——趣缘群体。这类群体是通过"兴趣"这一纽带进行交流互动的,在交往中他们获得了心灵的慰藉,对自我身份进行了自觉确认与划分,不仅可以寻求认同,而且可以激活新的思想,使之熠熠生辉,甚至在群体领袖与其他成员的频繁交往中,会产生一定的凝聚力。

明人方九叙《西湖八社诗帖序》云:

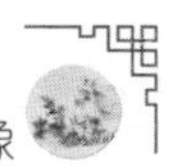

> 夫士必有所聚,穷则聚于学,达则聚于朝,及其退也,又聚于社,以托其幽闲之迹,而忘乎阒寂之怀。是盖士之无事而乐焉者也。古之为社者,必合道艺之志,择山水之胜,感景光之迈,寄琴爵之乐,爰寓诸篇,而诗作焉。

简而言之,文人结社这种高级形态的文化活动,是很多文人“退隐”之后的选择。此类结社多与个人的志趣相系,通过志趣的交流增强了个人的学力,以诗会友亦可丰富整个群体的文化内涵与学养。东轩吟社及其社集、社图即是折射趣缘群体聚合的鲜明个案。

第三,《东轩吟社图》经历了从传统绘画到印刷品的过渡转变,图像传播了昔贤风流的历史形象,展现了清代文社的历史原貌。

有学者认为:“文人结社图是对文人社团活动高度概括与艺术化了的产物,它将瞬间的精彩化为永久的见证,给后世留下永恒的记忆,弥补了在没有照相机时代留影纪念的缺憾。图画所反映的内容不仅是社团活动的定格,更是对多次活动的融合与提升。因为仅仅如实地截取活动的单个画面是无法反映出社团的活动情形的,只有经过艺术加工才能多角度、立体化地反映出社团的风貌与雅趣。可以这样说,在某种意义上,文人结社图比照相机留影更具有文化意义。”[①]《东轩吟社图》即是典型的杭地文人结社图,在一定程度上展现了清代文人结社的历史原貌。一幅群相图涵盖多次活动,是东轩社员栩栩如生形象的真实记录。从文化史的层面看,也蕴含了丰富的艺术符码。

据说,社图绘成后,藏于汪远孙处。光绪元年(1875),汪远孙从子汪曾唯,把此图放在行箧中才得以保存。太平天国战争时东南沦陷,很多旧家名迹、图籍字画都被烧毁。而《东轩吟社图》完好如初,不仅获得了征题的扩大效应,也还原了旧时的盛景,汪氏家族文脉得以传承。

> 丹旭、士珣为之图而记之,思传其事于后世也,然汪氏自寇难之后,家以中落,图中二十七人,老死略尽,今其存者,吴尚书振棫、张舍人应昌二人而已。子用读书好客,诚有先世之风,而力既不逮,今世知名之士,词章经术,亦无有及。二十七人者,上下数十寒暑,世事变更,家道隆替,人才盛衰而已如此,然后叹区区文字友朋十余年之乐,如先生所得者。幸生国家平治之时也,今世工画者,多绘兰亭修禊、西园雅集故事,以慨想昔贤之风流。今东轩吟社衣冠文物之盛,亦岂异羲之、晋卿时哉?吾知百年以后观是图者,慨想国家平治之时,而先生辈风流遗韵与羲之、晋卿并传焉。

清代文人借助图像和印刷品“传其事于后世”,文辈风流得以记录和传播,

---

① 王文荣:《文人结社图研究——以明清江南地区为考察中心》,《苏州科技学院学报》2013年第6期。

基层文人的声名得以扩大。

第四,《东轩吟社图》及《清尊集》反映了清代士人的诗性生存。

诗人从质朴的生活中寻找典雅,寻找诗意生活的角度。东轩园林是湖畔水边的文化场,水榭花繁,春朝夏夕,雅士高座。社友借山水抒怀胸中逸气、驱除世虑,他们徜徉山水、漫步园林,时时体会到一种艺术和生活完美结合的姿态。

回到《东轩吟社图》上看,图中的文人肖像神貌生动、性格鲜明。这不仅反映出他们艺术趣味的高度一致,亦描绘了他们觞咏、乐游的愉悦感。图中社员有的在弹琴、作画、习禅,有的在探讨学术、创制诗文,互不干扰,交流顺畅,融洽和谐,这是怎样的一幅令世人艳羡的文化图景!士人思想倾向、艺术见地、创作特色的近似不自觉地形成了艺术的群体,同时他们紧密的友谊与师承关系彰显出了江南地区的文化风雅。从《清尊集》看,这是东轩吟社社员作品的集大成之作,皇皇 16 卷,通过组织诗会,探梅觅桂、消夏避暑、觞酒品茗、祝寿过节、追慕先哲前贤,其踪迹遍及西湖诸多名胜;摹状山水,歌咏太平,寄托旷逸之情。诗文创作、艺术鉴赏和消闲交游等不亦乐乎,表现了他们追求安逸恬静和消闲的生活情趣,充分显示出清代士人的诗性生存状态。

综上所述,“群贤毕至”的东轩吟社满足了文人的合群性与认同感,使社员增进了友情,促进了交流,扩大了交往空间,是一个影响深远的文社。基层社会的结社图景在清代文学史上占据着重要的位置。与《东轩吟社图》类似,文献中还有许多张社集图未被打开、未被探讨。从诗与图的双重文献角度看结社,以群体聚合的社会学视阈观照结社,有待于拓展新的思维空间,呈现新的考察维度。

第六章 《读易图》及闲适题咏:清代士人生活艺术化的日常剪影

《读易图》是以表现士人阅读和研究《周易》为主的人文图绘,由于宋代以后出现了此类作品,且作品数量较多、富有代表性,因此它应当可以被归类为中国古典绘画的一种类型。该类文人闲适图绘在清代发展得尤为繁盛。清代《读易图》不仅摹写了有清一代士人生活的日常剪影和休闲意趣,而且突显了士人生活艺术化的精神追求和美学气质。而题咏这些图绘的诗歌,由于较有特色,则构成了清代诗史上的一道别样风景。《读易图》题咏现象,既展现着清人研究《周易》的学术执着和思想风潮,又镶嵌着相当丰富的文化密码和独到的人文气象。

与前面几章不同的是,本章选取的《读易图》的图绘与题咏诗不存在一一对应的关系。这是因为有的图绘富有较强的艺术表达个性和重要的画史地位,画幅尺间却少见或未见题跋文字,因而对于阐释《读易图》的图绘场景和文化义理来说,此类举隅和观照又显得十分必要。而虽然有的题咏诗作的图绘早已不复存在或难以考索,但由于保留了相当完整又频见生趣的诗歌文本,所以就其研究价值而言,《读易图》及其题咏的存在意义依旧丰富、鲜活。本章正是从择取的美术作品与重要题咏等相关文献出发,试图通过一定的美学思考和人文诠释来对清代《读易图》现象的文化内涵、表现特征、互动关系等问题给予一定的梳理和思索。

第一节 《读易图》的文化释义与图绘举隅

《读易图》是表现士人钻研《周易》凝神情态、休闲之趣以及从侧面表现秀美山水风景的文人肖像图绘(也有的学者认为是山水画)。随着文人画的形成和绘画艺术的演进和成熟,宋代以后画坛都有《读易图》存世,此类画作逐渐成为一种普遍的美术范式。在美术学的视野中,读《周易》仅视为山水存在的陪衬行为,而把《读易图》安置于文学的参照之中,则可察视出图绘的诗画之美和文气雅韵。

在众多《读易图》中,著名作品如南宋刘松年绘制的《秋窗读易图》。图绘描画了士人在秋色野屋格窗内读书的场景,其中士人欲与读者对话、向外发散的形象似乎已被两棵高大苍遒的松树框住,人物构成了画幅的审美中心聚点。然而,由于画中人物所占画幅面积较小,使得这幅图的意境带有深邃的朦胧感。图绘的画法在继承李唐画艺的基础上有所创造,画技的高超使得审美的空间有所增大,俊秀山脉与近处浸润的水石一起烘托出雅士的闲情逸致之态。

元代郭畀的《山窗读易图轴》收藏于台北故宫博物院。该画由江河、湖海、房舍、高士、桥、篱笆、围墙等众多物象组成。作者郭畀(1301～1355),字天锡,号云山,居于京口(今江苏镇江)。传世作品有《幽篁枯木图》等。图中高士形象再次被"压缩",只占画幅一角,而图像给人以巨大视觉冲击力的是远山岚气、野树枯桥。

明代画家吴伟绘有《松窗读易图》。吴伟(1459～1508),字次翁,号小仙。江夏(今湖北武汉)人。吴伟是江夏派的代表。作品有《采芝图》等。

李梦阳《题吴伟松窗读〈易〉图歌》可以一览珍品画作的风采:

> 仄岩泉流石无数,素壁蒙蒙起烟雾。君家屋宇在城市,何以堂上生松树?侧闻江夏生,气酣扫毫素。绝壁风雷拔地起,意匠凿天天为怒。泰山古根生眼前,俄顷缩出徂徕山。悬萝挂薜枭枭黑,复有草舍松之间。窗间老人鬓发秃,手翻一编《周易》读。空山瑟瑟翠涛激,长干冥冥暮花扑。远知既已死,希夷不复作。青丘石室杳何许,恍然置我此溪壑。翻愁一夕雷电入,六丁追书上寥廓。又画石下根,屈曲如老龙。胡奴瞑踏孤岩菘,蓬头赤脚露两肘。月明汲泉山涧中,却忆前年召画师。江夏吴生亦与之,短褐垢脸见天子。礼貌虽村骨格奇,帝令待召仁智殿。有时半酣被召见,跪翻墨汁信手涂。白日惨淡风云变,至尊含笑中官羡。五侯七贵争看面,请观此幅松舍图。黄金失价连城贱,吴生吴生太气岸,一言不合辄投砚。①

这首诗不但对《读易图》内容作了详尽描述,而且对画家的个性和重要经历还作了简要介绍。这首诗把山景水色写得奇险怪绝、富有气势,这使得平面图画飞扬灵动。在图画中,观者似乎已经忽视了高士的存在,而在题咏中,"窗间老人鬓发秃,手翻一编《周易》读"的隐者形象呼之欲出。这里的题咏诗深化了

① (明)李梦阳:《空同集》卷二二,四库全书本。

读易主题，凸显了人物，堪谓对图绘的二次创作。

此外，明末清初画家项圣谟在24岁时还绘有《松斋读易图》，限于篇幅不再赘言。

本章所探讨的《读易图》，时间以清代为限。所研究的《读易图》，并非具体指一幅作品，而是清代《读易图》的统称，是一个集合性的概念。清代《读易图》在继承前代图绘的画学理念和构想布局的基础之上，又呈现和发散出独特的精神气韵：创作数量有了明显的增多，画中人物读《周易》的形象更为清晰，士人游闲自适的情怀更为舒展，"清人读易"业已成为时代的文化现象和学术风貌。清人的学术生涯存在和植根于日常生活之中，日常读书之乐已代替了苦读，生活和艺术已融混一体，读《周易》与学《周易》毫无分界。清代士人不论是出世也好，入世也罢，"读易"活动都贯穿于清代士人生活的始终，都是清代士人自在生活的日常表达。这种诗意的生存方式，既是对宋元以来闲雅文化的模仿，又是清代对易文化推崇升级的人文表现。

《读易图》的文化涵义主要体现在以下几个方面：

首先，解析《读易图》当从了解士人阅读的《周易》经典开始。《周易》不仅是我国古代的一部包罗万象的集天道与人事于一体的哲学书籍，而且是一部包含着上古文明的智慧之书。西方人认为《周易》是研究变化的书。它既是中国现存最古老的文化经典，又是中华文化重要的源头活水，在文化史上被誉为"群经之首，大道之源"。《周易》包含着深邃而丰富的思想内涵。《周易》的神秘性和高度的包容性，使它为历代成功人士所倾倒、所热衷，士人不断地用自己的理念诠释和解读它，于是这就产生了大量的易学著作。因而《周易》是"人更多手，世历多代"的群体作品。

其次，《读易图》反映了古代士人对《周易》的追捧和经典对士人个性品格和文艺思想的塑造和定型。孔子晚年反复阅读《易经》，爱不释手，以至于将牛皮绳多次弄断，可见孔子对《易经》的喜爱和研读的刻苦程度。宋代以后，很多文学家都把《周易》摆在了经典阅读的首要位置。苏轼的许多文艺思想都来自《周易》，而且经典也在塑造着经典作家的人格。苏轼乐观旷达的人生态度和处变不惊的淡然心态正是在《周易》哲学的影响下逐渐圆通的结果。与此同时，宋代的梅尧臣、邵雍、王禹稱、欧阳修等人均对《周易》颇有研究。在易文化的演进中，《周易》影响了中国士人的行为方式、审美意识以及价值取向，而易学产生以后士人对经典的阐释又是探求宇宙生命的学问逐步深化的过程，这反映了中国人文精神发展的变迁轨迹。《周易》不仅是一部生命指南，而且是一部文艺美学指导手册。读《周易》已经成为历代士人日常生活的一部分，士人借助《周易》来获得人事的提示和心灵的慰藉，借《周易》来矫正自己的作品美学和提升作品的

审美价值。

最后，画家创作的《读易图》，既是对传统价值观念与道德规范的亲近与透视，又凸现了士人对中华人文精神的追求。易学思想是中国传统思想文化的主潮、主旋律，这些都已融入中华民族的人文心理之中。《周易》中有许多深邃的感悟和哲思成为古代士人通权达变、变易思维的精神源泉，比如忧患意识、理想人格等伦理思考以及时空合一、中正和合、阴阳辩证的思维方式。尤其值得关注的是，在中国传统社会，易学是许多思想家、政治家“修身、齐家、治国、平天下”的重要理论渊薮和思想依据。此外，在《周易》中，仁义、忠信、敬慎、厚德载物等道德伦理规范也常被提及，这些既是士人所追求的道德品质，亦是对士人的劝诫与指导，以至于典籍成为君子的“自强书”“修为书”。

回溯中国美术史，历代画家所绘制的《读易图》佳作并不在少数，尤其是宋代以后，随着诗画互动的交融与增强，诗人、画家身份的逐渐叠合，以读书、听琴、下棋、品茶、望月等涉及文人闲适雅趣日常生活的画作逐渐增多，文人画逐步走向成熟。文人读易现象的投射——《读易图》也逐渐演变为绘画的一种重要类型。而在清代，声名腾播的画家亦没有忽视《读易图》的存在，对这个创作母题有较多的关注，并别出心裁地摹写出有别于前代的反映清代士人日常风雅生活的艺术作品。

下面集录几个清代读易绘画作品，从而来观照《读易图》。

第一，扬州画家禹之鼎的《竹溪读易图》。

此画现藏于首都博物馆。禹之鼎(1647～1716)，字尚吉，号慎斋。有《王原祁艺菊图》等传世。

《竹溪读易图》展现出较强的文士气息和诗意的自在场景，是一幅用淡彩亮色描绘的士人清雅生活的画卷：长髯的文士静坐于溪水堤岸旁，手持《易经》而诵习，举止情态高逸，旁边还放置着许多未读的经卷。幽林高士闲读的背后是高拔的竹林与幽秀的奇石，前方走过幽静流水小桥的是捧花的童子，而画面的远景又仿佛是隐隐约约的庙宇之顶。

在此图中，文士是适意的、自在的，自然生活与万物相合，与景色相融。手中的书籍与童子手中的花都成为他日常生活的必备品，都成为他依赖和沟通天人之际的性灵之物。文士安稳、平静地坐在竹林边际、溪水之侧，仿佛一尊佛，其自辟的狭小空间成为日常生活的艺术场。在这个万籁俱寂的天人合一的空间中，文士在用一本《周易》来打通今古、默想人生。

这幅长卷突出了近景人物，人物成为绘画的主体；童子手执之花、士人所捧之书清晰地进入了读者视野。疏淡的竹、淙淙的水、坚硬的石、古朴的桥带给人们以清朗、透澈之美。画面全无凌乱之笔和无用之物，每一个物象的设置都是画家巧思妙想的成效。相近色调的比对结果是“同色见异彩”，人物和自然之物各尽其态，独显风流；整幅画面布置和谐雅致，人物神态生动有余，同时设色明丽，给人一种宁静闲雅的逸美。

第二，恽寿平《秋山读易图》。

恽寿平(1633～1690)，初名格，字寿平，号南田，江苏常州人。

《秋山读易图》是着力表现文人淡泊意趣的扇面。该图绘高远秀润、野趣纵横。扇面的背景色彩为金黄色，象征着秋日的灿烂。远方的秀山淡然如烟，山谷瘦俊，空寂而寥落。远处朗净的水面漂来两只野帆，近处的杂树则用浓墨涂抹，用来表现树干张野的外形。黄叶、秋风、秋雨都存在于这尺幅之间，从中可以领略到画家试图勾勒出野境的淡泊之趣。而近景是掩映于树丛中的草庐，草庐中的文人也在读《周易》。由于图像突显的是远景的苍茫，近景的读《周易》反而处于边缘的位置，这也给观赏者无穷的想象空间。这是用浓色渲染意境的表现士人野趣的作品。

第三，石涛《松窗读易图》。

石涛(1642～1707)，又号苦瓜和尚。广西全州人，晚年定居扬州。幼年遭变后出家为僧，半世云游，以卖画为业。在扬州时曾研究过《周易》。存世作品有《搜尽奇峰打草稿图》等。

《松窗读易图》绘于1701年，现藏于沈阳故宫博物院。图像描画的是这样的景色：“图作危峰对峙，石径宛通，楼轩明敞，一人临窗读易。四周松柏偃仰，阁后石壁陡峭，一派苍蔚幽森之景象。构图布景，奇致自然，笔粗墨润，荒率雄奇，别具一格。”①石涛的画作豪放大气，虬龙般的松石占了画幅的大半，而读《周易》的草屋却位于十分安静的僻角，这样的对比画法是很有视觉冲击力的。

第四，冯超然《松阴读易图》。

这是一幅远、中、近景都十分鲜明的画作。图像描绘了一位隐士在松荫下读《周易》的情景。隐士手捧书本，身体微屈，站立的童子正在为他捶背，画面展现着一派逍遥的浪漫情趣。隐士身后是一株千年古松，他盘坐于树根之上，十分超脱，画面有十足的趣味感，而苍劲的古松、清冽的山泉也为画面带来无限活力。

这几幅画作具有极大的相似性：人物读《周易》活动多伴有清冷萧寂意象，如竹溪、秋窗、秋山、松阴，而窗、松、溪、竹、山也成为此类画作不可缺少的物象，童子亦成为此类文人画中必不可少的出场人物。宋元以后，由于文人读书图渐多，再加上江南是文人画的重要发源地，这使得宋元后的江南此类画作频出。

---

① 沈阳市文物管理办公室编：《沈阳市文物志》，沈阳出版社1993年版，第284页。

此外,《读易图》还表达了文人追步隐逸生涯的情感需求。

第二节 《读易图》题咏涵盖的文化表现特征

可以窥见,《读易图》是表现服膺传统文化经典的士人闲雅趣味的图绘。就《读易图》而言,它的思想意旨大致可作这样的归纳:《读易图》是士人对《易经》的一种青睐,甚至是宗教式的情感崇拜和思想渲染;由于画家的精心描绘,清人《读易图》也成为反映清代学术文化状况的一个侧面;清人学术存在于士人生活之中,清代诗学渗透于日常之微,而士人的闲适之趣则升华于有清一代。

清人《读易图》题咏是诗画互动高度成熟的产物。清人学术的发达带动了《读易图》题咏的发展,清人生活为《读易图》题咏创作提供了活水源泉,而士人间诗艺的切磋与文人交往又对《读易图》题咏起到了较为重要的文化影响。就《读易图》及其题咏而言,题咏则表现出比绘画更为动人心魄的力量。《读易图》派生出的题咏,由图而发,却是在图绘的基础上有所创造。题咏全面深刻的思想内涵、文学价值及艺术取向值得进行深入研究。

从艺术的角度来说,作为一种画作,清人《读易图》既有继承和沿袭传统绘画技法的一面,但同时也受到特定历史、特定环境的影响,打上了清代学术繁荣和画坛兴盛的烙印。而《读易图》题咏无疑也是诗学艺术与学术研究交融培育的产物,是一定时期的文化现象,反映着清代文化的侧影。

《读易图》在清代的繁兴,绝不是一个偶然的文化现象,而是对清代崇尚易学文化风尚的折射。值得深思的是,在一股强大的学易学术气氛中,清代画坛确立了以士人学易为内容的画作,那就是《读易图》。实际上,从另一个角度说,《读易图》流行于世,恰恰印证了易学在清代广泛的学术影响。简单说来,《读易图》的勃兴,始于学易的风气。那么如果要考察《读易图》渊源的话,则不能不谈到《周易》在思想学术上的地位,进而不能不笔涉清代学人的气度。

清代是学术文化发展颇为兴盛的一个朝代,由于高压的政权统治,学者们更加潜心于经学研究。在260余年的时间里,涌现出众多的著名学人,学术著作汗牛充栋,为清代学术文化的发展做出了重要贡献。清代亦是《周易》学术总结的时代。在易学研究史中,占有极其重要的地位。我们仅据《清史稿·艺文志》记载统计表明,当时清人解《易》之书就有150余家,达1700多卷。中国学术界的《易》学论著,粗估约有7000种。在清末民初,以传统经学方式研究易学的人也颇多。如果说我国的《易》学研究史,以汉、宋两代的成就最为卓著,那么清儒则以扎实朴素的学风和丰富的《易》学著作,成为我国汉宋诸家《易》学的总结者。

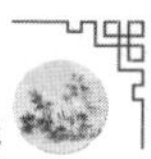

正是在这样的学术氛围下,清代画家把目光投向了《易经》。他们借助画笔对清人读《周易》的情景进行了艺术化的诠释与加工,那些《读易图》即是对清代学人读《周易》的真实写照。但在漫长的历史岁月中,大部分图像资料没能像其阐释的经典那样留存下来,图谱的流失相对严重,画面漫漶现象突出。新出的种种研究易学易图著述,其说可谓错综复杂。抛开学理争论,我们认为,《读易图》始终是中国传统文化、古代文明的产物,清代《读易图》的盛行有着深刻的历史渊源,是历代学术沿袭、思想流变、画艺积累提高的风气产物。

清人学易现象的促发,使得《读易图》相当繁盛,而诗文世界中也不乏题咏现象,可以说《读易图》催生和助推了诗歌创作的发展,而诗歌又反哺了图绘的再创造。通过考察可以发现清人的《读易图》题咏数量蔚为可观,其中不乏名家的介入,如吴镇《次云林韵题耕云东轩读易图》、纪昀《题汪锐斋蕉窗读易图》、吴绮《题读易图》、吴历《题溪阁读易图》等,都是颇具代表性的作品。

一、纪昀的《题汪锐斋蕉窗读易图》

纪昀(1724~1805),字晓岚,一字春帆,晚号石云,直隶河间人。官至礼部尚书、协办大学士,曾任《四库全书》总纂修官。《读易图》的画者汪德钺(1778~?),字崇义,号锐斋,安徽怀宁人。汪德钺是嘉庆元年(1796)进士,选庶吉士,散馆改礼部,官至仪制司员外郎,与修《会典》,以《会典》中出现讹字而被夺职。汪德钺自幼学习易学史,后一直潜心研究,一生著述丰富,著有《读易义例》等。

《题汪锐斋蕉窗读易图》是纪晓岚特意写给汪德钺作为赞赏之词的。在这首诗中依稀可见纪昀奖掖后进的拳拳师者之心,以及他自叹年老、笔力衰弱的自识之智。诗歌的前半部分探讨的是《周易》的文化内涵以及人文意义,特别言及了《周易》作为儒经的发展演变过程。尤其值得注意的是,诗中也掺入了纪昀对易学流变的感发见识。诗的后半部分,首先赞扬了汪德钺嗜古的情怀、少年有为的才华、甘于淡泊的心境以及笔耕不辍的学力,其次谈及了汪德钺的学易路径是"训诂溯根源,考证求详慎"的汉学方法,最后回顾了与汪德钺的交往。汪德钺中进士时的主考官是纪昀,故汪德钺算是纪昀的门生。在纪昀所取之士中,汪德钺是最受赏识的,纪昀曾赞誉他为万马中的"千里骏"。汪德钺的学术造诣颇高,经学成就斐然。在易学方面,他还留下了不少被后世易学家所频频引用的箴言,对《周易》多有独到的阐发。此外,诗歌还谈及读《周易》的环境氛围是相当超脱、艺术的:"尝于秋雨余,庭户无尘玢。听讲中孚爻,遗文旁摭捃。"而诗歌题目中的"蕉窗"也是艺术化的表达,为士人的读《周易》增加了诗意的美感。

二、吴绮的《题读易图》

西府中枢,剖竹分符。春梦后,一事都无。传神阿堵,似者谁与?是少狂客,中傲吏,老潜夫。一曲红么,三生翠袖,天知道,诗酒吾徒。晚年学易,忏悔消除。有遯之六,渐之二,履之初。①

吴绮(1619～1694),字园次,号绮园。江苏扬州人。晚年吴绮失官后再未出仕,而转向了潜心学《周易》。这首词写的是词人自己。他提到学《周易》可以使忏悔消除。词中提到《周易》处并不多,但是突出了《周易》对士人精神的影响,已成为退隐人士的慰藉之作。

三、吴历《题山斋读易图》

吴历(1632～1718),字渔山,号墨井道人。他一生不肯向人低头,靠卖画为生,晚年加入耶稣教。他在艰难的环境中,仍然在艺术方面取得了卓越的成就。《题山斋读易图》云:

读《易》忘饥倦,东窗尽日开。庭华昏有敛,野蝶尽还来。
漫数过篱笋,遥窥隔叶梅。惟愁车马入,门外起尘埃。②

吴历复写梅尧臣的这首诗,旨在描述读《周易》是可以忘记饥饿与疲乏的审美活动。不难看出,读《周易》的环境往往是日开蝶来、遥窥梅花的清幽佳境。诗歌中"惟愁车马入,门外起尘埃"就表达了诗人自建隐逸审美空间的情愫。此时的《周易》已经不像是儒生为入仕而背诵的枯燥经典,而是一种学人的生命支柱和生活理念。这说明士人的学力功夫也许潜藏于非官的乐读生涯中,学人的精神会在自己的剩余空间里得到融会。读《周易》是外化的行为,尚学是士人的笃信之念,这种对文化的追溯、对易学的坚守是清代士人的文化选择。

四、何振岱题咏文《弹琴读易图序》

何振岱(1867～1952),字梅生,号心与,晚年自号梅叟,侯官县(今福建福州市)人。师从名儒谢章铤,被江西布政使沈瑜庆聘为藩署文案。辛亥革命后,曾在福州主纂《西湖志》《福建通志》。擅画能琴,书法功力深厚。诗作成就亦高,是"同光体"的殿军人物。有《觉庐诗草》等著作传世。

题咏文讲述了陈蝬庵年轻时放弃举子业、长期不遇的故事。作为陈蝬庵的

---

① 石理俊编:《中国古今题画诗词全璧》,商务印书馆2007年版,第1431页。

② 吴历:《吴渔山集笺注》,中华书局2007年版,第504页。

至敦好友,何振岱首先在题咏文中与陈蠖庵探讨了易学的学问,并对其易学研究进行了学术辅导;接着何振岱对抑郁的士人进行心理疏导,他认为不该由此一蹶不振,而应调节好心态,因为士人贵在通过修己来树立自己的品格。他认为弹琴、读《周易》都应为排解愤懑的手段。从《何振岱集》中可以发现诗人为陈蠖庵写的祭文,感情真切动人。在陈蠖庵生前,二人交往不断,经常通信,何振岱写有《与陈蠖庵论筮卦书》。

统观这些题咏,可以感知《周易》作为生命指针的温度感和方向感。它可以排懑减忧、忘饥化倦,成为士人的化解之药;它不悬浮于浓厚的政治空气之上,而是飘落于士人平淡生活的场院;一些题咏诗文是学人化的,然而这样的学人诗、学人文基于最本真的情感,仍有可以生发的价值;而一些题咏表达了"读易乃适"和"读易为闲"的思想,乃是值得思考的另一个侧面。

第三节 清代士人生活艺术化的重要侧面

不论是《读易图》还是题咏,都会表现出浓郁的生活艺术化的韵味。钱穆认为,宋以后的文学艺术都已走向了平民化,"今人日常接触到的,尽是艺术,尽是文学,而尽已平民化了的,单纯、淡泊、和平、安静,让你沉默体味,教你怡然自得"①。对于士人来说,普通的读书生活也被覆盖上艺术化的色彩,表现出日常生活审美化的特点。

第一,题咏中充分显示了古雅之美。

对于这种古雅,谢肇淛《五杂组》大致有相似的场景,勾勒出了士人临水兴会、藏书品茗、谈笑鸿儒、不言朝市的游赏之趣:

> 竹楼数间,负山临水,疏松修竹,诘屈委蛇,怪石落落,不拘位置。藏书万卷其中。长几软榻,一香一茗。同心良友,闲日过从,坐卧笑谈,随意所适。不营衣食,不问米盐,不叙寒暄,不言朝市,丘壑涯分,于斯极矣。②

观摩《读易图》,可以感受画中人与天合一的和谐美感,以及与物相融的自适和旷达,也可以领悟到画中人与古人间的艺术联系。仅仅一部《周易》,就使画中人的生命得到了有价值的提升,使人的境界有了审美化的提高。《周易》实是若干首哲理诗的聚合,文人在读易的过程中净化了自己的心灵,宣泄了自己的怀才不遇,沟通了古今学术。

---

① 转引自姜义华、吴根梁编:《港台及海外学者论中国文化》,上海人民出版社1988年版,第15页。

② 谢肇淛:《五杂组》,上海书店2001年版,第258页。

文人在溪水、秋窗的清雅意象包裹之中,也如"物"一般融入了生活艺术化的审美观。他们的读《周易》、学《周易》已经摆脱了"为仕学儒"路径的枯燥,转化为对个人生活态度和生命情感的抒发。就《读易图》而言,图绘包含了画家对士人日常生活的领悟,表现了世俗超脱的精神境界,清代士人的人格风神和自遣肖像展露无遗。在清代相对严苛的政治环境中,一些士人放弃了外在的事功,而把它转化为对生命的珍惜与热爱,这使得他们的生活更加优雅精致、内容更加丰富。

第二,《读易图》及题咏打开了清代士人闲适生涯的画卷,这是士人生活艺术化的一个重要方面。

闲适观的生成,是与清代士人的出处哲学密切相关的。清代是中国文化的集大成时期。在异族统治的时代,士人立身处世的价值取向呈现出多样景观:有的崇尚经世致用,积极担当社会文化的历史责任;有的避世退守,隐逸山林而独善其身;有的则悠闲自适,纵情乐世而快然自足。

由于士大夫文人的文化修养较高,求闲自足的精力充沛,所以文学书写充满着诗意和乐趣。"此类诗中的'读易'很少是皓首穷经的枯寂苦读,而是诗人在《周易》中寻找否泰之道,忘怀得失,获得心灵闲适与解放。《周易》成为修身养性之方,成为归隐、闲适生活的道具之一,也是诗人清幽高洁、止欲归隐的心灵象征。"①

《读易图》题咏就揭示了清代士人快然自足的闲情趣味观。闲来读易,超然物外,本是我国古代知识分子的精神理想,也是传统中国画中屡画不厌、历久弥新的常用母题。童子相伴、幽林野趣、溪水林泉都是士人读易的精神陪伴,潜心读经是士人的日常追求。在图绘中,画家设置的清静画像都为士人品格的塑造增添了逸彩。在品鉴《读易图》的过程中,也可以感受到文人的情感特征和心路历程。南宋人叶采《暮春即事》诗云:"双双瓦雀行书案,点点杨花入砚池。闲坐小窗读《周易》,不知春去已多时。"诗人悠闲读易的自适心境跃然纸上。

同样,《读易图》折射了这一时代独特的社会意识以及休闲文化心态。《读易图》大量涌现的重要原因,即是士人对于学术的趣味参与以及清玩方式和休闲理念的融贯,这使得画家把易经与图像进行了有机的结合,其意义不单单在于增添休闲生活的乐趣,更在于他们能借之以移情致兴、悟理证道,从而成为心灵的慰藉。

第三,《周易》是士人生活艺术化的指导大纲,里面包孕的哲学思维、审美取向源于现实、高于现实,是对日常生活的理念性指导。与此同时,士人生活艺术

① 程刚:《宋代文人的"生活易学"》,《中国社会科学报》2013 年 5 月 24 日。

化的审美投射在《读易图》的基础之上又衍生出许多同类画作。

士人爱读《周易》,青睐画《周易》与题《周易》,是把《周易》当作沟通生活与艺术的桥梁。士人搭建起这座桥梁,就可以感知天地之间唯一不变的,即变化。人类的不安、疑惑与担忧就可以得到解脱,人类的艺术可以得到感知。《周易》的基本原则,就是观察自然规律以安排人的言行。由此可见,《周易》是一部值得仔细省思与品味的作品,对人生哲理的启发也有点化的效果。即使就阅读而言,也有无可比拟的自适趣味。正因为如此,清代学人学习、研究、效法《周易》的热情甚高。《周易》已经成为他们一种使生活艺术化的参照物。

清代士人闲趣图反映了士人的心理结构、思维取向以及审美趣味,是士人生活艺术化的表征。士人生活是悠闲的,他们喜欢在景色中获得真趣,喜欢与清风明月作伴,追求超尘脱俗的生活。自由的生活方式和惬意的休闲乐趣使士人成为自由的主体,由此产生了生活艺术融合的诗意世界,并外现为生活艺术化变俗为雅的闲淡美感。同时,在此基础之上达到了逸的美学境界。这种生活趣味的表达超越了流俗与现实,可谓是高逸与清逸的代言。

在清代,士人的生活艺术化表现得尤为明显,日常生活中就不乏艺术的熏染,文学与艺术也在着力表现着士人的闲情高趣,以致清代出现了大量类似的图绘:王又旦《五子论文图》、翁方纲《五客话旧图》、曾燠《题宾谷赏雨茅屋图卷》、张风《吟梅图轴》、黄慎《携琴访友图》、余集《梅下赏月图轴》、钱杜《著书图轴》、萧云从《石磴摊书图轴》、弘仁《疏泉洗研图卷》、王概《秋山喜客图卷》、蓝涛《销夏图轴》等 。

由是观之,清代《读易图》的兴盛,为诗、画艺术相得益彰提供了生动的范本,也为清代诗文研究增添了许多颇具内涵的话题。虽然《读易图》只是一种反映学人读《周易》活动的图像,但是透过图像可以关注到作品所呈现的超越文学性以外的认识含义。可以说,图像与题咏既有理智的剖解,又有情感的认同,值得深入探讨。

第七章 严绳孙《饯别图》题咏与清代送别琉球册封使诗文

清代初期，文人严绳孙曾召集彭孙遹等博学鸿儒为出使琉球的汪楫饯别，并即兴绘制了《饯别图》。清秀雅逸的《饯别图》不仅还原了"送别汪楫"这一极富人情的生活场景，而且展现了为册封使饯别的历史图景。本章不仅罗列了鸿儒饯别诗群，而且爬梳了一些清代文人的送琉球册封使诗文。图诗证史，诗和图生动地保存了琉球册封的历史资料，彰显了康熙王朝的大国气派；图诗系心，诗和图自觉表露了清代文人的爱国情怀，确立了他们的道德守义。海洋文化视阈下的图与诗文的研究意义十分重要，不仅可以作为多学科研究的材质，而且也为一些结论的证明提供了坚实的理论支撑，所以亟须挖掘与开拓。

第一节 《饯别图》及题咏的概况

汪楫出使之前，严绳孙召集彭孙遹、倪灿、周清原、徐嘉炎、徐釚、尤侗、邵吴远、李澄中等同年为其饯别，严绳孙即兴绘制了《饯别图》。

严绳孙(1623～1702)，字荪友，号秋水，江苏无锡人。康熙十八年(1679)以布衣举博学鸿儒，授翰林院检讨。著有《秋水集》。《桐阴论画》把严绳孙画作列在逸品："严秋水中允绳孙，笔墨雅韵欲流，逸情云上，山水人物鸟兽，楼台界划，罔不精妙，山水深得思翁恬静闲逸之趣，界划画直可近跨十洲，远追千里，真出群手笔。"①

据考证，图绘的创作时间为康熙二十一年(1682)，地点在北京。康熙曾三次派遣册封使，汪楫、林麟焻为第二次出使的册封使，时间为 1683 年，而前一年饯别的时间 1682 年恰为壬戌年，所以图绘创作的具体时间应为 1682 年秋，这

① 秦祖永：《桐阴论画》，中国书店 1983 年版，第 18 页。

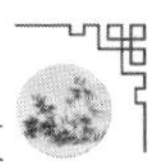

离召试博学鸿词的时间(康熙十八年)相距不过三年。1682年,这些鸿儒都聚集于京,与诗中所云“帝京”一致,所以创作地点确实为北京。

《续录》叙画作内容:“草堂中四人,围坐方几话别,衔杯。外有应门童子,执鞭舆夫,一车两马,停骖以待。祖饯情景,宛然在目。其余杂树扶疏,苍翠欲滴。”接着为品评的艺术风格:“用笔清秀,洵士夫之作也。”

图绘四人中应有汪楫。汪楫(1636～1699),字舟次,号悔斋,安徽休宁人,寄籍扬州。康熙十八年荐应博学鸿儒,授翰林院检讨。充册封琉球正使。著有《悔斋诗》《观海集》《京华诗》《中山沿革志》等。

这幅图的背景看似简单,实则是映照出重大事件——琉球册封。明清中国与琉球的关系、册封的相关历史都被清晰地呈现出来。中国与琉球有五百多年的藩属国关系。自1404年起,每逢琉球王位发生更替之际,中国皇帝往往要向琉球派遣册封使,对新琉球王进行册封仪式。清朝共八次派遣册封使。康熙曾三次派遣琉球册封使,足见康熙对册封一事的重视。康熙第二次册封,派出的册封使是正史汪楫、副使林麟焻。“康熙二十一年,中山王世子尚贞遣耳目官毛见龙、正议大夫梁邦翰奉表贡方物,以其父中山王质之丧来告,贞以嫡嗣当袭,请授封。”[①]经过严格的遴选,康熙认为汪楫文章颇通,为博学鸿儒才,故予以选派。

由于《饯别图》题咏均为鸿儒所作,所以回顾康熙十八年(1679)的博学鸿词科极有必要。博学鸿词科是清朝制科取士方式。博学鸿词科,在康熙十八年、乾隆元年(1736)曾两度举行。与试者,不论已仕还是未仕,皆由在京三品以上官员、在外总督、巡抚等大吏先行荐举,然后汇集京城,统一进行殿廷考试,录取者授翰林院官。康熙十八年,与试143人,录取50人,多为江南士人。这对消弭汉族士大夫的反抗情绪、促进进一步合流产生了较大影响。

《虚斋名画续录》著录过以下博学鸿儒的诗。

严绳孙首题:“手奉天书出帝京,吟朋饯别话深更。去从马齿看山色,喜有贤王立马迎。”[②]这首诗叙述了册封使日程:汪楫别友后,从北京出发,至中山国马齿山(即今庆良间列岛)等地,就抵临了琉球国属地,到达首府后将会得到国王的热情礼待。他还写有《送汪悔斋同年奉使琉球》,这首诗看似与题咏无关,其实是相关诗歌:“忆昨元会日,玉陛罗四裔。侧见中山人,远自重译至。”[③]这句

---

① 汪楫:《使琉球录》,海南出版社2001年版,第2页。

② 庞元济:《虚斋名画续录》,《续修四库全书》第1091册,上海古籍出版社1995年版,第323页。以后未出注的题咏皆出自本书。

③ 严绳孙:《秋水集》,《清代诗文集汇编》第86册,上海古籍出版社2011年版,第61页。

诗描述的是皇城聚会、官吏云集的场景。

彭孙遹(1631～1700)，字骏孙，号羡门，浙江海盐人。顺治十六年(1659)进士，授中书舍人。后举博学鸿词，授翰林院编修，迁礼部右侍郎，再迁吏部侍郎，兼翰林院掌院学士。著有《松桂堂全集》。

题咏云：

其一

暂辍銮坡草，还乘博望槎。文章传海外，名字满天涯。
人地堪华国，王程得过家。绣衣归省日，画锦未须夸。

其二

见说高华屿，南行只片帆。土风宜稻黍，方物有枫杉。
候吏迎仙棹，词臣领画函。好将柔远意，沾洒及嵁岩。

诗歌(其一)首先讲汪楫暂时告别翰林编修的工作，开启出使琉球的行程，“博望槎”使用了张骞出使西域被封为博望侯的典故。第二句指出汪楫在琉球文名颇高、著作流行。第三句谓琉球国是华国，意为清朝藩属国。诗歌(其二)第一句中的“高华屿”即明清时期的钓鱼屿，是印证钓鱼岛属于中国的史证诗句。第二句书写琉球的土产风貌。第三句描述琉球官吏对使臣的迎接之景。第四句标明了中华国力之强与柔远之意，再次确认琉球国的藩属身份。

倪灿(1627～1688)，字闇公，号雁园。史志目录学家。南京人。康熙十八年召试博学鸿儒，官授翰林院检讨。著有《雁园集》。

其组诗曰：

其一

暂辍含香直晓班，金符玉节下闽关。日绕五文皆御气，海浮一发是中山。
风霆夜护蟠龙简，云雾朝披玉雪颜。圣主恩深及海外，薇垣隔岁望君还。

其二

琉球远接扶桑国，万里波涛此去看。屿转梅花吞倒景，洋开黑水尽惊湍。
长鲸鼓浪云垂墨，老蚌含珠夜吐丹。身到南溟瞻北斗，佩声犹忆凤楼寒。

两首诗出现了较多的海洋文学地理意象，这些与诗之间有密切的联系。“闽关”即福州。“中山”代指琉球。“梅花”即福州长乐梅花港(今属福建省长乐市梅花镇)，它位于闽江口南岸，自古以来就是军事重镇。中国册封琉球国使团每次都在福州造船及招募使团人员等，福州成为册封使团的起程和返航地点，而“梅花”则是册封使团的主要开洋地。而诗中紧接的“黑水”指2000米深的黑水沟

（冲绳海槽），即清朝与琉球的海界线。这两首诗都写出了大国气势、皇家风范、海域辽阔。“金符玉节”“圣主恩深及海外”把清朝册封的威壮写得气势磅礴，诗人自豪的爱国情感溢于言表。

周清原，字浣初，号蓉湖，常州人。由监生举博学鸿词授检讨，官工部侍郎。

《里诗四首》（其三）曰：

> 彭岛插东溟，嵚崎出马齿。代产名贤王，羽冠素守礼。
> 瞻云拜玺书，卉服谒天使。天使兰台选，亭亭玉山峙。
> 丰采照须眉，挥翰云满纸。绝域激情风，宣威信良史。
> 闻有却金亭，岿然立山址。海邦岂不远，去去凌洪涛。

“彭岛”应为澎湖列岛中的一屿，这是通往琉球的必经之地。“名贤王”“素守礼”指国王贤明，崇奉儒教。“瞻云拜玺书，卉服谒天使”描述了琉球国王对清朝的遵奉与拜谒。最后几句赞美了“天使”即汪楫，“天使”不仅是经兰台细选的词才、丰采卓越的文人，亦是气宇轩昂、代表国家形象的良才。“却金亭”指汪楫继承了陈侃却金的传统，临行前不受馈赠，以致琉球国人建却金亭来表彰清廉的官员。

徐嘉炎（1631～1703），初名焉，字胜力，浙江嘉兴人。举鸿词授检讨，累官至内阁学士兼礼部侍郎。著有《抱经斋集》。

徐嘉炎不仅作有公宴长序（下文提及很多文人写有送别文），而且写有长达168字的赠别诗：“去年君作观海图，万里云涛生素练。波中岛屿涌千寻，潮里鱼龙争百变。水光澹澹山竦峙，多君空阔堪拟此。长风破浪亦偶然，激荡奇怀聊尔耳。……归来携得惊人篇，贝宫锦丽鲛珠圆。迟君剧谈海外事，使我胸次长悠然。”这首诗有两句需要注意。第一句“去年君作观海图”，可见汪楫于1681年曾作过《观海图》。许多册封使与从客都擅长图绘，图与诗都是他们登临琉球前或暂住琉球时表达情愫的方式。这些图绘，有的是标明中琉海线的地图，有的是描绘琉球国风貌的形制图，而有的则是彰显爱国情怀的文人画。胡靖曾绘有《琉球图》，夏子阳记录了《琉球过海图》。而费锡辂亦作图绘，其兄费锡章《题家弟锡辂〈乘风破浪图〉》曰：“男儿随地志四方，东西南北无限量。古未云海不可渡，胡乃咋舌变色叹望洋。”[①]而汪楫归国后亦绘《乘风破浪图》，亦引发了当朝人的题咏热潮。王士禛则作《题门人汪舟次〈乘风破浪图〉四首》；朱彝尊作有七言歌行体《题汪检讨〈乘风破浪图〉》。第二句特别烁目的诗句是“归来携得惊人篇”，指汪楫归国后，撰写了《使琉球杂录》《册封疏钞》《中山沿革志》等著作。

① 费锡章：《一品集・国家图书馆藏琉球数据三编下》，北京图书馆出版社2006年版，第444页。

徐钪(1636～1708),字电发,号虹亭等,晚号枫江渔父,苏州人。博学鸿词授检讨,著有《南州草堂集》。徐钪诗云:"海外环三岛,寰中大九州岛。言持龙虎节,去访凤鳞洲。"这些诗句再次表明琉球为中国的属国。徐钪《送汪舟次同年奉使琉球二首》(其一):"乘槎来属国,衔诏出彤庭。日月吞舟楫,鱼龙护使星。归来志山海,重与续图经。"

尤侗(1618～1704),字展成,号悔庵,苏州人。著有《西堂全集》。尤侗的诗极有气势,如:

七岛遗风在,三山故老留。赋诗题馆阁,记事载轩𬨎。
能却千金赠,何辞万里游。宗生真破浪,尼父亦乘桴。
忠信符潮汐,威严退石尤。云霞依画鹢,蛟蜃拥层楼。
捩柁暹罗望,回帆旗鼓收。蛮邦观礼乐,泽国历春秋。
争艳才名盛,因知文德修。椒苏充贡舶,翰墨定边筹。
小屿环天阙,洪波达御沟。勋劳传禁掖,姓字动遐陬。
马上黄罗帕,车中紫绮裘。归来歌燕喜,鼓吹满扬州。

邵吴远,号戒三,浙江仁和人。康熙三年(1664)进士。康熙二十四年(1685)修《一统志》,不久致仕归。其诗云:"神异纪诗篇,俶诡收图画。"

李澄中(1630～1700),字渭清,号茵田,山东诸城人。康熙十八年举博学鸿词科,官至翰林院侍读。历充云南乡试正考官。寻迁侍读,告老归。著有《卧象山房集》等。题咏:"出使能不辱,虽远庸何伤。夙昔同心友,临歧各尽觞。"

对于以上题咏,陈德大跋作了精妙的点评:"可谓极皇华之盛事矣,此太史出都时诸公送别之作,天羽而外皆制科硕彦,煌煌巨篇一时作手之长。"此点评说明了《饯别图》同题唱和不乏上乘之作,宏大的颂歌规模以及趋同的作者身份特征也被概括出来。这些文人并未亲历琉球,却把异域的想象化为纸上的海国歌咏。诗人的诗才得以展示,诗史的特征更加典型。

第二节　清代送琉球册封使诗文

虽然题咏人数不多,但《饯别图》导引出清代诗文颇为繁盛的文学生态,即送琉球册封使诗文。考索清代诗文,此类诗文甚多,蔚为大观。对于这类诗题,自册封一事产生后就一直存在,如:元代张之翰的《送吴泉阳使琉球》。至明代,送册封使诗数量有所增多,如鲍应鳌《送夏给事出使琉球》、蔡献臣《送夏鹤田给谏使琉球》、曹学佺《送陈黄门奉使琉球》、陈邦瞻《寄赠夏给谏使琉球》、畲翔《送萧给事奉使琉球》。有清一代,送册封使诗文成为一种现象,送别册封使诗歌逐

渐形成一种常态。从地理跨度上看，不仅有送琉球册封使诗歌，亦有送安南册封使诗歌。从文体上讲，不仅有诗，而且有文。从诗文依赖的物质媒介看，有的作品存于画卷上，更多的作品散见于朋友的别集中。从艺术上看，诗歌多境界开阔、气势壮美，且意象新奇、感情真挚。从思想上看，这些诗置于海洋文化的包围之中，有填补史实缺憾的功用，亦有兴发读者情感的作用。诗文虽作于古代，但仍可激励后世读者，激荡着人们的爱国情怀。

本节拣选了14首饯别诗歌辑录于后。

送汪舟次使琉球

徐元文

拜表上方略，慷慨万里行。丈夫志四方，岂作离别情。
华星动京邑，衮服炫都城。繁弦佐别觞，祖送倾公卿。[①]

送汪舟次太史奉使册封琉球四首(其一)

吴苑

郑重传天语，词臣作使臣。南溟垂大翼，北阙奉温纶。
雨露中山早，梯航万国春。凭将柔远意，沾洒及鲛人。[②]

送汪舟次太史奉使中山

吴绮

论蜀何烦羡马卿，𬳿骖夹道送君行。装从南越台前盛，文向东坡海外成。
岛屿岂期才子见，波涛知为圣人平。独怜异国相思处，万里蓬壶月又生。[③]

送汪舟次翰林册封琉球(其一)

魏象枢

大海楼船一叶孤，水光云影尽皇途。
经过岛屿题诗处，勒作天朝问俗图。[④]

送汪检讨林舍人奉使琉球册封中山王四首(其三)

毛奇龄

凤诏从天下，鹏程击水飞。封留传世宝，到着赐时衣。
蜃气看成幄，鲛人喜下机。主宾迎乡后，俯首奉恩辉。[⑤]

① 徐元文：《含经堂集》，《清代诗文集汇编》第132册，上海古籍出版社2011年版，第650页。

② 吴苑：《北黟山人诗》，《四库禁毁书丛刊》集部第46册，北京出版社1998年版。

③ 阮元辑：《淮河英灵集》第1册，中华书局1985年版，第75～76页。

④ 魏象枢：《寒松堂全集》，《清代诗文集汇编》第60册，上海古籍出版社2011年版，第453页。

⑤ 毛奇龄：《西河文集》，《清代诗文集汇编》第89册，上海古籍出版社2011年版，第477页。

送汪舟次检讨林石来舍人奉使琉球四首(节选)

王士祯

属国沧波外,微茫万里流。双持龙虎节,遥拂凤麟洲。
守礼谙殊俗,乘槎惬壮游。使星霄汉上,先入大琉球。[①]

送汪悔斋年兄奉使琉球四首和益都相公原韵(节选)

高咏

南北东西尽主恩,乘风破浪意偏存。
趋装惟看双龙剑,杖节先过五虎门。[②]

送汪悔斋太史出使琉球

阮士悦

才华夙昔名天下,今立朝端第一人。持节自能通异国,赐书应不愧良臣。
声驰瀛海蛟龙静,恩浃彭湖岁序春。到日拜瞻天使后,好风吹送福宁津。[③]

送汪舟次检讨使琉球(节选)

高士奇

天书已颁紫泥篆,尚衣更赐云锦裳。
九衢络绎走宾客,都亭祖帐生辉光。
彤驺骏马出京洛,画船绣缆经故乡。[④]

送汪舟次检讨册封琉球(节选)

秦松龄

清秋衔命出明光,远锡藩封按旧章。冠佩晓沾宫露重,旌旗晴入海云长。
炎方风物搜图志,行箧诗篇接混茫。暂遣儒臣持玉节,青编犹待定雌黄。[⑤]

送汪舟次使琉球

卢琦

翠盖朱旗照素秋,词臣衔命出皇州。宫袍新赐麟为锦,海雾遥开蜃作楼。
东壁一星随使节,南风五两送扁舟。贡琛早已来重译,不比当年博望侯。[⑥]

---

① 王士禛:《渔洋山人精华录训纂》,《四部备要》,中华书局 1936 年版,第 312 页。
② 高咏:《遗山诗》,《清代诗文集汇编》第 66 册,上海古籍出版社 2011 年版,第 411 页。
③ 钱仲联等:《清诗纪事》第 1 册,凤凰出版社 2004 年版,第 4110 页。
④ 高士奇:《清吟堂全集》,《清代诗文集汇编》第 166 册,上海古籍出版社 2011 年版,第 399 页。
⑤ 秦松龄:《苍岘山人集》,《清代诗文集汇编》第 147 册,上海古籍出版社 2011 年版,第 649 页。
⑥ 钱仲联等:《清诗纪事》第 1 册,第 2567 页。

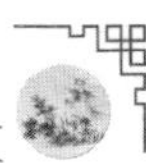

送汪舟次检讨奉使册封琉球

丁澎

孤悬鼊屿海涯间，襟带穷荒控百蛮。已奉春秋知正朔，何年南北并中山？
自天宸翰龙鳞动，绕日珠旓豹尾斑。底事皇华念将母，乘风归路指刀环。①

送汪舟次检讨册封琉球（节选）

施闰章

九州岛邱垤海为坳，人生牖下如蟏蛸。
眼前马首皆风涛，恨不乘槎万里潮。②

送汪舟次册封琉球（节选）

孙枝蔚

兵威昨已靖蛮陬，万国今看若缀旒。宫锦仙人辞殿陛，皇华使者向琉球。
相如只草巴中檄，太史应输海外游。为问却金亭在否，清名期尔并前修。③

这14首诗中作者秦松龄、施闰章、毛奇龄、高咏都为博学鸿儒。除却以上诗人，闵麟嗣、颜光敏、汪懋麟、方象瑛、邓汉仪、梁佩兰、曾灿、叶舒颖、胡会恩、吴嘉纪、陈廷敬等人也写有此类诗。从中可以看出，汪楫与很多清初很多士人有交往。

对于送别文，亦值得研究，主要有汪懋麟《送兄舟次册封琉球序》、姜宸英《赠汪检讨出使琉球序》、汪琬《送宗人舟次出使琉球序》、朱彝尊《送汪检讨使琉球序》、潘耒《送汪舟次奉使琉球序》、毛奇龄《送汪翰林奉使琉球序》、毛际可《送汪舟次使琉球序》、汤斌《送汪检讨奉使琉球序》，因篇幅限制，本节不再赘述。

第三节　清代文人的爱国情怀

不论是出使文人，还是写送别诗的文人，在面对"琉球册封"这一事件时都表现出富有激情的爱国行为，主要体现于以下三点：

第一，文人表现出对国土的热爱以及维护国土完整的责任心。琉球由于与中国文化相近，服膺于明清中国的强大国势，主动要求册封，所以琉球是藩属国。使臣前去册封是保护国家领土完整的表现，是对藩属国的有利扶持，也是去实现神圣使命。"屿转梅花吞倒景，洋开黑水尽惊湍"，让无法到达此地的国

① 沈德潜：《清诗别裁集》，河北人民出版社1997年版，第75页。

② 施闰章：《愚山先生诗集》，《清代诗文集汇编》第67册，上海古籍出版社2011年版，第423页。

③ 孙枝蔚：《溉堂后集》，《清代诗文集汇编》第71册，上海古籍出版社2011年版，第610页。

民感受到了中华壮美图景。“梅花”“黑水”等许多地理意象出现于清诗之中,激荡着当时文人与后世读者的爱国心,这些词汇无不饱含着爱国情感。汪楫写有《中流》《神飙》等有关钓鱼岛的诗歌,无不成为清代疆域版图的佐证。当诗人写下这些史料的时候,心中无不涌动着对祖国的爱。无论是册封使也好,抑或是送别诗人也罢,对地域书写、对路线回想无疑是完成一次对中华领土的巡礼。而后世读者阅读完诗群后,也会对辽阔强土有明晰的认识,心境有所感染。诗群是爱国主义的经典作品,在此清代文人的碧血丹心被一一展露出来。

第二,琉球册封使代表了国家形象,忠君之心与报国之志是爱国精神的再现,民族自信心和自尊心因国家的强大而变得尤为强烈。“黑沟行过中华界,鸣金伐鼓投猪羊”“人地堪华国”等都是国家威仪和民族自信的诠释。文人多讲立德、立功、立言,他们带着“圣主恩深”的忠君之心,不辱使命,借博望槎乘风破浪,既完成了报国之志,又完成了自己立功的选择。选派的册封使都是严格选拔出来的。康熙选择汪楫,是对文人能力的又一次肯定。汪楫是著名的遗民诗人,诗名文才、社交才能均代表了国家形象。汪楫为琉球国改订礼仪,撰孔子庙碑,却不接受馈赠。琉球国建却金亭纪念此事,也证明了汪楫是中琉交流史上的关键人物。虽然这次册封出使人数有限、次数不多,但由此引带出的大国气派却得到了有效宣扬。

第三,册封使在面对航路险恶的畏途时表现出勇敢的战斗精神。出使琉球是一场艰辛的旅程。奇丽的风貌与凶恶的险难并行。康熙册封,三次都遇到险情海难。康熙二年(1663),册封使张学礼等人归帆过姑米山,风雨大作,船索皆断,哭声震天。康熙二十二年(1683)汪楫归舟时,风刮三昼夜,船上下颠簸,厨灶漂没,惊心动魄。汪楫之前有记录的七次册封也都危险备至。这些都被详尽地记录在册封使书写的清代使录里。除了艰险的自然环境外,还有可能会遭到海盗船的侵扰。面对海疆多故,册封人员除了向天祈祷外,更重要的是弘扬民族精神,去为国家克服一切困难。由于册封行走的地域海况不明,活动有相当的危险性,这就使得送汪楫诗的情感容量变大、祝福的意味增强。

总之,图与诗配合阅读,共同形成了清代中琉关系史的一种参照,犹如清史身临其境的精彩回放。《饯别图》是清雅平静的,而题咏与送别诗是壮美、有气势的。《饯别图》与诗文反映的“送汪楫”事件,连带出清代康熙时中琉关系的海洋背景,连带出以博学鸿儒为主的名人会,连带出以汪楫为中心的文人交游,亦连带出文人领袖的气节风貌。《饯别图》的图像就如同一部海洋纪事的开启者,经它打开的波澜壮阔的诗文长卷理应受到人们的关注。

第八章　清代琉球册封图像《南台祖帐图》探微：形象的史料，历史的留存

在清代中琉交流史上，册封的政治事件既加速了中琉对话的进程，又推进了文学创作的自觉，因而留下了大量的诗文作品和厚重的学术著作。册封使离开京城、行至琉球的足迹地图，着实为士大夫的诗画抒怀提供了创作地理土壤和广角视野。诗图共生相融的精彩艺术呈现，生动而又具象地反映了对奔赴使命的坚守和对中华文化的认同。《南台祖帐图》是标志文人李鼎元册封起点的送别图，映射出历史和时代的影像，既是时代映照下的清代士人心灵史，也是一份珍贵重要的史料，形成了清代画坛上独特的审美特质，凸显出文化镜像和历史留存，值得从绘画和文学的双重意义上去认识。

第一节　图像：琉球册封的历史复原

图像是历史的留存和旁证。由使臣出行引发的友人送别诗图，既形成了宏大的诗图创作风貌，又构筑了强烈的中华海洋文化形象，同时也为研究详述清代肖像画提供了清晰的分析文本。

《南台祖帐图》是复原清代文人李鼎元出使琉球时士大夫为其送行的情景图绘。有关这幅图，曾有这样的一段来历：1963 年烟台市博物馆馆员曾花了 30 元钱在小市上买到了一幅《清嘉庆李墨庄出使琉球送行图》（即《南台祖帐图》）。据传，该图体量庞大，重达 5 公斤之多。此手卷后转至国家博物馆，这也为烟台博物馆置换出 162 件文物。自此，传奇的故事无疑为人们了解图画的前前后后，增添了神秘的探求欲，显示出绘画作品的活力。

《南台祖帐图》是文学创作和读者解读的触媒，它既激发着同时代题咏者的创作思路，又是历代读者近距离感悟绘画作品的视觉先导。不论是同时代的题咏者，还是后世观摩作品的观众，都是在画面的视觉作用下进行作品诠释的。

整幅画作纵 77.7 厘米，横 175 厘米，背景为黄色。画卷的作者施邦镇（1750～1835），字怡岩，侯官人，在福州南后街开有西林画室，并有《画余诗抄》传世。据记载：

> 幼入童子塾，戏写人物辄肖。既而知为士之苦，舍去学写真。写真一学即工，求真各如其面以去。然风神气韵妙得天致，非徒貌似而已。尝以待演之真，张之壁间，过者虽半面，亦夺目驻足识为某某焉。凡四方之游宦来闽及里中缙绅故家，与夫自以赀自雄者，日踵至，咸曰此事非施先生莫属。邦镇兼精山水花鸟，故并工点缀景物。①

从材料可见，画家施邦镇少年时期就颇具天才气质，一学即工。他有弃文从艺的经历，这一角色转变反而是找到了人生亮点，埋下了以后颇有声名的伏笔。由于他的写真画风格气韵高妙，山水花鸟画亦表现不俗，此后绘画作品都得到了四方游宦和士绅的肯定。知名度逐步提高，交游广度也得到了进一步的拓展，《南台祖帐图》就是在李鼎元从客僧人寄尘的引荐下创作的。

那么南台在哪里？《南台祖帐图》的题目何意？“南台”是有些含混的地名。《〈南台祖帐图〉考》②一文对南台的位置进行了考证。据陈侃《使琉球录》记载：“舟先发于南台，距海百余里。”南台位于福州城南九里，这是标明出发地的含义。“祖帐”即送别用的帷帐，后引申为“饯行宴”或“送别”之意。

这里有必要交代琉球册封的历史背景。自明洪武年间，中琉就建立了友好关系，琉球是中国的藩属国，时间长达五百年之久。在明清两代，每逢琉球国王继位前，都会向中国朝廷提交册封请求，所以中国多次派遣使臣前往琉球。明朝有 15 次册封历史，清朝有 8 次册封历史。

嘉庆三年（1798），琉球国王尚温派遣使臣到中国请求册封。嘉庆四年（1799），正副使被皇帝选定出来。而二人正式出发则推到了嘉庆五年（1800）二月二十八日。李鼎元的《使琉球记》也始于此日记录。册封使从北京出发，经过河北、山东、江苏、浙江等地，于四月七日到达福州。同年五月十二日，到达琉球。

这幅图笔法细腻，色彩明丽，人物形象生动传神，真实地再现了二百多年前的出海送行之景。画面正中李鼎元身着黄袍蓝褂，是本图的核心人物。他正视前方，神情严肃，从外貌看，应已步入了老年。通过计算可知，此时的李鼎元已过了知天命的年龄。在他身后有四名随行人员，画面右侧有七位送行官员，仆

---

① 《闽侯县志》卷八九，1933 年刊本。

② 周铮：《〈南台祖帐图〉考》，《中国历史博物馆馆刊》1997 年第 1 期。

役、轿夫形象也穿插其中。与主角比较，仆役和送行官员的神情刻画得相对简单，有点趋同，这里体现出了画家对主次人物进行了一定的区分。

画面左侧为海中欲扬帆起航的封舟，船体巨大豪华，船身装饰着虎纹图案。岸边还放置着绿色的轿子，远方隐约可见城墙。按照惯例，在册封行进的途中，需要处处体现出仪仗威仪的特点，所以黄盖、龙旗、御仗、钦差牌、肃静牌、回避牌也在绘画中有所体现。从周围苍翠欲滴的树木群来看，也与出海的史实时间相印证。整幅图不仅显示了当时皇家派遣仪仗的气派，而且也印证了琉球国作为清代藩国的历史事实。

有关李鼎元这个人，并非普通的官员，他与兄弟李调元、李骥元合称"绵州三李"，学者王昶把他看成清代的杜甫，评价很高，足见他在清代学术史上有一定的地位。李鼎元(1750～1805)，字味堂，一字和叔，号墨庄，四川绵州人。乾隆四十三年(1778)进士，改庶吉士，授翰林院检讨。嘉庆四年(1799)，充册封琉球副使，钦赐正一品麟蟒服，出使琉球。撰有《师竹斋诗集》《使琉球记》《球雅》。

"南台祖帐图"五字为隶书，位于画卷的上方，画中题签为伊秉绶所作。伊秉绶(1754～1815)，字祖似，号墨卿，福建汀州人。乾隆五十四年(1789)进士，历任刑部主事，后擢员外郎。题签云："南台祖帐图，墨庄先生册使琉球，于福建五虎门登舟，大吏送之。"由题签也可以了解到李墨庄从福建五虎门登舟官员为其送行的史实。

画卷另有翁树培、舒位书写的题咏，这些题咏附在画作之前，系后续增写完成。翁树培，翁方纲之子，直隶大兴人，字宜泉，号申之，乾隆五十二年(1787)进士。翁方纲与李鼎元同为翰林院庶吉士，可能因为这层关系，李鼎元才与翁子相识。舒位(1765～1816)，字立人，号铁云。乾隆五十三年(1788)举人，博学善书，书各体皆工。著有《瓶水斋诗集》《乾嘉诗坛点将录》等。舒位记："墨庄先辈曾绘《南台祖帐图》，汇集四方士大夫赠诗，凡古今体 2000 余首(目前画上题咏仅 157 首)，装成巨卷。"由此可见，题咏并非由二人创作，而是誊录的作品。

《郎潜纪闻四笔》详细介绍了题咏的缘起及具体情况："嘉庆间，赵介山殿撰文楷、李墨庄中翰鼎元奉使册封琉球国王，一时廷臣及四方士大夫赠诗，凡古近体二千余首。中翰曾绘《南台祖帐图》，装为巨卷，属翁比部树培分书各诗，甫及半而翁殁，又令舒孝廉位以隶体续书之。今尚存江南旧家，书画皆极工丽。"[①]题咏由二人完成，嘉庆十二年(1807)，翁树培先誊写了题咏，翁去世后，舒位于嘉庆十六年(1811)续抄了题咏。"书画皆极工丽"，肯定了绘画和书法的双重探讨价值。

---

① 陈康祺：《郎潜纪闻四笔》，中华书局 1990 年版，第 4 页。

第二节　题咏:海洋意象与海外风貌

显而易见,解析《南台祖帐图》,离不开融入图像的题咏。之所以说《南台祖帐图》具有独特的美学价值,更多源于题咏的可解读性。这些题咏体裁不一、内容多样、蕴含丰富,涉及的文人很多,每首诗歌的创作时间和艺术风格迥异,构成了独特的海洋意象和海外风貌。

在涉及该图的157首题咏中,就体裁而言,占绝大多数为诗歌,余下则为词,如尤维熊的《望海潮》和赵怀玉的《百字令》。从诗体来看,涵盖四言诗、七言古诗、五言律诗、五言排律、七言律诗、七言绝句等诗歌各体。从作者的身份来看,其中不乏政治家、学者、诗人等各界名流。李鼎元与孙同元、胡敬、铁保、王文治、张问陶、阮元、法式善、钱福林、何人鹤、戴均元、朴齐家多有往来。其中,朴齐家是韩国汉学家。从题咏数量较多这个层面看,李鼎元的交游之广可见一斑。

与一些题咏个案不同,《南台祖帐图》包含了原唱。李鼎元写有《记恩诗》两首、留别诗《将之琉球留别都中同好》二首。作者亲自叙述了从接受使命到履行使命的过程,更清晰地表达了作为出使官吏的心境。在《恭纪诗》中,"宦海浮沉又几秋,生涯颇类海东鸥"是未出使前对个人仕途生涯的总结,"海东鸥"的形象有飘零不定的意味,也表露出暮年心态。一个经历多年宦海沉浮的文臣,在突然接受海外使命时也许会夹杂着些许忐忑的沧桑况味。李鼎元曾传有做梦出海的佳话,这次出使使其浪漫的梦境得以在现实中实现,事件带有突发、新奇的特点。"乘风破浪寻常事,眼界真教得大观","兹行倘得江山助,弋取奇文当钓鳌",则体现了出使者在接受任务时的勇气、信心和欣喜感。此外,李鼎元诗集《师竹斋集》中,也有《二月二十有八日偕正使赵介山修撰奉册出都舆中作》《同人祖帐普济堂口占》《五月朔日夏至奉册登舟》《航海词二十首》等相关诗作亦讲述了这一史实。

正史赵文楷也是琉球册封事件的重要参与者,然而由于这幅图带有私人化留存的创作倾向,所以赵文楷的形象被艺术化地抹去了。赵文楷的《五月初七日开洋》《舟出五虎门》《渡海放歌行》《奉命册封琉球国王,留别都中诸友》等篇什,有助于了解出洋的具体史实线索。

总体说来,尽管题咏的数量较为庞大,搜罗富有,但是认真梳理,诗人大致表达了三个层面的蕴涵:

一、对琉球海洋意象的关注和地理坐标的确认

在百首题咏中，有太多提及海洋意象的诗文，现列举一些较为典型的片段："谓琉球负海立国，西望闽界，至者必经沧水，过黑水，波澜壮阔，荡胸决眥，极宇宙之奇观。"（汪家禧）"沧溟浩无垠，鲸涛万余里。"（法式善）"鳌背日浮金，马齿山迎翠。"（崔永福）"峨峨楼橹出闽去，梅花洋水惊苍穹。计程一千七百里，绝无人力惟天工。"（汪全德）"千七百里路，碧静波浪浪。悬镜见姑米，按漏临球阳。"（汪全泰）"榴花时节过闽越，炎天海气多微茫。五虎门外一酾酒，巨舰已达梅花洋。"（徐鲲）"扬帆螺江波浪恬，酾酒梅洋鱼龙伏。"（戴均元）题咏中的黑水、梅花洋、姑米山、马齿山都是行进途中典型的地理坐标。梅花洋是福建长乐市梅花岛海域。黑水是中琉界沟。由于界沟在华界一边，海面是青绿色的，而经过东海大陆架的边缘进入琉球界后，海面是黑色的，故又称"黑水沟"。姑米山是到达琉球国的标志。马齿山是琉球的岛屿。

如果说上文所引诗歌对琉球坐标和行进路线的描述较为分散，钱福林的题咏则从旅行的路径给予了详尽的叙述："从人四五十，各有金采章。旌旗及羽卫，郁郁增辉光。二月发都城，三月经齐鲁。四月入吴越，清风少炎暑。自此度闽峤，有门名五虎。向东生云涛，是为大瀛浦。……五日钓鱼台，三日平佳湾。黄尾与赤尾，岛屿相连环。既入那霸港，回望姑米山。欲问路所经，霭霭烟树间。"这里首先讲述了仪仗的威仪，其次讲述了行进的时间安排。钓鱼台（中国）、平佳湾（中国）、黄尾（中国）、赤尾（中国），那霸港（琉球）、姑米山（琉球）皆是具化的地理坐标。诗中的钓鱼台即钓鱼岛，平佳湾即彭佳山。

徐世昌《晚晴簃诗汇》评墨庄诗说："和叔诗无所不仿，而于杜、苏为近。尝奉封册至琉球，纪其山川人物，蹊径一变，壮丽恢诡，尤擅胜场云。"[①]可见域外之观的经历为李鼎元的诗作增添了海涵地负的美学气质。"胜境发奇思，文章乃益肆。"（崔永福）题咏中千百里的册封路程拓宽了作者的眼界，构筑了奇幻、丰满的想象空间，惊涛万里的海洋气势使写作者的文学风格也有所改变，从而呈现出新质。

二、饯别的题咏饱含着友人送别的祝福

如果从《南台祖帐图》这个标题推测饯别时间、饯别人群，可能会有考察不全面的判断，认为这幅图画的是一时一地的场面。其实，通过考察题咏可以得知，饯别的时间贯穿于出京—沿途—出闽这三段时间。在出京之日，有京内官

---

① 徐世昌编：《晚晴簃诗汇》，中华书局1990年版，第4259页。

员好友（崔永福、邵自昌、谢振定等人）的饯别。在沿途中，也有各级官员士大夫的送别。如在清河县遇到了铁保，在浙江遇到了阮元。而到了福建，临行出五虎门之时，又遇到了汪志伊等人。可见，题咏是在行进之中逐步完成的。翻看《师竹斋集》，李鼎元的诗歌中提及了良乡县（今属北京市房山区）、雄县（今属河北省雄安新区）、阜城（今属河北省衡水市）、岱庙（位于山东省泰安市）、羊流店（今属山东省泰安市）、宿迁、宝应、胥门（属江苏省苏州市）、杭州等地，这些停留地都有友人相送、进行饯别的可能。

在预想充满艰辛的征途中，友人们通过诗歌祝福册封使顺利前行。如汪全泰题咏："大吏率寅饯，祀海灵旗扬。"莫瞻菉题咏："驿树两行辉祖帐，营花二月伴輶轩。"钱福林题咏："六卿诸大夫，祖道临城郭。"张问陶题咏："把酒更依依。"有两首提及了大吏、六卿诸大夫的参与，可以推测当时饯别场面阵势宏大，更接近图绘所诉说的意境，而最后一首则更像私下的饯别交流。像这种由私人饯别交流而产生的题咏，也会出现在作者编撰的历史文献中。据《使琉球记》记载："四月十六日，招饮湖上……处士朱青湖彭、何春树琪、沈理堂本义、张秋江濬、上人小颠际祥、道士沧烟、茂才赵西垣、祝杏南，皆文士高人……酒酣，各以诗赠。"[①]这则材料反映了他与各类文人高士的情谊，也记录了作者招饮别宴的闲适氛围。

从五月一日到十一月三日返回福州，册封使在琉球度过了六个月的时光。由此，题咏的记忆始终伴随着册封使出行和停驻。这份众多友人馈赠的文字礼物带给主人跨越多年的感动，传达出历经海外陌生生涯的行者一种无形的精神力量和人文理念。

三、题咏承载了丰富的历史文献信息

清代是诗画创作的极盛时期。诗人的参与，推进了绘画题材的深度和广度，使之变成记录一个时代风貌的重要载体。通过对《南台祖帐图》题咏的梳理、考证，可以清楚地看到，该图承载着丰富的政治信息。诗人、画家通过各自熟悉的笔法和创作的多样化，展示了中华朝贡体系，进一步印证了清代琉球作为藩国的历史事实。如吴杰题咏："指南针定疾于鸟，但见琉山弱水横。……使馆层楼耸雕甍，梅花题壁闲坐评。"简而言之，诗中比较详尽地述说了官员出使海外的见闻、受到的热情礼遇，是佐证中琉友好关系的生动图料。

① 李鼎元：《使琉球记》，《近代中国史料丛刊》第48辑，文海出版社1967年版，第67页。

第三节　士人：家国情怀和责任荣耀

家国情怀是一种人类的共通意识。学者陈望衡认为，作家、艺术家从事文学艺术创作的双重功能，使得他们较之他人更需要具有一种社会担当意识。社会担当意识的核心是家国情怀。从某种意义上说，作家、艺术家是社会家国情怀的代言人之一。① 检视清代文艺史，具有社会家国情怀的诗人、画家不乏其人。

诗人通过文字表达心志，而画家通过画面传达情怀。诗人、画家的家国情怀的体现之一即荣耀感。这一点从《南台祖帐图》及题咏中看得很明显。清政府遴选册封使是重大的外交事件。册封使是代表国家出使的，所以遴选的过程颇为严谨。册封使多从翰林院侍读、编修、检讨和内阁中书等官员中选拔。在这一次的册封选拔中，共初选出了 14 位候选人（内阁中书四人，翰林院编修三人，都察院给事中四人，礼部主事三人），此后候选人的人品和学问都会得到进一步的考量，最终皇帝批准的册封使是优中选优之后的结果。从这层意义上分析，能选上册封使的都是政坛精英。

册封使获得如此殊荣，自然是个人价值的一种体现。李鼎元充任册封琉球国王副使，被赐一品麒麟蟒服，是被重用的表示。虽然在册封任务结束后，士人的生活还会恢复常态，但是在出使之始的荣耀感是让很多士人羡慕的："西洲人才谁第一，文雄学巨君能兼。胸中云梦吞八九，笔下珠玉排洪纤。"而有的士人未能选上，便有复杂心情，如王苏题咏："我时亦选使绝国，衰亲害病心段忧。宸哀怜悯得不遣，瀛洲幸许眠闲鸥。"

图像题咏活动在一定程度上促进了诗歌的创作和诗人声名的远播。诗名在界外得到了宣传，文字因地缘的扩展不断深化。"从此诗名界外闻，节胜遥指海边云。"（邵葆祺）"酒陈词场聚亦难，春明酬唱壮文澜。文章更喜江山助，眼底风涛入巨观。此行自比游仙乐，题遍中华以外天。"（陈鸿寿）

从下面的题咏可以看出册封带有政治交往的意义，不仅壮大了国威，也扩大了中华文化在海外的影响："谁道经生报国难，好凭忠信涉涛澜。"（董浩）"好传中国神明号，率土归王拱北辰。此去中山宣德化，归来秘阁校图经。从兹博望声威远，一品集战照汗清。"（韩伦衡）

《南台祖帐图》蕴藏着清代琉球群岛及钓鱼岛的地缘信息，彰显了清代画坛诗画一体、充满生命活力的士人画新气派，充盈着士人的荣誉感和家国情怀。

---

① 参见陈望衡：《中国美学的"家国情怀"》，《光明日报》2019 年 8 月 12 日。

由此可见,图像是另一种语言,故事的演变是一种文脉的传承。

总之,本文意在尝试把艺术和文学相结合,力图勾勒并再现清代中琉官员政治、外交、礼仪等交往的历史盛况。毫无疑问,纪实绘画的本初意义是记录事件,而事件呈现的终极意义是观看世界。“绘图志奇遇,诗册盈青箱。”(题咏语)诗人选取绘画记录自己一生荣耀是个人化的,但清代士大夫对外部世界的观看则是颇具开放性的,他们留下的历史文献具有多重的研究价值,有助于对中国绘画的历史及其现状有所把握,并对中国传统文化的继承与创新问题有所思考。

第九章　从《分湖旧隐图》及题咏看南社人的时代选择

1913年，柳亚子请擅长丹青的南社成员陆子美绘《分湖旧隐图》，并于次年广征众社员题咏。期间，余天遂、黄宾虹、楼辛壶等社员亦绘有同题画作。陆作水墨《分湖旧隐图》用彩朴素，运笔简省，却呈现出浩渺澄净、荒寒凄清的分湖意象，隐喻着苍茫晦暗、潜流涌动的时代氛围。而南社诗人笔下的分湖图题咏诗群，既是保存乡贤文人追思古蕴的故园记忆，又是回溯"分湖便是子陵滩"（柳亚子诗）——吴地隐逸流脉的乡土空间。《分湖旧隐图》的题咏历程长达七年，其作品近300篇。这些诗文，一方面记录了南社人无奈、彷徨与苦闷的心境，另一方面又抒发了时代的情绪，表达了革命的斗志。图像展现的时代背景是中国由传统社会迈入现代社会的转型期，图像反映出南社人既坚守着传统文化的信仰，又在面对新时代的风浪袭压下有所承当。

第一节　《分湖旧隐图》及题咏的生成背景与研究价值

19世纪末的中国处于民族危机步步升级的时代，特别是甲午中日战争以后，中国受帝国主义的侵略愈来愈深。在面对国家的危难时，一些有良知的士人，不甘于民族的沉沦，纷纷以自己的实际行动来拯救民族的困境。这些知识分子们或著书立说，或以报刊为革命阵地，或成立文学社团。他们始终相信文字有灵，试图用文字来唤醒民众、启迪民智，掀起革命时代的风潮，而南社成员在这一时期做出的实绩最大、贡献最多。民国建立之后，南社成员的人数激增，社员的诗歌创作和反对袁世凯倒行逆施的行为没有停止，但纵观全局，整个南社却陷入了低谷。

南社是20世纪盛行于江南的重要社团之一，它是带有资产阶级性质的、以"反清"和"反袁"为主要任务的政治型文学社团，其学术研究价值早已被学界所关注,可以说南社学是不折不扣的"显学"。然而在南社研究中,学者们对南社的历史脉络、社员的人际互动关系以及社员生平事迹的考索多,对名家诗作、社员文章的搜罗整理多,却对一些出现频率较高且有意义的问题有所忽视。

《分湖旧隐图》及相关题咏诗群即为一例值得关注的研究对象,它并非只是传统文人喜好诗歌和擅长绘画所生发的产物,而是一个理解当时南社面貌和发展情况的典型视窗。透过这个诗画互文视窗,我们发现了数量众多、不同风格的《分湖旧隐图》题咏诗,它们散见于南社出版物《南社丛刻》与南社社员别集之中。其实这些绘画与诗歌本应是通往南社大路的文化标石,却落寞地成为被置于南社丛坛旁的"石子"。截至 2015 年 1 月,以"分湖旧隐图"为题名进行检索,中国知网只收录了两篇论文。从数量上看,《分湖旧隐图》及题咏的研究成果并不多,足见还有较大的研究空间。

首幅《分湖旧隐图》是 1913 年南社发起人柳亚子请南社成员陆子美绘制的。次年,柳亚子看到此图后,颇为欣喜,即撰《分湖旧隐图记》,并要求众社员进行群体题咏,又自行把画装裱成册,置于刻有"分湖旧隐图"五字的木盒内。分湖图咏的诗画风雅波及七年之久,同题图画出现了 20 余幅,题诗、题词、题文近 300 篇。

图像是研究题咏诗群的起始点。《分湖旧隐图》册页现存于苏州博物馆,由柳亚子夫人郑佩宜捐赠。绘画的作者除了上文提及的陆子美外,黄宾虹、余天遂、顾悼秋、楼辛壶、李涤、王大觉等人亦参与了创作。李志宏《分湖旧隐图》诗跋说陆子美画的作品景象是:"烟波灏淼,茫无涯矣,扁舟帆影,荡漾其间。"[①]可以想象荒寂无垠的湖面上有白帆点点,密实的丛苇、天幕飘散的云片与澄净的水波都仿佛象征着时代的风云气象。李涤的画作更接近元人画法,细密透帖。比起陆作,李图中的分湖水域视野更为开阔。房屋星星点点地聚集起成片的村落,邻接于分湖堤岸;图像的远景、中景、近景的层次感也更加分明。余天遂的作品突出的是中景的房舍人家,扁舟"有意"地飘逝了;更有趣的是,画家于分湖湖面上构思了一位拨桨的船夫。顾悼秋的作品特别简省,显露拙趣,山、树、草、石看似孤立,实则四者围起了分湖一水,布局十分巧妙。王大觉的绘作笔法接近顾作,区别是用重墨突出了树的浓密,画风更显豪放洒脱,作品更具写意性。

虽然名家画技、画风、画法各不相同,但是几乎所有的图绘架构的是同一母题——"隐逸",描绘的是同一场景——远离尘嚣的"分湖",包蕴的是同一境界——"悲凉清淡"。浩渺澄淡的分湖水静寂地流淌于清末民初画者的笔端,分湖水看似是静谧的、淡雅的,并没有激起澎湃的浪花,然而又似乎潜藏着某种暗

① 柳亚子:《南社丛刻》第六册,广陵书社 1996 年版,第 4012 页。

流。南社分湖题咏诗歌群恰似这种暗流，频频鼓荡着时代浪潮的风帆，抒发着南社社员的时代情怀。

画中的浩渺分湖，又称作“汾湖”，在苏州吴江松陵镇东南30公里处，它位于浙江嘉善、江苏吴江的交界处，是春秋时期吴越两国的界湖，今属苏州吴江区。分湖东、北、西为芦墟镇、北厍镇，分湖南为嘉善县陶庄镇。关于分湖的范围有不同的说法，柳亚子认为分湖的格局应为：西到黎里，东到金泽，南到西塘，北到周庄。柳亚子（1887～1958）就出生于分湖北岸，即今吴江北厍大胜村（又名“胜溪”）。可以说，分湖就是柳亚子故乡的诗意代名词，故乡情结是柳亚子择取分湖入图的一大原因。

《分湖旧隐图》与题咏，始于1913年。1913年5月，陆子美到苏州吴江黎里（柳亚子少时迁居到黎里）演出《血泪碑》《恨海》等剧。柳亚子前去观剧，与风度朗秀的陆子美一见如故。同年6月，柳亚子借写诗向陆子美索画：“闻君踪迹滞菰芦，我亦烟波旧钓徒。一夜晓莺残月梦，无端惆怅落分湖。”“耦耕倘遂他年约，雨笠烟蓑过此生。”①

“从诗中可以看出，柳亚子处于无道的乱世，只能隐鳞戢翼，隐忍以待，并非真的要‘雨笠烟蓑过此生’。”② 1914年，柳亚子收到《分湖旧隐图》后，又作有《卫灵水以子美所绘〈分湖旧隐图〉邮寄，赋此志喜》。1914年10月，柳亚子作有《分湖旧隐图记》，发表于《南社丛刻》第十二集：“念自梨川赁庑以来，忽忽一十七稔……欲求如儿时钓游故地之水天灏森，烟波出没者，渺不可得。晦明风雨，未能忘情。思托画图，以舒蕴结。”③此时的柳亚子离开分湖故里已经十七年了，风雨世态的陡转不由地使诗人回想起儿时钓游的欢快以及分湖的明澈，然而那种童年的记忆又是那样难以复现。“思托画图，以舒蕴结”八个字标明了柳亚子的心境是略带惆怅的。社员陆曾沂交代了这幅图的生成背景和柳亚子的心态：“乙卯中秋，亚子书至，属题《分湖旧隐图》，时会改制之声，甚嚣尘上，亚子感喟万端，特引谢客儿韩亡四语作厌世想，余甚悲之，为成五十六字。”

柳亚子这种心态的形成，既与国家的命运时事相连，又与自己在南社的退职有关。这里有必要先介绍一下南社。南社是一个曾经在中国近现代史上产生过重要影响的资产阶级革命文化社团。1909年11月13日，一批精英知识分子集聚在苏州虎丘的张公祠，成立了南社。南社以反清为号召，与同盟会互为犄角，成为辛亥革命的宣传部，最盛时聚集了上千名各界人士。南社从1909年

① 中国革命博物馆编：《磨剑室诗词集》，上海人民出版社1985年版，第193页。

② 周广秀：《箫剑诗魂：柳亚子评传》，中国社会科学出版社2002年版，第135页。

③ 胡朴安：《南社文选》，上海书店1989年版，第636～637页。

虎丘第一次雅集到1922年的雅集,一共举行了18次雅集。1912年10月27日,南社第七次雅集引发了柳亚子登报脱离南社的事件。这次雅集的参加者多为高旭的支持者。柳亚子建议改编辑员三头制为主任一头制,并自荐任主任一职,但这一建议遭到了否决。高旭在言辞之中还流露出对以前雅集选举的不满。两人争论得很激烈,柳亚子极为不悦。第二天,柳亚子就在《民立报》上刊登了《柳亚子脱离南社之通告》,愤而宣布"出社"。

除了"出社事件",1912～1913年,柳亚子还饱受了许多人生的无奈、愤恨、悲痛。1912年,柳亚子被说服去南京任临时总统府秘书,三日后即称病辞职返沪。由于他痛恨袁世凯,故坚决反对南北议和,辞职后以笔为剑,以《天铎报》为阵地,坚持反袁。1912年8月4日,柳亚子经历了丧父之痛。1913年前后,南社社友为反清讨袁,牺牲了周实丹、阮梦桃、宁调元、孙竹丹、陈勒生等志士。1912～1913年是柳亚子人生历程的低潮期。短暂的秘书生涯彰显了他的抱负与梦想无法实现的无奈,也可由此窥见他是一个追求自由、不受羁绊的人;持续不断地反袁却不成功,反对议和而议和却成功了,这些让他遭受着痛苦的挫败感与愤恨感;丧父之痛更是雪上加霜;众多南社好友被暗杀、革命势力的衰落更是在柳亚子的心底打上了抑郁的阴影灰象。

1912年7月,柳亚子由上海返回黎里。就柳亚子一生来说,虽经常行走于沪、苏两地,但蛰居黎里的时间并不短,黎里可以说是革命梦升起的地方与"梦醒了无路可走"的逃避地,此时的分湖也仿佛成为抚慰柳亚子心灵的一剂良药。在这里,柳亚子与文人们一起狂游畅饮、作文论道,一起去追寻传统文化精神的印记、忘记尘嚣的污浊,去构建南社人的"乐国"与"迷楼"。在南社人眼中,分湖这样的水乡泽国总蕴含着一丝苦涩,这种苦涩始终是与对家国的至深情感相连的。

如果说以上《分湖旧隐图》的创作背景反映了中国1912～1913年历史事件的话,题咏行为的生成背景则主要反映了1913～1914年的历史事件。1913年7月12日,李烈钧在孙中山的指示下,从上海回到江西,在湖口召集旧部成立讨袁总司令部,正式宣布江西独立,并发表电告讨袁。后来袁世凯以武力镇压了南方七省国民党人的"二次革命",二次革命宣告失败。1913年10月6日,国会选出袁世凯为第一任正式大总统。1914年12月,"约法会议"通过《总统选举法》修正案,规定总统无限期连任,总统的继承人由总统推荐,此时的袁世凯已与皇帝没有任何区别。1913～1914年,袁世凯为加速复辟帝制策划了许多活动。柳亚子作有《分湖旧隐图记》,题咏的时间为1914年10月,此时的柳亚子大概已经经历了人生的最低谷,也看透了时局的黑暗,但他并没有完全放弃斗争的机会,只是采取另一种"分湖旧隐"的方式,但这也并非真正隐退。

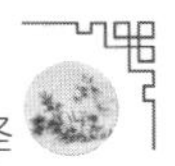

以上通过对相关背景的梳理可以看出，《分湖旧隐图》及其题咏诗群是南社人纵情诗酒、激扬蹈厉的具体体现，具有多重的研究价值，文化的深度意蕴颇高，应当成为南社研究中向标性的问题。它的研究意义主要体现在以下三个方面：

第一，对《分湖旧隐图》的探讨可以引带出南社研究中非常普遍的文化生态现象，即南社人"作图寄意"的问题。郑逸梅认为："（南社社员）或多或少带着些遗世独立、孤芳自赏的旧味儿，借着这小小图幅，寄寓他种种复杂的感情和生活气息。也有似虞山《列朝诗传》所谓'刘清惠好楼居，而力不能构，文徵仲作神楼图以遗之'。图是朋好所贻，聊以慰情的。所以，其中的图，有自画的，也有他人画的；有一人一图的，有一人数图的。"[①]李海珉认为："所谓作图寄意，大抵是先描绘一幅图画，或先撰作一篇图记，接着请朋辈或题名或作图，更多则是撰序写跋、作诗填词及谱曲，然后汇集装订，多数成为册页。图画少数由自己画，多数请人按照自己的寄托而创作。一本册页之中，有一幅图、一个题名、一篇序言或跋语的，也有多幅图画，多幅题名、多幅序跋的。"[②]由于南社人的艺文素养普遍较高，作图寄意的数量也较多，郑逸梅《南社丛谈》整理了主要的题咏名录，留下非常珍贵的文献资料。通过阅读编目，我们可以发现影响较大、较有特色的题咏有王蕴章的《十年说梦图》、高旭的《风木西悲图》、胡朴安的《朴学斋话酒图》、李根源的《吴郡访碑图》以及傅熊湘的《红薇感旧图》、《醴陵兵燹图》等。作图寄意包含了多方面的内容。"南社成员 1183 人，根据研究，至少有一半以上的成员有过作图寄意之举，所作之图不少于 800 件。"[③]

第二，通过研究《分湖旧隐图》等南社题咏现象，可以激活柳亚子以及南社研究。有关柳亚子的研究，不应只停留于其人诗歌的整理与品评、生平梳理、事迹考索的阶段，而亦应有新的研究方法的介入，即从柳亚子所历经的诸多事件中切出一个片段，并使之熠熠生辉。对于柳亚子的研究文献，不应仅限于文字材料，而是应当把图绘作为一种特殊的文献列入重点考察的范畴。按照这样的路径行走下去，只需对一个简单的切片进行具体的分解、剖析，就可以迅速地窥见柳亚子的心态情志，掌握柳亚子的文化交游，以及了解南社成员反清、反袁的斗争历程，题咏问题的"见微知著"作用可见一斑。同时，研究南社的题咏现象，也为南社研究打开一个崭新的窗口。这种研究方法生动、新颖，有别于传统的研究模式，可以带动更多的人关注南社历史、从事南社研究。

---

① 郑逸梅：《南社丛谈》，中华书局 2006 年版，第 306 页。

② 李海珉：《南社书坛点将录》，苏州大学出版社 2012 年版，第 13 页。

③ 李海珉：《南社书坛点将录》，第 15 页。

第三,通过对一个艺术样本进行探究,可以举一反三,从而挖掘出南社文化王国中存在的分湖系列图。图绘的中心人物也是南社的主要人物,图绘本身亦具备题咏行为,这些都是研究南社社员的生动材料和扩展南社研究视阈的丰富个案。如叶楚伧的《分湖吊梦图》,南社成员叶楚伧得到祖上遗作《午梦堂集》后,泛舟分湖时访寻叶小鸾墓址,并请苏曼殊等人绘图。又如沈昌直的《北浜风景图》,沈昌直的家本在吴江芦墟,由于他的父亲厌恶市居的喧闹,于是搬到了水浜,而此地又离分湖很近,所以《北浜风景图》亦可以算是分湖图的一个代表。此外,凌莘子的《分湖晚棹图》、周芷畦的《水村第五图》,亦是富含隐逸色彩的图绘佳作。丁逢甲《分湖访旧图》载:"自柳亚子卢绘《分湖旧隐图》,凌莘子继之成《分湖晚棹图》。今公望又有分湖访旧之作,命名虽异,取义略同。要旨抒怀旧之蓄念。发思古之幽情,而不忘分湖景物者也。"[①]以上《分湖旧隐图》的姊妹篇与《分湖旧隐图》有相似的母题建构,也有具体的题咏行为差别,这些都为南社的研究增添了细微化的文献材料。

第二节 《分湖旧隐图》题咏:南社文人追思古蕴的地域图景

本节试图从江南地域与家族两个角度切入《分湖旧隐图》题咏诗。

第一,诗歌表达了题咏者对江南地域文化的普遍认同感。

在这里,古今有气节的文人通过分湖一地得以连接,通过史实的近似性得以贯通,吴江的人文气韵与传统文脉得以传承,分湖不愧是乡贤文人追思古蕴和保存乡邦文化的精神家园。同时,分湖又是颇具浪漫色彩的文士隐逸湖,许多知名的吴江文学家借此地去追寻梦中的桃花源,这里是回溯隐逸流脉的乡土空间。此外,分湖题咏还包蕴着吴地文人的故乡情结,诗歌具备一定的怀旧色彩。

题咏中的"分湖"既指风景优美、湖域广阔的自然区域,亦是一种富含浪漫、人文色彩的地域表达。分湖这清澈的吴越巨浸,因其风景的魅力和书香的弥漫一直受到文人雅士的喜爱。这里气候宜人、物产丰富、河网稠密、人文荟萃,不仅拥有优良的自然条件,而且更具梦幻色彩与诗意情愫,同时具有深厚的江南文化底蕴。柳亚子出生于分湖侧岸的北厍镇大胜村,12 岁迁居黎里后,就再也没有回到过北厍。他一生行走于海内外,却没有忘记故乡这个水乡泽国,时时写忆分湖。在柳亚子诗集中,以分湖为题的诗作不胜枚举,如柳亚子诗《分湖看

① 柳亚子编:《南社丛刻》第八册第 22 集,广陵书社 1996 年版,第 4012 页。

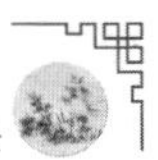

月词》："安能明月常如此，便守分湖过一生。"1920 年 12 月，柳亚子泛舟分湖，想重辑《分湖全志》，未能如愿，但却留下了一篇《游分湖记》。

对于分湖美景，南社成员王德钟题咏道："鱼庄蟹舍两模糊，渺渺山连淡淡湖。绝妙分湖好点缀，一丛密树一丛芦。"[①]余十眉诗云："烟波十里荻花秋，张翰莼鲈渺渺愁。输与当年杨铁笛，画船犹得载花游。"周伟诗曰："吴越古多佳山水，辉煌灿烂垂书史。分湖汪洋数百顷，波光水色尤佳美。"在这些诗歌中，分湖位于吴越之间的地理位置和美丽的自然物态有所表达，分湖的名士也有所提及，分湖的江南文化审美属性亦有所体现。

富含温度感、充满温情的分湖题咏诗描绘了柳亚子对江南故土的思念与热爱，也表达着题咏诗人对自我家乡的眷恋以及对国家的深厚情谊。正如以上所说，分湖是柳亚子故乡的诗意代名词，《分湖旧隐图》是直接抒发思乡之情的产物，而很多题咏诗都涉及柳亚子"作图寄意"的目的，体现了南社诗人对柳亚子"作图寄意"的感发。

诸多诗人提及柳亚子思乡的情结，在诗中描述他的家国之思、故土之念。徐大纯诗云："葭苍露白吟无已，知是诗人忆故乡。""画师巧可夺天工，乡井分明在眼中。""柳子才名四海知，一朝闲动故园思。"[②]周咏诗云："浩淼烟波旖旎春，披图倍切故乡亲。"王德钟诗："故乡十载相思梦，付与渔娃一笛风。"朱剑芒诗云："文章憎命隐樵渔，露白葭苍忆故居。"

不论是露白葭苍、浩渺烟波，还是乡井、渔娃，都是代表分湖故乡的乡土风物。这些曼妙、空灵的意象浸染着湖水甘洌的味道，激荡着江南的温柔气韵，绵延着故土难舍的情谊。题咏诗主要表达的是柳亚子爱乡的故事，也同时促发了南社成员的记忆。

在南社成员中，祖籍吴江的社员颇多，分湖本地人亦是不少。据张明观《分湖诗钞续编》考证，分湖南社成员共 69 人。由于时代和工作的需要，很多分湖人曾走出家乡，漫离乡土，走向了革命和宣传的前线，走向近代大都市。然而他们无论走向何方，奔赴何地，在行走中都时时惦念家乡，表露情感，意欲归根。他们或以分湖为名，设立文社；或因地域结朋，聚集文缘，这些都是他们无法割舍自己故园根基的表现。此外，有些分湖题咏诗人并非生于吴江，也在诗歌的创作中流露出对自己故乡的热爱。王毓岱诗云："我家苕水君分湖，彼此怀乡同感触。"王横诗曰："柳子念家山，我亦忆乡国。"家是国的基础，而国又是家的延伸，在这些诗歌里，爱家乡即是爱国之情的一种具象体现，所以说诗人们摹写的

---

① 本章未出注题咏皆选自张明观、倪明、吴根荣编：《分湖诗钞续编》，江苏人民出版社 2009 年版。

② 柳亚子编：《南社诗集》第三册，中学生书局 1936 年版，第 316～317 页。

分湖诗饱含着由恋小家到爱国家的感情理路。

题咏诗展现了特定历史路向之中的南社文人的隐逸之心。“隐”是传统文化结构中士人的一种普遍表现风貌,并非与地域有关。然而,在明清两代江南一域,“隐”可以作为江南士人姿态的突出表现特点,可以作为明清江南的地域特色之一。分湖自古有奇士,他们就生活和游历于吴江这个富含隐逸传统的地域。“分湖便是神仙界”,这里的“神仙界”当指隐士的天下。柳亚子曾说:“分湖一带,虽然穷乡僻壤,却颇有巨人长者,剑客酒徒,彬彬然钟毓于其间。”[①]又如南宋自号“武陵主人”的陆大猷,在面对贾似道当政、国是日非时,绝意仕归,筑别墅于分湖。陆大猷季子陆行直亦采取了归隐的方式,人称“陆隐君”。元代文学家杨维桢曾偕友邀游分湖,并作有《游分湖记》。又如明末文学家叶绍袁一家曾留下了午梦堂风雅的文学记忆。叶绍袁不附阉党,不耐吏职,常忤中贵,以母老告归。明亡后,叶绍袁剃发为僧。叶绍袁之妻沈宜修、三女及幼子叶燮并有文藻。叶绍袁还将妻女所著诗歌编成《午梦堂全集》行世。有清一代,江东俊秀郭频伽也移家魏塘,一去不返,而至晚清,分湖又出现了一英旷人物,那就是南社的主要发起人柳亚子。

柳亚子的一生,正是以分湖奇士先贤为师范楷模的,他时时跟随着巨人长者、剑客酒徒的脚步一路疾行,并希冀回归到像严子陵隐居的子陵滩一样的地方。柳亚子 1912~1923 年的生涯(或者是更晚的时间),与陆大猷、杨维桢、叶绍袁等文人所处的时代背景极为相似,都是朝代更迭、国是日非的时期。柳亚子与分湖奇士一样,在面对新的与自己政治思想相悖的当权者“征召”时,在新权建立时就会悄然而退或不以为伍。虽然他并没有像先贤们一样完全归隐,被人称为“隐君”,行遁江上,建筑隐宅,终老林泉;也没有剃发为僧,归隐山林,决绝政治,但柳亚子的一生始终保留着隐逸之心、节气之操、正直之怀,在隐逸意识与斗争行为之中穿行,即便是遇到权势的打压也无所畏惧,义无反顾。从个性上看,分湖文人有着清高气盛、不慕权贵、追求自适的性格特征。从这些角度上说,柳亚子与一些有气节的分湖文人的作为和品格是极其相似的。

与柳亚子一样,南社人对隐逸也产生了向往之梦与神游之心,时时在诗歌中探寻着属于文人自己的桃花源:“终古骚人爱隐沦,风光占断水乡春。”[②]袁圻诗:“我是风尘倦游客,买田也要傍分湖。”[③]戴德章诗:“荆地棘天都不管,钓游陈

① 柳亚子、文明国:《柳亚子自述 1887~1958》,人民日报出版社 2012 年版,第 47 页。
② 柳亚子编:《南社诗集》第三册,第 289 页。
③ 柳亚子编:《南社诗集》第三册,第 366 页。

迹溯从前。”[①]“如此风光如此宅，何妨归隐做神仙。”[②]胡先骕词：“十里分湖，三春花草，应尘网一时尽脱。”可见分湖的春水托举起隐逸的灵气，浸渍出隐者的仙气，在世乱交错之时，在诗人们无法用文笔改变时代走向的时候，更容易有隐遁之心、隐居之为、自由之欲。“在社会大动乱时期，就创造、保存和传递文化成果、文化精神来说，隐逸的士人有时能起到那些入世士人所起不到的作用。”[③]以上这些作品，都源于对传统文化的认同。当他们面对挫折时，寻求诗意、逍遥的美学境界即是一种排遣痛苦的有效的手段。当无法改变权力环境，却又不愿与之同流合污时，高贤只能寻找可以栖居的场所，而这并非真正意义上的隐逸。

第二，用家族文学的范畴与方法对《分湖旧隐图》题咏诗进行研究，可能是一个新的观测点。

分湖题咏诗体现出对吴地文脉思蕴的传承意识以及对柳氏文学家族精神、文学成就的关注。

从追慕古风、探寻古蕴、怀思追忆的角度看，题咏诗标明了分湖文脉的词采风流得以传承，同时表达出对文学先贤的追思怀念，其中很多诗歌就直接抒发了对深受传统文学涵养的分湖才子的赞佩之情。这些诗歌不忘念及前代之杰，又多把前贤与后杰放在同一维度，突出表现的是文人思想的一致性以及吴地文脉含蕴承续的关系。龚尔位诗曰：“前贤歌哭后贤仍，考献征文力已宏。”[④]朱静冒诗云：“况是分湖好风景，雄文佳什继先声。”[⑤]吴虞诗又云：“柳家今日开新样，南社应同复社贤。”[⑥]姚鹓雏诗云：“风雨孤吟成隔世，光芒题句得诸贤。”

正如南社小说家丁逢甲《分湖访旧图》记中所说：“（分湖）介居江浙，一水汪洋，灵秀所钟，闻人辈出。湖上居者，元有陆辅之，明有叶天寥，清有郭频伽，文采风流，与湖水相辉映。”[⑦]这里不得不提及的是，题咏诗群多谈及午梦堂家族，即诗礼之家、文学世家——叶绍袁一家。叶绍袁、叶燮以及叶氏闺阁群体都是闻名卓著的人物。叶绍袁堕入空门的爱国行为让人感受到江南文士的拳拳之心，他的诗歌激荡着衰世哀叹、爱国之声。叶绍袁为“分湖八贤”之一，是后世分湖文士效法的楷模英豪，而柳亚子等南社人则非常钦慕午梦堂的风雅，不断继承着前人的思想气节与文学品格。此外，题咏诗歌中频频出现吴易等吴江斗士

① 俞前、张舫澜主编：《南社诗人咏吴江》，山东画报出版社2009年版，第82页。

② 柳亚子编：《南社丛刻》第六册，第4383页。

③ 王充闾：《中国人：品中国历史人物》，北京大学出版社2012年版，第97页。

④ 俞前、张舫澜主编：《南社诗人咏吴江》，第81页。

⑤ 嶙峋编：《闺海吟》，华龄出版社2012年版，第565页。

⑥ 柳亚子编：《南社诗集》第一册，第330页。

⑦ 柳亚子编：《南社丛刻》第八册，广陵书社1996年版，第5860页。

的词条,这是与叶氏等文人形象相对的一种情感表达,表现了南社人对英豪之士的景仰。

诗歌赞颂了柳亚子对优良家风祖德的笃信以及对家族文化与学术涵养的继承。同叶绍袁家族一样,柳亚子的家庭也属于文学世家,具备良好的家风祖德。柳亚子说:"余家先世,即卜筑胜溪。高祖粥粥翁,雅好搜求乡里故事,既撰《胜溪竹枝词》如干首,复有《分湖小识》之辑,其征文考献之盛心,当与斯湖共垂不朽。"傅道傅《忆江南》说:"分湖好,最好集群贤,芳雪疏香吟往日,碧梧苍石画当年。粥粥柳枝传。"[①]"粥粥"即"粥粥翁",也就是柳亚子的高祖,这二字在题咏诗中出现的次数很多,如"五世人传粥粥词"。可见自柳亚子高祖以后,家族成员都以整理乡邦文献为乐,以谈诗论文为趣。柳亚子热衷绘图题咏的活动,实际是不忘分湖、不忘先祖,可谓是"先世故居不可弃,绘之为图亦情痴"。《题凌莘子〈分湖晚棹图〉》题记中说:"柳亚子移家禊湖,去分湖十里而遥,踪迹不时至,世德先畴,情不能忘,曾绘旧隐图以寄意。"[②]

柳亚子继承了丰厚的家学渊源,不仅一生藏书丰富,而且著作等身。主要著作有《磨剑室诗歌集》《南社纪略》《南明史料史纲》等,可谓真正做到了"文采堪追粥粥翁,新图一幅表家风"(黄复诗)。[③] 此外,柳亚子在黎里时,不忘收集、保存乡邦文献,这样就使得许多有价值的基层文献得以留存。1918 年冬,他与同里薛公侠等人发起成立了松陵文献保存会,合编了《吴江文献保存会书目》,共计四卷。柳亚子在收集吴江文献的同时,又对文献进行了校勘和整理。经他考订的地方志就有《吴江县志》《吴江县续志》《震泽县志》《同里志》《平望志》《平望续志》《黎里志》《黎里续志》等。他在收集乡邦文献的过程中,曾酝酿编辑《分湖全志》,后来由于柳亚子投身政治活动,最终未能完成。

第三节 《分湖旧隐图》题咏现象:传统士人的时代选择

南社中有一些成员属于新型知识分子,多数是由传统旧式文人转化而来的,总体来说,南社成员的思想个性、学术路径以及时代选择都遵循着古代士人的传统文化特质。南社产生于孙中山先生领导的资产阶级民主革命运动形成高潮的年代里,处于"山雨欲来风满楼"的大动荡、大变革的前夜,所以在面对变动的历史时局时,南社文人显示出强烈的危机忧患意识、浓厚的爱国救亡思想

① 俞前、张舫澜主编:《南社诗人咏吴江》,第 84 页。
② 俞前、张舫澜主编:《南社诗人咏吴江》,第 27 页。
③ 俞前、张舫澜主编:《南社诗人咏吴江》,第 79 页。

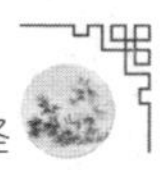

以及激昂的革命精神。《分湖旧隐图》的图绘创作、题咏活动、诗歌形式都是富含古典特质的文化元素，而具体的题咏又反映出近代社会转型的风云变幻以及文人的气节品格。

第一，《分湖旧隐图》题咏现象显示出南社文人与分湖地域的密切联系，反映出在新旧思想碰撞下，南社成员的学术研究、诗歌创作仍坚持着传统的路径，是对传统文化的一种皈依。

在文献的搜集整理上，柳亚子等人重视对吴江乡邦文献的整理，体现了对传统文化与江南地域文化的服膺。1918 年 10 月，柳亚子辞去南社主任一职后，便与分湖诗友一起搜集乡邦文献，编辑了《分湖词征》《分湖诗征》《分湖文征》。同时，柳亚子又与薛公侠等人发起成立了吴江文献保存会。

从诗歌创作上说，《分湖旧隐图》题咏都是古典诗词，体现了传统士人的诗文功底。题咏主题与内容也有一定的变化，内在的思想逐渐深刻：南社人用各类文字记下了对吴地的痴怀深情，唱出了爱国思乡之曲，书写了对革命的信仰以及对腐朽社会与封建统治的愤恨。诗词风格方面，或表现为慷慨悲歌，或表现于浅唱低吟。

此外南社人的诗酒文会保留了传统文人的风雅，这也是对传统艺文精神的一种继承。1920 年 11 月，柳亚子、余十眉、陈去病、范烟桥、许观等南社成员，仿杨铁崖故事游览分湖，他们拜谒了陆氏名人祠堂，游览了柳氏名园故宅，在此雅集的诗酒唱酬活动被画入了《西园雅集第二图》，此次吴越游览产生了不少佳作。1920 年 12 月的周庄之游也是一次重要雅集。1920 年 12 月 23 日至 29 日，柳亚子、陈去病、费公直等 19 人在周庄迷楼畅饮狂歌，唱和之作就辑成了《迷楼集》。而后，柳亚子又与诸同仁饮于迷楼酒家，作品辑为《迷楼续集》。1921 年，柳亚子、陈去病、王德钟等人在西塘雅集，唱和之作编辑成了《乐国吟》。

第二，与《分湖旧隐图》题咏现象相呼应，南社人组织了很多与分湖有关的结社活动。

南社文人在南社成立之始是很革命的，而民国成立后，情形有所转变，所以他们失望至极，便借酒消愁、放浪形骸。此时的南社人是抱着一丝革命的幻灭感的，这种滋味是很苦涩的。无数次的革命斗争依旧没有博取共和理想的实现，人民的生活没有从根本上得到改变。诗人们在革命低潮时选择了自己适用的革命方式，不论是对酒醉歌、停车问字，还是载酒寻盟、泛舟分湖，他们都没有忘记国事，时刻抒发着他们的家国之恨。

南社成员组织了酒社。1915 年 9 月 23 日，柳亚子、顾悼秋、黄娄生等南社成员在黎里发起酒社，参加者有沈次约、朱剑芒、凌景坚、王德钟、周斌等。南社同人聚集于金镜湖上，把酒抒怀，狂歌泄愤，发出了“狐鼠横行，神州板荡，穷途潦倒,狂士谁怜?舍此百翠黄醅,畴能洗尽胸头块垒哉”①的慨叹,此时神州刚经历了光复以来的第一次国耻。1915年5月19日,袁世凯接受了日本政府的“二十一条”,此时恰逢南社在上海愚园举行第十二次雅集。柳亚子等人虽然是手无寸铁的文人,但怀着满腔孤愤,借诗抒怀。自此之后至1921年,南社成员无秋不会,1919年的酒社雅集尤盛。南社人抒发着“愿与贤豪相唱和,耻随流俗与纵横”的高亢之音,高言着“野性无拘容放浪,豪情未减尚喧哗”的自信之声,感发着“秋风结社各衔杯,块垒填胸志未灰”的慷慨之情,同时也抱怀着“人心未死天心在”的坚守之韧。

袁世凯倒台后,南社人又发动成立销夏社与销寒社。1916年夏,南社人在开鉴草堂成立销夏社,之后又成立销寒社。1917年年初,柳亚子为《销寒社录》撰序:

> 燕云万里,忽堕罗刹,长江天堑,群盗狗偷,子胥抉目于沼吴,鸱夷一舸而去越,人心尽死,天道宁论?悲夫!悲夫!际斯时也,里中诸子,则复有《销寒社录》之刊,乞余一言。乐哉诸子,可谓翛然物外,好整以暇,不知有汉,何论魏晋者矣!余胸中愤血,轮囷盈斗,嚼雪饮冰,犹嫌其热,何足报诸子之雅命?无已,为举旧诗一绝云:“袁安高卧太寒酸,党尉羊膏未尽欢。愿得健儿三百万,咸阳一炬作销寒。”②

第三,《分湖旧隐图》题咏揭露了袁世凯统治时期的社会污浊,社会矛盾的激化又使得南社人更加清醒,促发他们做出更正确的选择。

当封建末世面临着豆剖瓜分的时局时,国际形势和国内社会矛盾深深地刺激了南社成员,资产阶级民主革命的兴起也激发了南社知识分子的觉悟,并对他们的人生选择产生了巨大的影响。首幅《分湖旧隐图》作于1913年6月,此时南社已经成立,汇集了众多文化精英。辛亥革命推翻了清朝的统治,结束了中国的帝制。1912年2月,袁世凯采用军事威胁和谈判结合的方式,窃取了临时大总统的职务,并为复辟帝制做准备。1913年3月,袁派人在上海暗杀宋教仁,发动反革命内战,镇压“二次革命”。接着南社成员宁调元被捕。此后,袁世凯的倒行逆施愈演愈烈,革命党人的“倒袁”之火愈燃愈旺。

《分湖旧隐图》就生成于“革命尚未成功”的背景下,题咏逐渐增加也反映了“反袁”斗争的激烈与政治层面的矛盾冲突,可见南社人的历史任务并没有终结,革命者的共和理想并未被鲜血所遮蔽,这些在诗歌中都有所体现。王鼎的“茫茫中原风景殊,渡江有客尚踟蹰”,展现了朝代更迭时爱国文人的身影;方旭

---

① 柳亚子编:《南社丛刻》第六册。

② 中国革命博物馆编:《磨剑室文录》,上海人民出版社1993年版,第445页。

芝的“劫后河山风景殊，新亭搔首总踟蹰”，运用了相同的典故，表达了诗人无可奈何、忧国忧民的悲愤心情；而杨济的“长安龌龊尘连天，随庵居士居十年”中的“长安”指代北京，挞斥了京城的政治混乱。陶牧词“几许青衫老我，杯酒困英雄！满眼苍茫意，歌哭无穷”，表达了黑暗压迫下的诗人长歌当哭的无奈。在这些“大地烟尘扰”的诗歌里，南社人表达了对民族危机的忧虑，以及对社会黑暗、腐朽统治的抨击，具有强烈的爱国意识和深切的民族危机感。

柳亚子有隐居想法的时候，题咏诗人出现了不同的见解。在面对革命时局转向隐晦的时刻，大多数题咏者认同柳亚子暂时归隐，返回“避秦”胜地；而一些南社成员却认为这样的时局并不适合隐居，而且需要抛弃风月与吟唱。这其实是曲解了柳亚子的用意，以下的作品就如同忧国伤民时的革命交响曲，不时地回荡着悲愤苍劲之感。

丘复词云：“锦绣神州，炎黄古国，卧榻之侧，鼾睡由人；刀俎而前，鱼肉视我。匈奴未灭，何以家为？国步多艰，恐难隐去。”①丘复这首词对当时中国的危机有清醒的认识。这首词认为，中国人民面临刀俎的威胁，要想挽救中国，不能采用隐居的办法，而是必须采取舍身革命、奋斗不懈的刚性斗争方式。

杨杏佛词云：“一勺分湖水，问年年扁舟选胜，俊游能几？乱世不容刘琨隐，满眼湖山杀气，更谁辨渔樵滋味。莫便声声亡国恨，运金戈返日男儿事。风与月，且丢起。征尘黯黯中原里，四千年文明古国，兴亡如此！燕子东飞江潮哑，儿女新亭堕泪，何处是扶危奇士。不畏侏儒能席卷，怕匹夫不解为奴耻。肩此责，吾与子。”周明的题咏文云：“且世会泯棼，民生水火，斯人不出，苍生奈何？今又岂隐之时哉！亚子毋飞遁鸣高，以分湖为终老之地，则千秋盛业，正当与湖水相辉映，共垂不朽耳。否则故国沦胥，舆图变色，何有梨川，更何有分湖哉？亚子天人善审于此，余何忧为？”②

“画图无尽诗无尽，旧隐留题此第三。”“两家图记倩谁传？互索人题互寄笺。”“图成一纸传千里，触拨王孙动越吟。”“索图征诗”“诗图无尽”“互题寄笺”“图传千里”本是自古至今即有的文化现象，但分湖旧隐品题发生于特定的历史时段，即新旧文化碰撞、新旧时代转型之际，其研究包蕴的价值意义则更大。“兹图题咏半名流，南社篇章曾寓目。”“迢迢一纸寄邮筒，图记临风欣展读。”在对《分湖旧隐图》题咏诗的研读中可以发现，南社人既保留了午梦堂的传统风雅，又受到了时代责任感、使命感的督策，以笔为刀，涉足政治，展现了南社人不忘传统、勇于担当的时代精神。“分湖旧隐”是斗争的柔性方式，是传统士人参与政治活动的行为，并非隐

① 《丘复诗文集》，天马出版有限公司 2005 年版，第 157 页。

② 胡朴安：《南社文选》，第 214 页。

而不作,而是蓄势待发、应时而为。“一段蕴结无所发,依意写作分湖图”是题咏现象产生的根本原因,而出现于中国文学变革期的南社诗文尤其是分湖旧隐题咏诗作即是南社人对于时代选择的文学表征和情感诉求。

第十章　罗聘《鬼趣图》与同题题咏诗群：“鬼趣”与“人趣”

哈佛大学汪悦进教授曾说：“凡是好的美术作品，都有‘别趣’，都不在语言之中，它打动你，但是让你说不出来，也说不清楚。通过对个案的分析，也许我们可以对美术体验的本质问题作一探讨。其实我觉得艺术史最迷人、最有挑战性的地方，恰恰在于那‘说不清楚’的一面。”清人罗聘所作的《鬼趣图》就是这样一个具有“别趣”的好的美术作品。它的150多条题跋犹如闪烁的群星，环绕于图像周围，形成了以苍夜为背景、以图像为中心、以题跋为亮点、以鬼趣为意味的18世纪的世相星空图。那么，《鬼趣图》到底呈现了怎样的画面？这样一个大胆创造的古典艺术样本真的难以阐释清楚吗？这幅图如何成为借题发挥、借鬼骂人的古代漫画？绵延百年的题咏诗群如同秋坟鬼唱的鲍家诗，是否在清代讽喻诗史刻上了厚重的一笔？《鬼趣图》题咏又是如何在讽喻的基础上生发出禅味佛趣的？这些问题都有待于从该图的蕴义阐释与题咏梳理中得到解答。

第一节　《鬼趣图》内容析论：“鬼神情状奚由见”①

《鬼趣图》作于乾隆三十一年（1766），题咏诗出现的时间与图像同步，其品题风流却延至1918年，这其间名流题跋如林，题咏作品数量逾百篇。在如此长的时间内，乾嘉时期是颇为重要的作品生成时段，此时的《鬼趣图》已经被构思、创作出来，得到了京师等地名家的赏识，并获得了众多文人的追捧与关注。

《鬼趣图》及题咏诗群的产生、流布，是与“乾嘉”这个时间背景分不开的。乾隆、嘉庆年间是中国封建社会孕育着转变并面临选择的重要历史时期，此时的盛世之音已接近尾声，各种社会矛盾正在积聚，潜藏的社会危机逐渐暴露，官

---

① 潘仕成辑：《鬼趣图题咏》，海山仙馆藏版1851年刻本国家图书馆藏，第1页。以下题咏不再出注。

场卑污和贪腐之风丛生,文化政策中对有关“悖逆”和“违碍”文字打压加大等等。面对如此的时代境遇,一些富有远见、具有操节道义的学者文人以独到的审美抒发方式来标识自己的观点立场,对乾嘉世态图相进行细致的描绘和入理的剖析,对人性的劣根性和社会的黑暗面给予酣畅淋漓的揭露。在学者文人中,有的人秉承了沉潜文献、借经史言说的学者精神,有的人是借用隐晦的艺术手法来言说最深刻的历史真相,而有的人则是采用张扬的时弊揭露方式。然而,他们之间的共通之处则在于都具备足够的社会担当与先锋的艺术卓见。

“扬州八怪”就是这样一批具有创新思维与批判精神的新锐群体。他们多活动于扬州,以书画艺术见长,艺术品格极为相近,其成员大致有金农、郑燮、黄慎、李鱓、李方膺、汪士慎、罗聘、高翔等。他们的主要行艺活动区域扬州,可以说自古以来就是一个繁华的浪漫城市,尽管在清初惨遭“十日屠城”,但是经过康、雍、乾三朝的发展,又恢复了繁荣,此时的扬州富贾云集、盐业兴盛、名流聚集、文会频繁、艺术蓬勃,是一个典型的江南文化重镇,因而吸引了全国大批的画家、诗人等文人墨客。“扬州八怪”游于广陵、成名于广陵,他们以洒脱的写意笔触和独特的观照视角拨清了清代画坛囿于传统绘画窠臼的萎靡之风,以鲜明的个性与高洁的品行引领了反叛卑污的潮流。“扬州八怪”多为布衣,实质上画家晚年时也多疏离复杂的官场,这使得他们多贴近平民的生活,笔锋也较多地展现平民的情感和进行世态的勾勒。

罗聘是“扬州八怪”中年龄最小的画家。罗聘(1733～1799),字遯夫,号两峰,别号花之寺僧、金牛山人、衣云道人、蓼州渔父、却尘居士等。罗聘祖籍安徽歙县,生于扬州,一生未做过官,是金农的入室弟子。罗聘的竹兰梅图清秀雅俊,山水人物册奇娴疏朗。罗聘存诗不多,著有《香叶草堂诗集》《白下集》。此外,罗聘还写有佛学书《正信录》。这位布衣画家的一生几乎与乾隆在位时间(1735～1795)相重叠,应该说是当朝历史的亲历者与见证人,以致他有机会接触很多对艺术创作有启发的事件。这样一来,他的作品带着盛世转衰的时代痕迹和固化转新的艺术画风。

在罗聘的绘画作品中,影响最为深远的当属《鬼趣图》。事实上,《鬼趣图》这类图画,代表了乾隆时期画坛的另一种走向,即是完全不同于徐扬《盛世滋生图》的类型。这样的私人化艺术与“颂世”意义隔离,与“繁华”相悖,勾画了人性,描摹了真相,并不是讨好上层的作品,而更像是《盛世滋生图》的反义画。《鬼趣图》具有无限拓展的再阐释空间,这与院派皇家画者的单一画作是大异其趣的。奇诡清冷、传奇神秘的作品面貌与规模宏大、不断累积的题咏诗群,使得《鬼趣图》在有清一代影响巨大、风行甚广。迨至近现代,依旧有学人对这个诗画融通、独具风貌的艺术样本葆有兴趣。

清朝人的笔记里,常说罗两峰的《鬼趣图》,真写得鬼气拂拂;后来那图由文明书局印出来了,却不过一个奇瘦,一个矮胖,一个臃肿的模样,并不见得怎样的出奇,还不如只看笔记有趣。(鲁迅《捣鬼心传》)[①]

诗文题识,乾嘉以后,代有名手,多到八十余人。大都借题发挥,牢骚多端,颇合我这个“也被揶揄半世来”的脾胃。(唐弢《鬼趣图》)[②]

可是谁都知道这位画家在玩弄狡狯,他一本正经地借鬼来骂人。(黄苗子《鬼趣图和它的题跋》)[③]

鲁迅先生虽然不甚欣赏1909年由文明书局出版的《罗两峰鬼趣图》,但仍承认清人笔记中涉及《鬼趣图》的片断“鬼气拂拂”是有趣的;而后两位学者则认为《鬼趣图》是在借题发牢骚与骂人。杂文家与漫画家,都对这个如匕首投枪的作品格外留意,这并非某种巧合,而是《鬼趣图》已经在时空的隧道里自由地穿越、游行,永久地注入文人的心中,并被大多数的读者所接受。

时至今日,《鬼趣图》依然没有淡出当代学者的视线。除却对其美术学上的研究论文外,以下几位学人的研究成果基本涵盖了《鬼趣图》文学主题意蕴与题咏文献考索等主要层面。庄申认为:“(《鬼趣图》)受到了浪漫主义的影响。”[④]程章灿认为:“形成一场声势浩大的同题创作活动。从这个角度上说,《鬼趣图卷》相当于一册同题诗文集。它所记录的这场持续百余年、前所未有的文人雅集,堪称骚坛风雅、艺苑佳话,在文学史和艺术史上都有重要意义。”[⑤]李瑞豪认为:“《鬼趣图》只是乾嘉文人的一个娱乐文本,围绕《鬼趣图》进行题咏的文人才应该成为关注的重点。正是文人题咏的‘私人话语’成就了《鬼趣图》在绘画史上的重要地位,而《鬼趣图》则作为文化传播的媒介记录了乾嘉文人的‘私人话语’与精神风貌。”[⑥]郭院林则从文献的角度对《鬼趣图》的流传过程、题识等进行了整理,他认为:“不仅可以从收藏史角度看出此画流传,也可以考证罗聘其人生平交往;另外从文学史料的角度为清诗补遗,从社会信仰角度看时人对鬼神观念。这可算近代《兰亭集》。画册题识都是书法名流,异代共存一幅,又可作异

① 《鲁迅作品集》卷5,河南大学出版社2004年版,第1523页。

② 《唐弢文集》,社会科学文献出版社1995年版,第22页。

③ 黄苗子:《艺林一枝——古美术文编》,三联书店2011年版,第149页。

④ 庄申:《罗聘与其〈鬼趣图〉——兼论中国鬼画之源流》,《中央研究院历史语言研究所集刊》1972年第3期。

⑤ 程章灿:《一场同题竞赛的百年雅集——读南海霍氏藏本罗聘〈鬼趣图卷〉题咏诗文》,《文艺研究》2011年第7期。

⑥ 李瑞豪:《乾嘉文人与〈鬼趣图〉》,《古典文学知识》2014年第1期。

代文人会。"[①]这些观点都自觉不自觉地把《鬼趣图》置于清代文学史与图像史融合的同体双层的艺术环境之中,并突出了《鬼趣图》的文学主体性,强调了该个案的学术价值以及研究题咏文人、题咏诗群与清代诗坛关系的必要性。然而,相较于形制庞大的鬼趣题咏诗群和广泛的受众效应,这些探讨仍是少数,所以这里仍有继续挖掘的意义。

在揭开群鬼图卷的面目之前,这里有必要先简要回顾一下罗聘其人的家世与个人经历。1645 年 4 月清军攻破扬州城时,罗聘曾祖罗仁美之妻李氏曾率众登楼自焚。而入清后,罗聘的祖父、叔父做过小官。罗聘少时丧父,24 岁就拜金农为师,成为其入室弟子,30 岁便在扬州展露出艺术才华。罗聘所居住的扬州为当时的大都市,也是文化艺术的高地,优良的人文环境为他绘画上的成长起到了助推的作用。罗聘除了擅长绘制《钟进士出游图》《醉钟馗图》《鬼雄图》这样的峻厉鬼图外,还创作有《西湖社集图》《易安图》《袁枚像》《姜白石诗意图》等文人画。毋庸置疑,罗聘的画路宽阔,眼光敏锐,熟稔各种绘画题材,富有创造力和洞察力。传闻罗两峰曾亲眼见到鬼,钱泳《履园丛话》记载:"扬州罗两峰,自言净眼能见鬼物。不独夜间,每日惟午时绝迹,余时皆有鬼,或隐跃于街市之中,或杂处于丛人之内,千态万状,不可枚举。"[②]罗聘《秋夜集黄瘦石斋中说鬼》云:"秋室昏孤灯,书棚堕饥鼠。狂鬼若无人,揶揄来三五。我岂具慧眼,恶趣偏能观。颈或曲且高,身或短而偻。齿露瓠中犀,指或大如股。风卷一院阴,倏忽远堂庑。悄然寻潜踪,落叶声如雨。反觉恐怖生,肉上寒毛竖。因之叹阮瞻,终为鬼所侮。妄听且凭君,我语非妄语。"[③]世上无鬼,罗聘言见活鬼,无非是标明自己喜谈鬼、喜画鬼,是来自"身临其境"的灵感的。"说鬼"这首诗不仅是诗人与鬼"交游"的写照,而且是所有"鬼趣作品"的主题概括。

乾隆三十六年(1771),罗聘携 8 幅《鬼趣图》(该图成画于 1766 年左右)至京师拜谒名流,次年南归。在他 47 岁时第二次赴京。乾隆五十五年(1790),罗聘三上京师,所收甚丰,但因挥霍的原因,需要别人资助才得以返里。后殁于嘉庆四年 (1799)。

《鬼趣图》共八帧,每一帧看似独立,也并没有发现有直接联系的情节纽带,没有时间的顺序排列,也不具备连环画的特质,然而拼合后探索、联想这部作品,却发现图画所传递、宣扬的是同一主题,批判的是同一类"鬼群",揭露的是同一恶相,图绘之间存在某种难以言说的联系。从艺术的角度上看,《鬼趣图》

---

① 《北京大学中国古文献研究中心集刊》第六辑,北京大学出版社 2007 年版,第 369 页。

② 钱泳:《履园丛话》,山东画报出版社 2004 年版,第 294 页。

③ 罗聘:《香叶草堂诗集》,《清代诗文集汇编》第 379 册,上海古籍出版社 2011 年版,第 356 页。

的艺术构思有“异文化的图像挪用”[①],这使得作品不仅生动、有趣,而且陌生、开放,具有无限解读的可能性,也具备与西方图像文化进行比较的经典特质。

作为性灵派代表的张问陶、蒋士铨等人以组诗的形式把每一面的鬼态都赋予了大胆而又细腻的描摹与书写,慨世之感与泄愤情思喷发于纸表。尤其是张船山诗,在笔记文献中被引用的次数极多,足见张诗思路熟通、文笔畅快,是可以点中神秘之作《鬼趣图》内容及深层内核的权威之作。

其一

黑雾浓烟望不真,几无形影尚摹神。零星尸气成何物,闪烁灵光别有身。
莫骇泥犁多变相,须怜鬼国少完人。残魂渐散难收拾,好逐酸风到转轮。

其二

夜台谁与辨尊卑,双影摇摇绝可悲。冠狗随人空跳舞,沐猴无发尚威仪。
奴心已丧魂尤巧,捷足如飞死未疲。寄语阎罗逢此辈,莫分鬼马令同骑。

其三

幽魂相送白衣冠,还与冰人一例看。鬼手冷于前日否,色心浓到此时难。
花迷泉路尸能笑,月走阴风魄未残。画出娉婷身后影,退红衫袖不胜寒。

其四

侏儒卓杖倚僬侥,同飨黄垆酒一瓢。鬼不争长偏妩媚,身虽苦短亦逍遥。
暴腮何处能容首,小物从来惯折腰。料得九幽天最矮,人人台背学承蜩?

其五

白雾横腰气象雄,长人披发走空中。身疑碧血腾千丈,口烂红云嚼五虫。
魔大定嫌天逼仄,妖奇翻笑鬼朦胧。焦山黑夜相逢处,怪汝传神笔有风。

其六

头重如山强步趋,鬼穷还被鬼揶揄。几人毛发无端竖,尔辈形骸太不拘。
大手凭空扇道路,丰颐随意插牙须。笑他一样衣冠客,一凿凶门貌便殊。

其七

风雷破胆夜三更,逐队游魂避雨声。冷面无光相上下,顽云有路不分明。
一棺纵厌黄泉湿,群丑终难白日争。安得神龙齐攫食,免教昏暮太横行。

① 陈晓娟、肖丰:《从罗聘〈鬼趣图〉看异文化的图像挪用》,《文艺研究》2013年第3期。

其八

愈能腐臭愈神奇，两束骷髅委路歧。对面不知人有骨，到头方信鬼无皮。
筋骸渐朽还为厉，心肺全空更可疑。黑塞青林生趣苦，莫须争唱鲍家诗。①

根据以上诗歌和历史上流行的图画版本，本节简要归纳出对于上述图绘蕴义的浅见：

第一幅画的是刚堕入鬼道的鬼，凸显的是鬼初步形成的状态。左边的鬼两手交叉掩于胸前，仿佛是刚刚迈入"鬼门关"的一只新鬼，还没有适应自己的身份，抱着一丝疑虑，正在观望右下方的鬼；而右边的故鬼已经转型，早已适应了黑气笼罩的环境。这两只鬼的腿部是朦胧不清的，仿佛是被两团黑风卷来，可以看出他们正悬浮于鬼世界的霾雾中。

第二幅画的是迅速熟悉鬼道后的两只鬼。左侧前行的身材略显粗壮、着敞衫的主鬼代表尊位，而右侧跟随的身形细短的戴帽仆鬼代表卑位。由图可知，仆鬼的身高与体重远远低于主鬼，身高也只能达到主鬼肩的高度；从衣着来看，两鬼皆着人衣，区别只在于左侧鬼大头前倾，而瘦骨嶙峋的小头鬼尾随其后。

第三幅重点突出的是趋炎附势的侍奉鬼。当有八字眉的高帽白衣鬼目睹了红衣女与男子有私情时，仍为其持伞摇扇，表情十分龌龊，他非但没有揭穿鬼混的男女，反而助长了劣情的发展。白衣鬼即便戴上高帽，依旧无法企及男女的肩部，他佝偻低首的图绘显现出谄媚巴结之态。此时的白无常鬼早已参与到恶事中来，露出如蚁附膻的鬼相。

第四幅画的是"三鬼合一"的乞食现象。大头的侏儒鬼执杖。旁侧的无头鬼捧着盂，一面倚靠侏儒鬼，一边搂住小鬼乞讨。似侏儒鬼幼子的小鬼偻背缩首，仿佛可以享用侏儒鬼讨来的食物，看似十分安全满足，受到了大头鬼和无头鬼的庇护，实则是被两鬼牢牢掌控住，成为二鬼乞讨的工具，从而三鬼一起过着托钵的生活。第四幅凸显的是被钳制的小鬼，他虽有残品可食，却十分可怜。

第五幅描述的是罗两峰在焦山亲见的魈鬼，传说罗聘与常人的眼睛不同，见到水鬼也在情理之中。魈鬼长发披散，面相狰狞，全身细瘦，腾空于云雾之中，左手在推一种反向力量的浓烟气团，右手在扶左肩，而左右两脚在用力地踩推脚下的黑雾。此时鬼肉质缩微，四肢已露出嶙峋之态，从中可以看出焦山鬼已经意识到自己逐渐丧失了血肉，正经受着不堪的变化和扭曲过程。可以试想，这是一个已被压迫到极致拼命挣脱但没有成功行动的仆鬼。

第六幅画了三个鬼。作品展现了面目臃肿、弯腰驼背、头大如身的怪鬼伸

① 张问陶:《船山诗草》,《清代诗文集汇编》476册,上海古籍出版社2011年版,第134～135页。

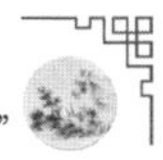

出两手，凶狠地去追赶左侧两个鬼的情状。左边的黑发小鬼一边迈大步逃跑，一边催促右边的圆胖小鬼并揽住胖小鬼一同逃命。此时的胖小鬼却不禁回头去看大头鬼，面部露出十分惊恐的表情。

第七幅最具故事情节的趣味性，也相对复杂，因为这里出现了四个鬼。此时的环境是云雾浸淫、风雨来临，恍若突降了一场政治风暴，这时出现了执大伞保护他人的庇护鬼、在伞下看似安之若素却内心复杂的稳站鬼、对事件充满疑虑的困惑鬼以及在伞顶静观洞察事态的秃头观望鬼。

第八幅描绘了枯林、杂草、石堆前的两具主仆骷髅，主骷髅身体直立，仆骷髅身材略弯。两者虽已殁世，但仆骷髅身高仍低于主骷髅，意在表明鬼之中也存在等级意识。

在历史演进的过程之中，对于《鬼趣图》的图像解析可谓众说纷纭、莫衷一是，然而总体上却跳不出"画鬼即画人"的思想框架，至于画家具体描摹的是人性的哪种污点仍有不同的诠释。这样的诠释越丰富，想象的空间就越大，给人们留下的思考也就越深刻。

第二节　《鬼趣图》意蕴的两个维度："讽意"与"禅意"

虽然《鬼趣图》有无限解读的可能，但是主要说来，理解《鬼趣图》只需要紧扣两点即可：第一，它是借鬼来喻人的讽刺寓言漫画。第二，它的哲学阐释、艺术构思、图画安排等方面都是以佛教玄义为旨意的。

先说讽意。讽意即讽刺。鲁迅曾在《什么是"讽刺"?》一文中认为："一个作者，用了精炼的，或者简直有些夸张的笔墨——但自然也必须是艺术地——写出或一群人的或一面的真实来，这被写的一群人，就称这作品为'讽刺'。"[①]阿瑟·波拉德《论讽刺》一书也说过："讽刺作家则是识别并谴责他视之为邪恶的行为与人，他必须使读者在此方面与他达成一致的见解。但是，他所谴责的人又是我们的同类。"[②]可见被讽刺的人类往往在我们的生活之中，是真实的一部分，而讽刺的要义在于艺术地识别真相、反映现实、暴露矛盾和缺点并予以谴责。有研究者珂杨认为："(《鬼趣图》是)带点教育性质的'微温的讽刺'。"[③]本文认为此说稍显牵强，因为《鬼趣图》作者的眼光是犀利的，他的讽刺并不温和，而是一针见血，正如"我有笔如刀"，"刀能杀人，人尽知之；笔能杀人，人则未尽知也。然

① 《鲁迅选集》，人民文学出版社 1959 年版，第 275 页。

② ［英］阿瑟·波拉德：《论讽刺》，谢谦译，昆仑出版社 1992 年版，第 1～2 页。

③ 珂杨：《罗两峰和他的〈鬼趣图〉》，《良友杂志》1935 年第 8 期。

笔能杀人,犹有或知之者;至笔之杀人较刀之杀人,其快其凶更加百倍”。[①]

罗聘所塑造的这些形形色色的鬼,实则是为了讽刺各色人等。“鬼中画出官人影”,这是把官员与鬼等同,同时即是对官员的讽刺之笔。涉笔的“鬼趣”二字,实为“人趣”,正如杨铸《题罗两峰鬼趣图后》诗云:“两峰画趣非画鬼,腐臭形骸传谲诡。吾云画鬼即画人,笑啼黯淡摹其神。”[②]那么罗两峰为何用鬼来画人,简言之,一是盖因“人间变态画不尽,只有鬼趣堪描摹”[③],二是源于鬼与人类之间微妙的对立关系。鬼是什么?《说文解字》说解为:“鬼,人所归为鬼。”[④]这阐释了鬼是人生命终结后的存在。哲学家王充则提出:“阴气逆物而归,故谓之鬼;阳气导物而生,故谓之神。”(《论衡·论死》)[⑤]这说明鬼是阴气的附着体,是人类的对立面。由此可见,在古人看来,鬼多指在阴间的冥者。这些鬼多依赖于子孙的祭祀和拾取人家的遗弃物为生。就鬼而言,其词本身就带有否定和贬斥的含义。从某种意义上讲,鬼就是阴气较重的死去的人或是丑陋众生的代名词。

那么,鬼界与人间的边界是否清晰呢?《阅微草堂笔记》曰:“鬼所聚集,恒在人烟密簇处,僻地旷野,所见殊稀。”[⑥]可见鬼有时候也怕冷冷清清,渴望藏匿到人间,寻找到热闹之地,因此有时候“人居”与“鬼屋”当为重合的一处,彼此难分了。正所谓“鬼为过去人,人即未来鬼。一气相生灭,其间去又几”(刘锡五题咏),“人鬼关头一刹那”(龚守正题咏)。综合分析,由人入鬼极其容易,人间与鬼界的变幻就在转瞬之间,甚至可以说鬼话殊不知就是人言,真可谓“髐然作人语”(龚轼题咏)。因此,作为读者,读鬼的故事就可以大致透析人性的一面。

在题咏诗里,人们普遍认为有一个鬼国,例如,“鬼亦自有国”(何绍基)[⑦],“频年鬼国动波澜”(江开)。这个所谓的鬼国究竟在哪里呢?“况夫人有贤有愚,鬼有大有小,仰而窥诸天,则舆鬼五星,俯而指诸地,则鬼国在二贝之尸北。”[⑧]然则鬼的世界何如呢?《题两峰鬼趣图》给我们的介绍是:“石板铜关黯无色,往来惨惨风霾黑。”(俞功懋)“展图惨澹阴风生。”(王昶)“丘堂惨淡生阴风,愁云漠漠无西东。鸺鹠啸两巷犬吠,夜游况有寒号虫。罗君绘事妙游戏,尽摄群鬼归图

---

① 李渔:《闲情偶记》,中华书局2007年版,第10页。
② 杨铸:《自春堂诗》,《清代诗文集汇编》第525册,上海古籍出版社2011年版,第146页。
③ 《北京大学中国古文献研究中心集刊》第六辑,第377页。
④ 许慎:《说文解字》,中华书局1963年版,第188页。
⑤ 王充:《论衡》,上海人民出版社1974年版,第315页。
⑥ 纪昀:《阅微草堂笔记》,青岛出版社2010年版,第22页。
⑦ 何绍基:《东洲草堂诗钞》,《清代诗文集汇编》第604册,上海古籍出版社2011年版,第244页。
⑧ 《北京大学中国古文献研究中心集刊》第六辑,第379页。

中。”[①]从中不难看出,鬼的世界是惨淡而又阴森可怖的。这些鬼就生活于阴风呼啸的鬼国。灰暗、冷萧的鬼国折射出当时社会的某种景象。

就乾嘉时期而言,《鬼趣图》所指向的黑暗世相主要体现于当时社会的压迫者与被压迫者的等级不平等的情形,将尊卑的现实汇聚于艺术图绘中,必然会形成以描绘主仆二鬼为主的群鬼众生相。从中透露出来的主仆间失衡的贫富差距,真可谓“富鬼便腹饮无量,贫鬼攒眉苦相向”(王曾祺),做主人的生来就可以享用锦衣玉食,一生过着华丽奢靡的生活,而做仆人的生来就是劳碌命,只能过着贫苦清寒的生活。《鬼趣图》的讽刺意义,不仅在于揭示了贫富不均的经济问题,更在于它所揭示了发人深省的社会问题。面对此种“鬼窟谁知亦分类”的等级森严的社会,做仆人的穷鬼依然在“鬼奴嘻嘻随鬼主”,非但没有意识到自己的卑微地位,反而是不断地跟随、谄媚、巴结主人,其结果是被主人压榨、钳制,以致完全丧失了自己的人格和自由。这里面揭露的被奴役者的劣根性是极为可悲的。联系乾嘉时期的背景看,在那盛世繁华的背后,其实潜含着许多浊流,诸如吏治的腐败、皇权的专制、奢靡的风气,正是这些方方面面的黑河灰水滋生了无数腐臭不堪的群鬼。

在传统文化中,鬼诗、鬼画、鬼小说屡见不鲜。伴随着鬼观念、鬼文化的出现,鬼诗应运而生,比较有名的鬼诗有《林四娘鬼诗》《陈圆圆鬼诗》《冥中八景诗》。这些诗作达到了一定的艺术水平,在诗坛上享有一定的盛名。与此相应的是,鬼画这种绘画题材也悄然兴起,一度出现繁荣景象。比如,唐代的吴道子就善于画鬼,宋代的李嵩则绘有《骷髅幻戏图》。而以钟馗与鬼为题材的图绘更是走俏民间,画中的钟馗威严狰狞,是一个被尊奉的正义形象。历代钟馗图大多是主题相近的作品,而至宋末元初,画家龚开对社会的污浊状态已厌恶至极,所以借图画对统治者的爪牙予以讽刺,所作《中山出游图》勾勒出钟馗及小妹乘舆、鬼卒随从趋走的情景,突出的是一群形态各异的小鬼。这幅富有个性的讽刺画超越了以往风俗画的范畴,被赋予了古代漫画的质素。此后,金农作有《仿龚开画鬼图》。罗聘是否受到龚开的影响,已无从考证,但罗聘发扬了前人鬼图诙谐、讽喻的一面,并独树一帜,创造了难以言尽的被人题咏不断的开放型图画形式。实际上,他描绘的是多数人通常意识不到或不愿提及的角落,也是统治者尽量遮掩的部分:邪恶、黑暗的虐者不停地奴役、操控卑微贫弱的被虐者。这几幅小帧的出现,足以让恶人恐惧,这里的主题意蕴已经完全升级为对传统纲常的诗与图的双重反叛。此时的罗聘鬼图一如郑板桥的竹图一样,应时而作,为己代言。另外,“扬州八怪”之一的李方膺绘有《风雨钟馗图》,该图实际描绘

---

① 《北京大学中国古文献研究中心集刊》第六辑,第379页。

的是搜刮民财的贪官,诗云:"钟馗尚有闲钱用,到底人穷鬼不穷。"[①]有趣而巧合的是,罗聘 1762 年所作《醉钟馗图》,描绘的是小鬼侍奉下的醉醺醺的钟馗,两者相较,确有异曲同工之妙。

至于小说,其中亦多有涉鬼内容,有一种类即为志怪小说。魏晋南北朝时期,写鬼的小说业已成熟。而到了乾隆时期,又出现了志怪小说的佳作,如袁枚的《子不语》、纪晓岚的《阅微草堂笔记》、蒲松龄的《聊斋志异》等。许多笔记小说都弥漫着一股借说鬼去谈人的文气,颇多精彩之处,描写之丰富,讽刺之辛辣,内容之深刻,颇受读者欢迎。这些志怪小说群的产生、勃兴,无疑是与当时的社会环境呈现胶着状态的。

《鬼趣图》作为清代中期绘画艺术的杰出代表,图绘显现的是一幅幅清中期世相,而其题咏则是与之相对应的讽刺诗群。这些讽刺诗创作于"文字狱"盛行的时代,它们被书写、被流传本身即是颇见勇气的担当。如果说清代的小说已经有了转型的意义,那么文学研究中不可忽视清代诗歌群山中高耸入云的一峰,那就是讽刺诗歌。这类诗歌往往揭露的是富裕与贫困、权贵与奴仆、上层与底层、尊位与卑位的对立矛盾等一般正统士大夫诗人不愿在诗中涉及的敏感话题,直接挞伐的是上层的腐朽浊流与堕落风气,触碰的是地主阶级的利益。清代布衣文人即便处在严苛的政治环境中,仍有不少人善于抓住此类讽刺题材并加以发挥,以平民化的书写方式娓娓道出封建社会的衰变,以冷峻的眼光观看贵族和皇权的式微,以淋漓的刀片割开封建统治的毒瘤。如题咏过《鬼趣图》的诗人舒位有诗《鲊虎行》云:"鬼门关前人似海,猛虎捉人如捉鬼。人鲊瓮中虎杂居,居民鲊虎如鲊鱼。为言前宵伥鬼来,悲风萧萧林木摧。"[②]诗中的"猛虎"为官员,而残害的百姓犹如群鬼一般。又如宋湘的《盂兰词》:"鬼不怜人人怜鬼,盂兰大会夜如水。削竿挂衣钱剪纸,蜡泪倒流风旋起。嗟哉盂兰何所始?昨烧纸人今又死!天荒地老不见人,瑟缩暗中随鬼尾。吁嗟汝鬼莫悲酸!年年此夜会盂兰。街东逼侧街西走,疏萤照路青盘盘。星高月堕开鬼市,鬼中得钱鬼中使。吁嗟汝鬼乐可知!异乡故国皆分离。"[③]这首诗是借言鬼而慨叹时局的悲凉之作。自乾嘉之后,这样的鬼诗逐渐增多,诗人的咏叹更为深沉,砭世之力也更为强劲,诗歌更多地表达了诗人对时局与人性的关注。这些诗歌不仅在清人别集中大放异彩,而且其中题咏诗人逞才斗奇的诗作也被珍藏并流传开来。值得庆幸的是,历史也保存了罗聘《鬼趣图》的全部图卷,这些都构成了艺术史上的

① 曹惠民、陈伉:《扬州八怪全书》,中国言实出版社 2007 年版,第 434 页。

② 舒位:《瓶水斋诗集》,中华书局 1985 年版,第 2 页。

③ 宋湘撰,周锡馥整理:《宋湘诗选》,广东人民出版社 1986 年版,第 87 页。

奇观。

再说"禅意"。《鬼趣图》意蕴的第二个维度就是佛教中的"禅意"。"禅意"产生的原因有二：一是与罗聘承其师者的佛学衣钵有关；二是罗聘的生平经历也多与佛教有关系，绘画作品较多地涉及佛教题材。

罗聘的老师金农就是个崇佛的人。罗聘信佛，很有可能是受到了其师的影响。金农曾自号"莲身居士""苏伐罗吉苏伐罗"（佛家经典上"苏伐罗"即汉文"金"字，苏伐罗吉苏伐罗就是"金吉金"）、"心出家庵粥饭僧"等，这些自号均与佛教相关。他的《题芭蕉图》中的"野草尚生闲地，芭蕉净扫游尘"[①]一句，就颇具禅趣，足见其绝离于尘世的姿态。《宿焦山》诗中的"如闻定中僧，禅窟劝小住。牵月濯巾瓶，江光漾高树"[②]两句也可窥视金农淡泊的禅心。70岁后，他于西方寺皈依佛门，曾治印"我是如来最小弟"。金农擅画佛像，77岁所作《金农自画像》就是一幅典型的佛画。《设色佛像》周围布满了密密的题跋，书法与绘画相得益彰，形成了独特的"金农风格"。有学者认为，此图为罗聘代笔，题跋乃金农填补。但不论怎样，这种图文的设计与构思当来源于金农。

而罗聘作为金农的得意门生，不仅得到了其师画学上的衣钵，而且在崇佛方面，也极似金农。他自号"师莲居士"，曾给金农整理印行过《画佛题记》。罗两峰一生还画有很多宗教题材的绘画，如《高僧乞米图》《罗汉图》《枯木禅师图》《韦驮尊天像》《无量佛轴》《药王图》等。他的诗歌"竹里清风竹外尘，风吹不断少尘生。此间干净无多地，只许高僧领鹤行"[③]具有清雅蕴藉的禅韵滋味。据《罗两峰墓志铭》记载："君夙耽禅理，悉究竺坟，一喝醒人，胜打头之棒；十年吃饭，爱折脚之铛。尝梦入一招提，榜曰'花之寺'，仿佛前生即其主僧，后遂号'花之寺僧'。"[④]所以他也自称为"今世画人前世僧"。乾隆五十六年（1791），罗聘在北京琉璃厂寓所写了藏外佛典《正信录》，书分两卷，谈及佛教有关的地狱、轮回报应的佛教文化。王昶序："此录通儒释之分，又归诸净土，以砭宗门之空谈玄悟，使修行人知有入手，可谓深切著明。"[⑤]"可释吾儒之疑，而有志于释教者，亦得其门而入，不惑于空谈玄悟，盖渡海之津航也。"[⑥]翁方纲认为："而其（罗聘）诣力所在，独持正定于三藏六部之指趣，洞见其所以然。"[⑦]以上材料充分印证了金

① 周积寅、史金城编：《中国历代题画诗选注》，西泠印社1985年版，第267页。

② 金农：《中国古代书画家诗文集丛书：冬心先生集》，西泠印社2012年版，第9页。

③ 罗聘：《中国画大师经典系列丛书：罗聘》，中国书店2011年版，第38页。

④ 吴锡麒：《有正味斋骈体文》，《清代诗文集汇编》第415册，上海古籍出版社2011年版，第396页。

⑤ 罗聘：《正信录》，国光印书局出版社1931年版，第6页。

⑥ 罗聘：《正信录》，第7页。

⑦ 罗聘：《正信录》，第8页。

农、罗聘一生喜佛,晚年溺于佛的生活轨迹。

《鬼趣图》是一部自始至终贯穿着佛教意趣和生命玄理的作品。题跋文人与读者可以感受到“鬼趣”的另一个含义,即“佛趣”。“又眼有慧光,洞知鬼物,烦冤地下,开变相之图,有美山阿写离骚之状。”(吴锡麒)毫无疑问,画家成就了《鬼趣图》这幅名作。在作品中,人们似乎又可以窥见罗聘的佛学情思,而对其图的阐释诗歌也多从佛家玄理的角度入手。“佛—罗聘—鬼趣”实为一体,似乎都沾染着某种难以言说的神秘,这使得后世对图与诗的解读和创作更为多元。本章认为《鬼趣图》涵盖了佛教的基本教义,既是一种因尊佛而作的“释佛画”,也是一种掺入了自我生命观的哲理性画作。

首先,《鬼趣图》绘示诠释了佛教原理中的生死轮回、无常、四谛等基本要义。

生死轮回又叫“轮回”“流转”“轮转”是指在“业报”法则的支配下,众生像车轮转动一样,于“三界”(欲界、色界、无色界)和“六道”(天道、人道、修罗道、畜生道、饿鬼道、地狱道)的生死世界中循环不已。《鬼趣图》第一幅着力表现的是刚堕入鬼道的鬼,象征的是“鬼之生”,是鬼的生命初始状态;第二幅描绘的是正式成为仆鬼的鬼,以后几幅展示的是趋炎附势鬼、乞讨鬼、血肉被榨干的鬼、拼命逃窜的鬼等。这些都象征着鬼的生命周期阶段,期间伴随着鬼的成长、成熟和衰变,含有盛极而衰的生命走向。最后一幅图上画的却是两具骷髅,代表着“鬼之灭”,即鬼的死亡。综合几幅图看,图与图之间内在勾连的线其实是轮回行走的轨迹。

“无常”是指世间的一切事物忽生忽灭,变化多端,没有恒常的存在。“无常”既是舶来佛教的语汇,后来又逐渐演变为一种自然观和生命观,如“世事无常”“人生无常”“万象频更”等生命语汇也随之衍生。

《鬼趣图》的题咏词比起题咏诗要少得多,题目不显示与图有关的字样,却进一步阐释了世间万有的变化无常、空幻虚无。试看方维翰的词《满江红》:

> 青冢红尘,问转轮,何时是了。空勾出,人天今古,炎凉昏晓。达士几人知梦境,英雄百岁都秋草。念浮生,真趣究何存,徒烦扰。离亭畔,揶揄笑;泉路侧,烦冤叫。恋冷风凄雨,断林荒道。采散凝成新旧恨,离聚态尽妍媸知。任阴谋、隐伏总难逃,如犀照。①

词中说青冢红尘“何时是了”,实为未“了”,因为这是一个循环往复的轮回过程。轮回的结果是“英雄百岁都秋草”,所有的繁华和荣耀都只不过是过眼云

① 《北京大学中国古文献研究中心集刊》第六辑,第375页。

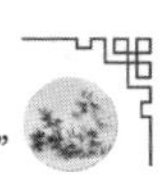

烟，所有的崇高生命最终都会枯萎，如同第八幅图所描绘的断林荒道旁的两具骷髅。在炎凉世态和今古历程中，不论是"揶揄笑"的还是"烦冤叫"的，获得的并不是浮生的真趣，只不过是转轮红尘中"徒烦扰"的角色登场。这首词里面书写的空幻之感、虚无之境、生来受苦的伤感意味是很浓的，具有明显的佛教意识。"冷风凄雨，断林荒道"成为佛教世界和滚滚红尘的永恒布景，它为生命打上了黯淡、冷寂的悲荒色调，这里面诉说着低调的悲哀和无奈的选择。"冷风凄雨"是佛教中的"苦"，而"断林荒道"则代表着佛教中的"空"。

《鬼趣图》隐喻了佛家的"四谛"。在佛教中，"四谛"即代表四种真理，具体是指苦谛、集谛、灭谛和道谛。苦谛是指世间是"不堪忍"的苦地，一切有情众生都受到各种情况的烦恼和悲苦；集谛是说痛苦产生的原因，主要在于"贪""嗔""痴"；灭谛是指探寻痛苦之因并找到灭苦的方法；而道谛是说到达涅槃的解脱修行之路。《鬼趣图》指明了有情世间的三苦处，主鬼多遭受着利益受损的"坏苦"，而仆鬼多忍受着被压迫的"苦苦"的折磨。然而不论是主鬼还是仆鬼，都在接受着大千世界的"行苦"流变。从群鬼所造的业行来看，烦恼多来源于集谛中贪的烦恼，多为重名利、重财色。显而易见，主鬼的贪欲相当强烈，控制力也很强，而仆鬼却自甘沉沦、盲目随从，为了满足自己贪欲的实现而委曲求全、卑躬屈膝、丧失格调。这几幅图隐喻的是贪念逐渐灭谛的过程，第二、三幅的主鬼与仆鬼还处在受贪、痴等无明烦恼折磨的状态，从第五幅起，仆鬼或主动或被动地被渐渐剥离掉贪欲，从而达到了第八幅贪苦止息的状态。

此外，有几首名家题咏诗也表达了类似的佛趣旨意。蒋士铨诗云："神光掣瞳人，下透转轮界。""鬼中诸趣妙难寻，生人苦海自浮沉。"张棟诗云："骷髅悟彻万缘息，无需欢喜无悲鸣。"方维祺曰："烦君超脱群生苦，莫使揶揄转几人。"姚鼐诗曰："形役此劳生，束缚日来往，谓当返其真，六气同一广……变状悉呈露，目观非佛仿，观象转得空，智者一反掌。"王衍梅诗云："一齐放还天竺国。""轮回""苦海"是这类诗歌的关键词，题咏诗歌似乎已成为佛书经义的一部分了。

其次，题目中出现的"鬼趣"二字，原意为"饿鬼趣"。其中"鬼"即"饿鬼"，指时常遭受着饥饿的鬼。饿鬼通常有两种：一种是生活在人中的鬼，另一种是居于饿鬼世界的鬼。饿鬼有两种存身方式：一种是有威德、靠乞食的鬼，另一种是无威德、不得食的鬼。大多数的饿鬼，由于贪婪多欲，永远无法满足，全靠他人获得食物为生。"趣"又名"道""界"。"饿鬼趣"是指造成饿鬼业因的人所趋向的道途，为五趣或六趣之一。《正信录》专设鬼一节，指出饿鬼有 64 个。在研究佛典的过程中，罗聘一定对这些鬼物极为熟悉，这些鬼态一定对罗聘《鬼趣图》的创作提供了某种暗示。其余，在图画中还可以窥到八部鬼众的影子。八部鬼众指佛教传说的由四天王统领的八种鬼神：(1)乾闼婆；(2)毗舍遮，专吃血肉之鬼;(3)鸠架荼,是瓮形鬼或厌魅鬼,吃人的精气;(4)饿鬼;(5)诸龙;(6)富单那,是臭饿鬼或热病鬼;(7)夜叉;(8)罗刹,是吃人的捷疾鬼。大概非常可怕的罗刹鬼(恐怖食人肉的鬼)最为接近《鬼趣图》中的"主鬼"的原型。主鬼的不择手段和凶残的个性,与罗刹鬼食人肉的残暴是一致的。

最后,《鬼趣图》里着意构思了很多佛教意象并将其作为点睛之笔,这也是《鬼趣图》研究中较多涉及的一个节点。如第八幅中的一对骷髅,图中的骷髅形象作为一个死亡的符号,表达的意蕴是骷髅观,即白骨观。白骨观,又作"骨铄观",即观想人的身体成为白骨的入定佛道修法。由于万法皆空,在佛家看来,所有世人无非都是带肉的骷髅而已。无论是得势的,还是失势的,无论是富裕的,还是贫贱的,芸芸众生通过意念都可被看成"骷髅"。万物被视为平等,这样的话就会贪欲消灭,止息妄想,证得阿罗汉果。《庄子·至乐第十八》:"骷髅曰:'死,无君于上,无臣于下;亦无四时之事,从然以天地为春秋,虽南面王乐,不能过也,庄子不信,曰:'吾使司命复生子形,为子骨肉肌肤,反子父母、妻子、闾里、知识,子欲之乎?'骷髅深颦蹙頞曰:'吾安能弃南面王乐而复为人间之劳乎!'"曹植《骷髅说》中的骷髅云:"今也幸变而之死,是返吾真也。"以上两则足见骷髅死时的安乐畅然,没有等级压迫,没有生途劳顿,复归超脱,自然逍遥。《鬼趣图》中的骷髅设置,是为了描摹出人间至乐的终极理想。"两峰道趣浓,善画得禅意。"[①]第八幅《鬼趣图》中丛林的点缀,也不是闲画赘笔,而是暗喻禅宗寺院,表明作者向往佛家空净世界的心迹——"分明佛会现盆盂"(吴省钦),此外第五幅中的空中夜叉也与佛义相关。

综上分析,罗聘创作《鬼趣图》的灵感既来源于他深厚的佛学造诣和对社会嫉恶如仇的愤情,也是他巧妙构思,从而避开复杂现实社会的艺术手段。尽管一幅绘画貌似并无太多的含义,然而它给人们的思考却是厚重的。画家是智慧的,他把沉静的旁观锁在鬼国的形象中,用几类人的行为来涵盖乾嘉时期的社会形态。"惟有念佛是第一",这应是他人生态度与《鬼趣图》构架的最好注脚。

第三节　名家"题咏如林"彰显名士风流

潘仕成序云:"抑观其题咏胜于得见其图矣。"这句话强调了鬼趣题咏比图绘本身更耐寻味的观点。其原因在于图绘载体只涉及单个文人,而图绘题咏的文人却数量众多,身份各异,各有专攻。总的来说,题咏者以学者名士居多,这使得他们多从自己的学术背景出发,创作了多篇洋洋洒洒的题咏诗。作品不但

---

① 宋鸣珂序,《鬼趣图题咏》,海山仙馆藏版1851年刻本国家图书馆藏。

古味盎然，用典古雅，而且带有浓厚的学理气，这势必使阅读和研究增加了难度。许多诗歌全然是乾嘉学风的注脚，名士的风流亦在诗歌表达中展露无遗。

京师文人圈是图卷开始被重视的起点场域。乾隆三十六年(1771)，罗聘携《鬼趣图》至京师拜谒了乾隆近臣英廉。英廉(1707～1783)，字计六，号梦堂，历任内务府主事、内务府正黄旗满洲都统、内务府大臣等。时任刑部尚书的英廉介绍罗聘结识了翁方纲、纪晓岚、钱载、钱大昕、蒋士铨等京师名流。在英廉的提携下，罗聘的知名度再次提升，《鬼趣图》迅速流行于京师文化界。罗聘与英廉的交情非同寻常，《英梦堂相国招饮海棠花下》中就有叙述："留欢花榭醉华筵，烂漫春光满眼前。烧烛不妨看半夜，裁诗准拟住三年。"罗聘曾应英廉之命而创作过《登岱图》。

下面兹录几位主要题咏者的生平与诗作。

纪晓岚(1724～1805)，一字春帆，晚号石云，道号观弈道人，直隶河间府(今河北献县)人。31岁时考中进士，官至礼部尚书、协办大学士，曾任《四库全书》总纂修官，撰写了《四库全书总目提要》。其代表著作为《阅微草堂笔记》。纪晓岚因为自写志怪小说，所以就把《鬼趣图》当作一种志怪图。很多研究者也关注到罗聘与当时小说家题材选择的近似性。纪晓岚所关注的是可怖、惨淡、阴森的变态之境，认为图画也是有趣的说鬼行为。他的题咏这样写道：

> 文士例好奇，八极思旁骛。万象心雕镂，抉摘到邱墓。
> 柴桑高尚人，冲澹遗尘虑。及其续《搜神》，乃论幽明故。
> 岂曰图神奸，将以资禁御。平生意孤迥，幽兴聊兹寓。
> 此画谁所作，阴风生绢素。惨淡有无中，睒闪吁可怖。
> 大矣天地间，变态靡不具。耳目所未经，安得穷其数。
> 儒生辨真妄，正色援章句。为谢皋比人，说鬼亦多趣。[①]

王昶(1725～1806)，字德甫，号述庵，江苏青浦(今上海市青浦区)人。乾隆十九年(1754)进士，授内阁中书，协办侍读，入军机处，后又擢刑部郎中。他的诗文结集《春融堂集》共60卷。此外，他还做了大量的文学选编工作，辑有《湖海诗传》《湖海文传》《明词综》《国朝词综》等。他的题咏诗展示了很多典故，是自身学者风范的张扬。

> 精气为物游魂变，鬼神情状奚由见。睽车垂象著筮占，脂夜能妖征旧典。
> 九磬九德和龙门，致礼分明通疑悃。亦有灵均解《大招》，敦脄血晦繁称引。
> 赤豹文狸还往还，吴戈犀甲陈精悍。可堪盲史更恢奇，新大故小宁虚诞。

---

① 纪昀：《纪文达公集遗集》，《清代诗文集汇编》第354册，上海古籍出版社2011年版，第546页。

披发幸讯桑田巫,升歌颇验昆吾观。强人坡老剧能听,著论阮瞻谁得辩?
展图惨淡阴风生,肤粟凝寒眸子眩。有形有色半模糊,非雾非烟时隐显。
短衣不及掩肶臀,夹脊何缘露肝肾。高冠无复系缨诿,掺袂犹然缀金粉。

朴齐家(1750～1805),字修其,又字次修、在先,号检书,朝鲜汉城(今韩国首尔)人。朝鲜"诗文四大家"之一。著有《暂游集》《贞蕤稿略》《北学议》《燕行录》等。他先后四次作为朝鲜使臣前往北京,同清代诗人进行广泛的文学交流。他的题诗用笔简省,也是就画而谈,可以作为乾嘉外籍诗人作品的观照。

墨痕灯影两迷离,鬼趣图成一笑之。理到幽明无处说,聊将伎俩吓纤儿。

袁枚(1716～1798),诗人、散文家。字子才,号简斋,晚年自号仓山居士、随园主人、随园老人,钱塘(今浙江杭州)人。乾隆四年(1739)进士,选庶吉士。曾外放江南地区任县令,为官政治勤政,颇有名声。后无意吏禄,在江宁小仓山下筑随园,吟咏其中。代表作品有《小仓山房诗文集》《随园诗话》《随园随笔》等。

袁枚题咏把自己与罗聘、《子不语》与《鬼趣图》摆在了同等的位置,在诗歌中展现出他性情识人的眼光以及自己对《鬼趣图》的认同。袁枚作为乾隆时期的诗学盟主,对罗聘的赞扬也提升了画作的知名度。《鬼趣图》的成功扬名,在一定程度上说是文人推举和罗聘交游圈逐步扩大的过程。

我纂鬼怪书,号称《子不语》。见君画鬼图,方知鬼如许。
得此趣者谁,其惟吾与汝。画女必须美,不美情不生。
画鬼必须丑,不丑人不惊。美丑相轮回,造化即丹青。
鬼死化为聻,鸦鸣国中在。君盍兼画之,比鬼更当怪。
君曰姑徐徐,尚隔两重界。

罗聘与袁枚的私交很好,曾为袁枚画过像。袁枚家人认为不像,袁枚出来圆场说:"两峰居士,为我画像,两峰以为是我也,家人以为非我也,两争不决……我亦有二我,家人目中之我,一我也;两峰画中之我,一我也……两峰居士,既以为似我矣,若藏之两峰处,势必推爱友之心,自爱其画,将与《鬼趣图》,冬心、龙泓两先生像,共熏奉珍护于无穷,是又二我中一我之幸也。"①

法式善(1752～1813),姓伍尧氏,原名运昌,字开文,别号时帆、梧门、陶庐、小西涯居士。乾隆四十五年(1780)进士,授检讨,官至侍读。乾隆帝盛赞其才,赐名"法式善",满语"奋勉有为"之意。法式善曾参与编纂《四库全书》,著有《存素堂集》《梧门诗话》《陶庐杂录》《清秘述闻》等。他的题咏更多连带着对画家命

① 袁枚:《小仓山房尺牍》,《清代诗文集汇编》第340册,上海古籍出版社2011年版,第762～763页。

运的慨叹以及人生的况味：

其一

佳趣生人少，搜寻到鬼来。奇情如此放，险境为谁开。
黄叶满庭雨，红灯深夜杯。吾家应不瞰，怕又送穷回。

其二

涉笔写君意，展图空我思。人间谁不死，天外可无诗。
当作美人看，免生迟暮悲。秋坟没青草，是尔出头时。

钱大昕(1728～1804)，字晓征，号辛楣，江苏嘉定(今上海嘉定)人。史学家、汉学家。乾隆三十四年(1769)，入直上书房，授皇十二子书。参与编修《热河志》，与纪昀并称"南钱北纪"。钱大昕著《十驾斋养新录》，后世以之与顾炎武《日知录》并称，赞钱氏为"一代儒宗"。乾嘉时期，首重经学，钱大昕力倡治史，既博且精，对转变一时学术趋向影响甚大。他的题咏这样写道：

人言鬼可憎，君独观其妙。触于目所遇，审厥象惟肖。
巨室可偃寝，驰逐谁所召。昏暗锁自缚，安得慧灯照。
六趣理本同，执著互相笑。奇诡到笔端，似闻诶出叫。
书家草圣难，苦心世莫料。瞰室非尔防，一任梁闲啸。①

姚鼐(1731～1815)，字姬传，一字梦谷，世称惜抱先生、姚惜抱。安徽桐城人。他与方苞、刘大櫆并称为"桐城三祖"。乾隆二十八年(1763)中进士，任礼部主事、《四库全书》纂修官等，年四十辞官南归，先后主讲于扬州梅花书院、江南紫阳书院、南京钟山书院四十多年。著有《惜抱轩全集》等，曾编选《古文辞类纂》。姚鼐的诗从佛学的角度对图画进行了解构：

形役此劳生，束缚日来往。谓当返其真，六气同一广。
如何释委形，转受拘物象。匹若脱兰蛾，翻飞挂蛛网。
君看隙外光，穿落窗中壤。或方或椭圆，横斜直曲枉。
游光倏忽瞑，兹形究安放。万象不可穷，颠倒由一想。
幻作三途业，何异景罔两。画师如说法，染笔兴幽怆。
变状悉呈露，目睹非佛仿。观象转得空，智者一反掌。
天人阿修罗，一一超无上。稽首证导师，兹义实非罔。②

程晋芳(1718～1784)，经学家、诗人。初名廷璜，字鱼门，号蕺园，歙县岑山

① 钱大昕：《潜研堂诗集》，《清代诗文集汇编》第364册，上海古籍出版社2011年版，第592页。
② 姚鼐：《惜抱轩诗集》，《清代诗文集汇编》第377册，上海古籍出版社2011年版，第546页。

渡(属安徽)人。乾隆三十六年(1771)进士,由内阁中书改授吏部主事,迁员外郎,被举荐纂修《四库全书》。著述甚丰,著有《蕺园诗》30卷、《勉和斋文》10卷等。程诗多是对图画本身的描述:

此趣不可堕,此图非浅制。唐贤遗法在,近代少俦俪。烟云有变怪,木石出瑰异。昭然揭情状,奇想阐幽闷。……揶揄盈道路,哭泣以文字。

蒋士铨,戏曲家。字心馀、苕生,号藏园,又号清容居士,晚号定甫,铅山(今属江西)人。乾隆二十二年(1757)进士,官翰林院编修。乾隆二十九年(1764)辞官后主持蕺山、崇文、安定三书院讲席。他精通戏曲,工诗古文,与袁枚、赵翼合称"江右三大家"。蒋士铨所著《忠雅堂诗集》存诗2569首,存于稿本的未刊诗达数千首,其戏曲创作存《红雪楼九种曲》等49种。蒋士铨的诗歌抒发性灵,慷慨激荡,是对佛意和人生的练达书写。

落木阴森棺盖舞,骷髅起立作人语。明眸虽减皓齿存,白骨犹撑玉肌腐。
生王死士辨者谁?儿女英雄吾与汝。乌鸢在天蚁在地,五尺丰碑一抔土。
鬼中诸趣妙难寻,生人苦海自浮沉。不须普给瑜伽食,画者真存菩萨心。

朱孝纯(1735～1801),字子颖,号思堂,汉军正红旗人。乾隆二十七年(1762)举人,由四川简县知县擢叙永同知、重庆府知府,移守山东泰安,迁两淮盐运使。在扬州时,创梅花书院,培植士类。性倜傥,爱结交朋友,与王文治、姚鼐交最契。诗伉壮雄豪,有幽燕气。著有《海愚诗钞》12卷。

弄笔毋烦人所嬉,一双碧眼惯搜奇。
凭君鬼伯千千万,莫使神州太守知。

何绍基(1799～1873),字子贞,号东洲,别号东洲居士,晚号蝯叟。晚清诗人、画家、书法家。湖南道州(今道县)人。道光十六年(1836)进士。咸丰初简四川学政,曾典福建等乡试。历主山东泺源、长沙城南书院。通经史,精小学金石碑版。有《惜道味斋经说》《东洲草堂诗・文钞》《说文段注驳正》等著述。

德翁笃者古,图史纷在架。牛腰忽成束,送看不烦借。
两峰《鬼趣图》,开卷天色诈。奇想构虚无,阴风交丑诧。
说鬼古籍多,儿童供喜怕。无端赏其趣,鬼气从此霸。
乾嘉诸老宿,题诗不留罅。岂知鬼情性,喜谀而拒骂。
坐令题诗人,衮衮归长夜。请君亟焚此,形神失凭借。

鬼亦自有国,各使反其舍。界断人鬼关,清气调元化。[①]

钱载(1708～1793),字坤一,一字根苑,号箨石,又号瓠尊,晚号万松居士,浙江秀水(今嘉兴)人。乾隆元年(1736)举博学鸿词,十七年(1752)成进士,改庶吉士,散馆授编修,累充乡试考官,任纂修,擢詹事府少詹事;后坐事降级,从宽留任。复历充考官,又擢礼部左侍郎。乾隆四十八年(1783)致仕,与翁方纲友善。精于诗和书法,喜作水墨画,尤工兰竹。著有《箨石斋诗文集》。

画鬼画烟云,犹堪米敷文。曷不学阮瞻 ,一空此纷纭。

六趣外无界,七趣中有人。即非若马趣,愿君思公麟。

沈大成(1700～1771),字学子,号沃田,江苏华亭人。屡就幕府四十余年。晚游扬州,结交惠栋、戴震、王鸣盛等学者,以学业相砥砺。校定书籍颇富,有《十三经注疏》《史记》《前后汉书》《南北史》《五代史》《杜氏通典》《文献通孜》《昭明文选》等。另著有《学福斋集》。

世之可憎者,莫鬼若矣。罗君两峰乃貌之,又从而乞题之。两峰其嗜奇而为是耶?抑有所感而然耶?其有触于漆园之髑髅而梵荚之十种耶?[②]

伊秉绶(1754～1815),字祖似,号墨卿,晚号默庵。福建汀州人。乾隆五十四年(1789)进士,历任刑部主事,后擢员外郎。嘉庆四年(1799)任惠州知府,因与直属长官、两广总督吉庆发生争执,被谪戍军台,昭雪后又升为扬州知府,扬州人为仰慕其遗德,在当地“三贤祠”(祀欧阳修、苏轼、王士祯三人之祠)中并祀伊秉绶,改称“四贤祠”。伊秉绶喜画、善印、工书。

慧剑铦时善眼开,女青初不说轮回。过眼云烟事总非,问谁弱丧竟忘归。只今卷里题诗客,半化城头丁令威。[③]

在上述题咏诗中,有的学者注入了用典的乾嘉之风;有的小说家扬起了志怪奇思的风尘;而有的性灵派作家则给予了明晰的情感投射,增加了诗歌的英豪之气;还有一些近代诗人联系起自身的历史场景和命运遭际,对图绘意蕴加以生发,增添了近代风格的特色。然而本节列举的诗歌只是庞大诗群的一角,更多的佳作释义仍有可挖掘、梳理的价值。

总之,就《鬼趣图》而言,每个人都有着不同的解读视角,可以说,学界对《鬼趣图》的解析、诠释是一个见仁见智的问题。随着时间的推移和研究的深入,人

---

① 何绍基:《东洲草堂诗钞》,《清代诗文集汇编》第 604 册,上海古籍出版社 2011 年版,第 244 页。

② 沈大成:《学福斋集》,《清代诗文集汇编》第 292 册,上海古籍出版社 2011 年版,第 163 页。

③ 伊秉绶:《留春草堂诗钞》,《清代诗文集汇编》第 439 册,上海古籍出版社 2011 年版,第 107 页。

们还会有新的阐释、新的发现。但总体来看,《鬼趣图》借鬼隐喻人的社会讽刺意味是显而易见的,它的艺术构思、哲学命题、图画设置等方面都是以佛教玄义为基底的,研究者的见解在这一点上趋于一致。另外,因《鬼趣图》而呈现出来的同题题咏诗群现象,又成为清代中期诗坛值得关注的新的亮点。毫无疑问,继续将《鬼趣图》的流传、题诗、蕴涵置于文学史与图像史融合的艺术观照之中,加以爬梳、考证,必将给人们带来更多的有益启迪。

第十一章　徐润以《详注聊斋志异图咏》为中心的图咏：近代名著绘图本的典范

近代中国著名的民族资本家徐润是推动中国文化事业走向近代化的重要创始人之一。综览过去的学人的研究，多把徐润看成近代实业家加以探讨，多把他置于中国金融史的框架中，也旁涉徐润与经济现代化的关系问题。其实，除了商人的身份外，徐润不仅挖掘和保存了祖国的文化遗产，而且还是文学名著的传播者。其中，影响最为深远的当数创办同文书局和组织并出资编辑了《详注聊斋志异图咏》等古籍。解读《详注聊斋志异图咏》，既可窥见近代商人对传统文学作品的重视和商业投入，又能凸显一代商人对近代文化事业的开拓性贡献，有助于人们对于近代出版史上红顶商人的民族意识和创业精神的再认识。

鸦片战争以后，《南京条约》签订，使得中国开始沦为半殖民地半封建社会。中国传统经济受到了外部环境的严重影响，经济领域从属下的出版行业亦呈现出被冲击的特点。昔日沿用的以木刻雕版为主的书坊，逐渐被新兴的民营出版书局所取代。随着 19 世纪 80 年代石印技术的传入和刻印出版新技术进程的加速，出版的文学作品也逐渐出现了变化。一些商人预见到潜存于出版格局之中的变革，便积极投身到文化投资建设中，这也为文学和出版的近代化转型奠定了良好的基础，促使上海新技术印刷成为出版业的滥觞。在众多的沪上出版商之中，徐润就是颇具商业眼光的一位，毫不夸张地说，他在推进近代文化事业的进程中起到了举足轻重的作用。

第一节　同文书局：近代实业家徐润的远见卓识

19 世纪晚期的上海，外国资本进入中国，洋行租界林立，洋务运动风起云涌，中西文化激烈碰撞与交融。在此背景下，徐润作为一个实业家，他敏锐地看到西方印术进入中国的商机,以自己的远见卓识创办了同文书局。同文书局的创办,标志着一个买办向民族实业家的转变,体现了作为新生的民族实业家的开拓创新和爱国精神,直接辐射带动了中国近代印刷业的繁荣。当时的《申报》曾赞为"书城之奇观,文林之盛事"。

徐润(1838～1911),字润立,号雨之,别号愚斋,广东香山县人。近代著名的商人、民族资本家。他15岁时进入上海的洋行当学徒,进步极快。1868年离开后,开设了一家茶栈。后来,他成为近代中国最大的茶叶出口商、最大的房地产商、最早的股份制企业创始人、第一家保险公司和机器印刷厂创始人。他曾在上海静安寺附近兴建了一座名为"愚斋"的私宅,今日的愚园路由此而来。

在徐润投资的诸多行业中,同文书局的创立与文化的关联最为紧密,也颇有前瞻性,值得引起人们的关注。那么,究竟是什么原因促使他决定这次投资行为呢?

光绪八年(1882),徐润和亲人(徐秋畦、徐宏甫)集股创办了国人自办的第一家近代石印书出版机构,即同文书局。他从国外引进了12台轮转印刷机,雇用了500名工人。三年后,又与他人合办了广百宋斋铅版书局。在此之前,国内只有英商的点石斋拥有如此先进的石印技术。

石印技术发明于18世纪末,于道光初年传入中国。光绪三年(1877),英商美查在上海开设点石斋印书局,印刷了《圣论详解》《康熙字典》等书籍。徐润在《年谱》中写道:"查石印书籍,始于英商点石斋,用机器将原书摄影上石,字迹清晰,与原书无毫发爽,缩小放大,悉如人意。心窃慕之,乃集股创办同文书局,建厂购机,搜罗书籍,以为样本。"①

由此可见,石印技术字迹清晰、可缩小放大、与原文一致的诸多优点,极大地吸引了徐润的目光。由于对影印工艺的先进性"心窃慕之",徐润看到精美绝伦的书籍后激动不已,啧啧称赞。除了对这种技术的赞赏之外,徐润投资"既有一般书商共同的'射利为主'目标,经济失意,急需赚钱,以得补偿的一面。另外,还有一个因素,徐润本来就'酷嗜图籍','藏书富有',又比一般纯粹追求赚钱的商人高出一筹"②。显而易见,最后一个原因是他下定决心投资书局最为直接的推动力。

就当时而言,这样的书局规模不能算小,厂址确定在上海西华德路(今长治路)。在民族印刷工业之始,徐润开启了"搜罗书籍,以为样本"的过程:"海通而后,远西石印之法,流入中原,好事者取一二宋本书,照印流传。形神逼肖,较

① 徐润:《徐愚斋自叙年谱》,江西人民出版社2012年版,第43页。

② 于伯铭:《同文书局》,《历史教学》1982年第8期。

之影写付刻者，既不费校雠之日力，尤不致摹刻之迟延。艺术之能事，未有过于此者。”[①]徐润显然就是这样的“好事者”。对于出版书局来说，印制速度、质量的提高以及成本的降低都促使他不断地把印书推向现代印刷业发展的极致。

西学图书、国学书籍皆是同文书局出版发行的主要内容。李鸿章赞其“搜罗海外奇书，彰阐中西新学”。在浩繁的国学书籍中，又分为两种：一种是像《古今图书集成》《二十四史》这种传统的大部头著作；另一种则是市场化运作的图书，如《增评加注全图红楼梦》《增像三国全图演义》《详注聊斋志异图咏》等名著小说插图本的出版，此举旨在吸引读者、提高销量。其中也确有100部《古今图书集成》的影印业绩，令同文书局名声渐广。此书为现存规模最大、资料最丰富的类书。这是一套专为清廷定制的图书，是被总理衙门用来赠送外国政府的。全套书籍共5044册，1892～1894年印成，印制精美。同文书局能承担如此大型书籍，其出版魄力和实力可见一斑。

光绪二十四年（1898）同文书局由于后期书籍销路不广，造成积压，遂于当年停办。只存在了十六年的书局虽然中止开办了，但是书局创新的出版模式、助力传播中华文化的经验却流传至今。同文书局印制了一部部为后人所喜爱的典藏书籍，显示出同文书局出版成果的学理价值和文化隐喻。

第二节　《详注聊斋志异图咏》：别开生面的名著绘图版本

光绪十二年（1886），同文书局出版了《详注聊斋志异图咏》（以下简称“图咏本”），这是最能体现同文书局鼎盛时期的经典图书案例。图咏本搜罗富有，编目明晰，文图编排精美，堪谓上乘之作。综观图咏本的特色主要表现在以下两个方面：

一、绘图选本，独具慧眼

徐润选择吕注本加以绘图，是富有远见的。图咏本的母本为《聊斋志异》，作者是蒲松龄（1640～1715），别号柳泉居士，山东淄博人。由于屡试不第，一生困顿的他生前并没有能力刻印《聊斋志异》，书籍起初是以稿本、抄本的形式流传的。乾隆三十一年（1766），浙江严州知府赵起杲和书籍经营者鲍廷博根据抄本编成十六卷并刊刻行世，世称“青柯亭本”。道光五年（1825），出现了吕注本，这是第一部为聊斋作注的本子，有注释详尽的特点。作者吕湛恩是山东文登人，和蒲松龄同样有屡试不第的抑郁心境。《详注聊斋志异图咏》是以吕注青柯

① 叶德辉：《书林清话外二种》，北京联合出版公司2018年版，第395页。

亭本为底本的,所以吕湛恩也就在不经意间成了图咏本的第二作者。新绘制的图咏本乃画家、诗人集体创作的结晶。画家、诗人乃重金请来的名家高手,作品历时三年得以创作完成。可见这部作品的作者之多,只是没有一一列名而已。有的仿印本认为,图咏本的作者即广百宋斋主人徐润。事实上,徐润只是该项图书出版的组稿者,类似于现在的责任编辑和图书策划人角色。

整套书为线装,共 16 卷,装帧古雅。书籍扉页显示"丙戌孟夏朱荣棣题详注聊斋志异图咏"字样,卷首有"铁城广百宋斋藏本上海同文书局石印"牌记。图咏本内附多人所作序文、《聊斋著书图》《聊斋自志》和县志资料。

序言既吸收了《聊斋志异》原序,也包含了专为图咏本所作的新序,新序在前。高珩和唐梦赉的序言为原序,亦完整地保留在图咏本中,新增部分则是高昌寒食生(即山阴何镛)的序和广百宋斋主人的例言。

何镛《详注聊斋志异图咏序》是了解图咏本缘起的重要篇目。何镛即何桂笙(1841～1894),字行,别署高昌寒食生。浙江绍兴人。同治九年(1870),他在苏州教书之余曾得到学者冯桂芬和俞樾的指点。光绪二年(1876),何镛中举失利后绝意仕途,进入《申报》并承担了总主笔的工作 。他在《申报》的主要工作是撰写篇首论说,著作有《劫火纪焚》《红楼梦题名录》等。《图咏序》作于光绪十二年(1886),序言充分肯定了图咏本的经典意义,把图咏本摆在与《山海经》《尔雅》等古籍同等重要的位置。这就不仅把图咏本视为小说,而且突出了图咏蕴含百科全书的意味。序言借言《山海经》,意在阐述廓清策划图咏本的创作心态,《山海经》"怪怪奇奇之物,大都出于意匠之经营,阅者披其图而证其说,可以增长见闻"。"诠注不足,加以图绘"同样也是图咏本出现的直接原因,文中认为"图之为用大矣哉!"最后,《图咏序》讲述了成书的具体过程。"主人以尚友为志读古人书,必欲知其为人,爰请名手,就《志异》全书,每幅各绩一图,亦既穷形尽相,无美不臻,又于每图各系七绝一首,抉海内诗人之心肝,为图中之眉目,以是游目骋怀,洵可乐也,复以旧注缀于每篇之后,检查尚恐费事,因而别出心裁,摘录于每句之下,令人一览可以了然,其用心可谓苦矣书成。"[①]诗歌是图画的眉目,带有指引读者阅读理解的作用,

"海内诗人之心肝"意指这些诗作费尽了诗人大量的心血。毫无疑问,这里高度赞扬了广百宋斋主人的苦心造诣和别出心裁,体现了编者的创新意识。

广百宋斋主人的例言,不但介绍了这本书的全貌,有书籍凡例的体式,而且大有向读者推广此书之意。通读例言,主要讲了以下几点:(1)《聊斋》原文共 431 篇。多为一篇一图,图前文后,共 444 幅图。因内容不易描绘,故卷二《伏

① 广百宋斋主人编:《详注聊斋志异图咏》,中国书店 1981 年版。

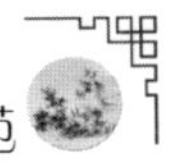

狐》第二则、卷一五《夏雪》第二则无图。(2)图画由名手创作，一幅图多涵盖楼阁山水、人物鸟兽。遇以不适之处，即多次修改完善。(3)每图题有七绝，风华简朴，图中篆印为篇名。(4)刻印、校对详慎精良。由上可见，图咏本包含三方面的内容：一是名家(佚名)所绘图画，这是图咏本的主体部分。二是每张图上都有一首用小楷工整书写的七绝诗，作者不详，诗句多是对故事情节的归纳和重述，也不乏作者的感受。小诗是根据画作的情况设置位置的，有的置于左下方，有的置于右上方；诗后钤有篆印，少数图片没有篆印。三是吕湛恩的详注部分。综上所述，《聊斋志异》作为母本，早已产生了饱含夺目文学异彩的衍生作品。

二、丰富确实，良有趣味

图咏本的主体画作可谓别开生面，反映了名手对画面的处理技巧和构思能力。

从形象上说，画者画出了人物丰富鲜活的神情。画作“人多鬼少”，光怪陆离的鬼蜮远远少于栩栩如生的人物。多数画作的人物形象众多，有的作品多达几十人。除个别作品外，大都在两人以上。图咏本真切地刻画了人物的神态气息和动势，从而可以观照正邪人物的分明个性。与读者的惯势期待不同，绘本设置的女性形象较少，花妖狐媚也并不多见，体现了画手的再加工创造和创作思考。事实上，在一幅图中，自然之貌与人物情态有机融合，景物空间的寥廓都被体现出来了，人物的主体性被突出，人物形象穷形尽相，颇富生活气息。以动物为对象塑造的画作不多，主要有《大蝎》《大鼠》《象》《鸿》等。

从背景上看，场景空间的变幻带领读者进入到一个个恢诡奇幻故事的内部。风景看起来单调相似，多为树和房屋，但不同的绘画技巧又创设出不同的情境。根据故事情节设置背景，有的为松树，有的为芭蕉。湖海的背景也颇有生气，如《夜明》《鄱阳神》《罗刹海市》的主景和配景等。多数作品运用的是中国画的传统模式，但《金永年》《梓潼令》《小官》等一些篇目带有梦境的画作，有现代漫画的意味和连环画的雏形样式。绘画多为内景式的静态定格，也有一些瞬时的动感描述，如《崂山道士》和《八大王》。《崂山道士》图像描绘的是王生向妻子展示穿墙术时的场景。撞墙的瞬间包孕着故事情节的关键一刻。题咏云：“愿学神仙一念痴，樵薪苏草苦难持。只求授得穿窬术，似此居心已可知。”此外，道具的穿插描画也非常细腻。

从图片数量看，图咏本个别作品绘制了多幅图片，如《局诈》《龙》《戏术》《狼》《于中丞》《折狱》《果报》《念秧》《五通》等。其表现手法、画法有明显不同，题咏字体有别，但整体风格和谐、简朴，画艺和书法水平高超。由此推断，图咏显然是经过分工合作完成的,而具体分工的创作细节却很难判断。此外,从构图造意的角度看,画面比例自由,人物造型符合情节设置。工笔勾画的优势有利于对主次形象进行创造性的把握。

图咏本的诗、书、画、印协调平衡,互相衬托。近代以来,图像由文字的附属文本脱离出来,地位逐渐提高。

第三节　徐润图咏书籍的学术价值意义

当中国的历史进入近代,石印技术开始传入,此时的上海则成为我国报业、印刷业的中心。作为企业家的徐润,审时度势,创办书局并出版了《详注聊斋志异图咏》等一系列典籍,不仅为古典文学带来传播的活力,而且成为印证中国古代文化可视的文献资料,展示出图文并茂的独特魅力。

一是彰显了图咏本的学术价值。

徐润具有一定的传统文化学养。鉴于吕注本的影响力,选择此本作为出版画册的摹本和参照,极富人文底蕴。而以题咏的形式再现聊斋故事的精彩内容,又为画家、诗人提供了广阔的创作空间,进一步体现了诗画一体的艺术维度,凸显图咏本的内容与形式完美结合的学术含量和文化肌理。

图绘传递的信息是和文本密切联系的。绘图画手对《聊斋志异》的再创造,对题咏的书写,都对《聊斋志异》的内容起到了画龙点睛的作用。在内容方面,读者很容易被作品的艺术境界打动,从而进入到文学作品内部的审美价值;在图绘方面,出现了由原来"单一文本"到"复合文本"的过渡,构图和题咏相得益彰,展现了时代转型期的审美创造力。

二是保存了古籍文献原貌,助推中华典籍的传播。

自清流传至今的《聊斋志异》各种版本甚多,其中图咏本别具风采,堪称为文学点睛的精品之作。书籍以生动有趣的方式保存了古籍文献,以西式的技术传播传统典籍,从而促进了传统文化的普及和繁荣。鲁迅先生认为,聊斋图咏本的出现,不仅有趣,而且有益,进而肯定了图咏本传播的社会价值。鲁迅先生曾在《致孟十还信》中指出:"欢迎插图是一向如此的,记得十九世纪末,绘图的《聊斋志异》(即图咏本)出版,许多人都买来看,非常高兴的。而且有些孩子,还因为图画,才去看文章。"①可见图咏本是文学名著绘本的先行者,其率先出版适应了时代的发展,以视觉先达的优势向通俗大众传播迈出可喜的一步,从而催生了文学作品的经典化。

---

① 《鲁迅全集》第13卷,人民文学出版社2005年版,第464页。

图咏本开创了后世仿印本的先河，形成了规模化的复制，如蜚英书局、扫叶山房、知不足斋、上海锦章图书局、江左书林、鸿宝斋、广益书局、上海育文书局鸿文书局、藻文书局、会文堂都出版过类似版本（不可避免地出现了翻印本）。以此为发轫，小说图像传播呈现新的态势，其衍生出来的绘本也异常丰富、活跃，始终都没有中断，如：绣像本、连环画相继推出；一个世纪以来，名著插图本得到迅猛发展；各种改编的明清小说，如《水浒传》《三国演义》等作品，成为一种新的文化传播载体；等等。图文并茂的名著插图本，既迎合了普通大众的消费和阅读习惯，又给受众留出了想象空间，对于推动中华传统文化的传播产生了积极的意义。与此同时，图像文学的传播也给出版业带来了新的观察视角和殷盛气象。

不宁唯是，书局还出版了《二十四史》《佩文斋书画谱》《通鉴辑览》《子史精华》《康熙字典》《快雪堂法书》《资治通鉴》《全唐诗》《通鉴纲目》《佩文韵府》《渊鉴类函》《骈字类编》等古典书籍。其中，《古今图书集成》的出版堪称艺林创举，是书局声誉隆起的标志。同文书局的丰硕存量，不仅发掘了我国的文化遗产，而且有助于加速文学近代化的进程。

三是凸显了近代文化实业家在商业运作中的卓识毅力、精品意识和创新意识，图咏本成为出版史上严谨的治学典范。

1852 年，15 岁的徐润被送到苏州书院，因口音不通而回到上海，此后弃书习贾，从事创业活动。徐润是广东人，在上海是客籍人。他凭借着坚强的志力，注入民间资本，开启了成功的商业模式。“中以法越构衅，兵事紧张，所创实业，几致失败，然其坚忍耐苦、百折不回、投艰遗大之精神至老弥笃，历受李鸿章、王文韶知遇，颇自振奋。”[①]唯其如此，足见开辟事业不仅需要深邃睿智，更需要坚忍不拔、百折不挠的精神和意志。

此外，文化商品的精品打造意识和创新意识是推动图咏本获得成功的重要原因。同文书局出版的书籍不但种类繁多，而且数量巨大，多达数十万部。另外，精校石印、质量上乘也呈现出匠人匠心。为了印制出严整工细的善本，书局付出了较高的成本。正是这种精品意识贯穿其中，作为文化商品的书籍才能精美绝伦，达到石印之冠的层级。由于同文书局所印书籍，字迹清朗，装帧精美，很受社会好评，被学术界称为“同文本”。

同文书局在名著经典出版方面有所创新，关键在于策划人徐润的文化卓见。徐润作为出版策划人，深谙图书的出版营销规律，尝试把画与诗融合为新的文学形式，吸引读者，迎合市民的阅读习惯，向大众传播国学，一定程度上改

---

① 《上海县志》卷一七，1935 年铅印本。

变了经典文学作品的外在形态。概而观之,同文书局能够执印刷界之牛耳,引领了现代印刷业的发展,对后世图书出版产生影响,源自于出版商业模式的创新和包装的匠心。

四是折射出近代文化实业家的爱国情怀和商战思想。

徐润初入洋行之时,虽然工作勤恳,但是因为其身份卑微,依旧饱受外国人的蔑视。在自主经商之后,在时代风潮的推拥下,作为实业家的徐润,逐渐形成了质朴的爱国意识。在企业的发展中,徐润经历了从买办向民族资本家角色的转换。叶恭绰在《矩园余墨》中写道:“雨之虽经商,而爱国爱社会之志始终不渝,亦非近如日买办官僚,徒知掠夺自奉者比。”[①]不难看出,徐润与普通买办谋求私利不同,他是一个有着强烈民族意识的绅商阶层。当西方印术进入中国之时,有眼光的商人徐润积极寻求科技变革的出口,创办同文书局,毅然投入到出版行业中。出版传统书籍虽然是最质朴的爱国行为,却打起了科技救亡的大旗。徐润所经历的时代是多灾多难的变革时代,他站在国家和民族利益的角度,勇于承担社会责任,体现了商人阶层的民族觉醒和爱国精神。这种爱国意识的表现之一即在于竞争意识。“凡所规划,皆为中国所未见,而事事足与欧美竞争。”[②]面对外国首先拥有的技术,同文书局运用商战抗争的思想武器,与点石斋展开了激烈的商业竞争,体现出实业家爱国自强和实业救国的精神气质。

徐润的成功之道,折射出作为新生的民族资产阶级爱国、创业、开拓的爱国情怀。徐润为了推动中国近代化的进程所付出的不懈努力是值得肯定的宝贵的精神财富。它的借鉴意义在于:在市场竞争激烈的情况下,徐润表现出强烈的民族意识;徐润创办的同文书局,注重向西方学习先进技术,采用先进的设备,成为技术进步的典范;文化近代化程度极深的徐润具有很强的创新意识,深谙图书的策划、编纂和营销规律,用心把一部《聊斋志异》阐释为大众喜爱的读本,寓示着对古典文学传播的敏感性。

如前所述,清末新旧思想的激荡,促使中国近代民营出版社迅速崛起。在近代西方印刷新技术进入中国之际,民族资本家徐润的同文书局和他策划编绘的《详注聊斋志异图咏》是一个不可替代的存在。同文书局不仅是国内民营出版机构设立的第一家书局,而且由这里刊印的《详注聊斋志异图咏》等古籍成为文学名著版本插图的缘起。梳理徐润的出版生涯和文学贡献,透过同文书局及其《详注聊斋志异图咏》留给后人的丰厚的文化遗产,既能触摸近代出版历史的发展脉络,又能领略古人心中构建的图像与文学的情怀。在当前弘扬中华传统

---

① 叶恭绰:《矩园余墨》,辽宁教育出版社 1997 年版,第 177 页。

② 《上海县志》卷一七,1935 年年铅印本。

文化的语境视域下，将徐润的出版业绩作为一个重要的参照系，应有其毋庸置疑的正当性。它不仅对于近代出版史具有认识价值，对于当代出版界如何弘扬工匠精神出好书，以及铸造精品和重构传播中华典籍新模式，同样具有出版史和图像文学研究的双重意义。总而言之，徐润毕生的事业加快了中国文化近代化进程，为研究中国近代出版史提供了弥足珍贵的文献资料，应引起学界的关注。

第十二章　傅熊湘《红薇感旧图》题咏与红薇戏曲的互动呈现

在南社发展史上，“作图寄意”是一种值得玩味的文学现象。绘画与文学作为紧密相关的艺术体，用来寄托南社人家国情怀成为常态。由此，“作图寄意”俨然成为研究南社的一种新方法。通过解析作图寄意的题咏事件，可以窥见南社群体的思想活动和文艺创作路向。与宏大历史叙事的南社题咏不同，《红薇感旧图》更多地呈现出个人化的抒发表达，堪谓追忆内心情怀和往事的图绘。围绕图绘，形成了诗、词、文、曲等为一体的题咏文学作品景观，展示出南社成员非凡的文学创作才力和题咏文学体裁的丰富性。本章主要阐扬了《红薇感旧图》的历史背景、传奇的情感内涵以及红薇戏曲的特征，力求还原那个时代的历史风貌。

第一节　《红薇感旧图》的图像呈现及历史背景

多数的南社征题题咏只存标目，似乎被认为是“孤芳自赏”的休闲文学，并未得到较大层面的关注，也尚未进入文学经典化研究的视野。[①] 不过，有两幅图的关注度较高，对文学的影响较大，风云气势已席卷了整个南社天空，吸引了众多的观赏者驻足、品鉴和评说。一幅是柳亚子的《分湖旧隐图》，另一幅则是傅熊湘的《红薇感旧图》。

傅熊湘（1883～1933），字文渠，号钝根、钝安、屯良、钝庵、屯艮、红薇生等，湖南醴陵人。1906 年加入同盟会，是南社初创的重要人物。1924 年，主持南社湘集，任社长。他著作等身，尤擅长诗歌，作品多选在《南社丛刻》，撰有《国学概

① 题咏是以征集、题和为主要方式的集体创作形式，南社著名的题咏如潘兰史《海山听琴图》、高天梅《荔湾载酒图》、吴霜崖《藕舲忆曲图》等。

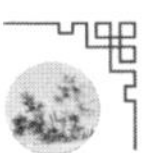

略》《国学研究法》《醴陵乡土志》《醴陵兵燹纪略》《离骚章义》《废雅楼说诗》等近百种著作。

除了学人身份，傅熊湘同时又是喜谈革新、宣传革命的报人。曾创刊《洞庭波》，主办《竞业日报》，1912年出任《长沙日报》总编辑。这些报刊都是宣传革命、监督时流的文化阵地。傅熊湘主笔《长沙日报》时，对袁世凯进行抨击，论调与袁不合。湖南都督汤芗铭大肆屠杀黑名单上人物，傅熊湘在名单之列，遭到通缉。傅熊湘不得不从长沙逃往家乡醴陵。在无人收留之际，通过朋友刘镜心（刘骧）的关系，被风尘女子黄玉娇收留，藏匿于妆楼。黄玉娇，字少君，寓所的名字为玲珑馆。二人在分屋而居的十余天生活中建立了情谊。后来傅熊湘觉得此非长久之计，遂隐居古庙。

历史背景是剧情展开的楔子，此后这种报恩式的情感逐渐上升为一波三折的恋爱史。在与黄玉娇结识的第二年，黄玉娇一度嫁人，然而被大妇所不容，很快被逐出家门。黄玉娇返家后的几年间，她与傅熊湘有短暂的一年一会；直到1917年，黄玉娇二度适人，从此二人再无相见可能，这一恋爱关系才了结。

在黄玉娇嫁人之际，傅熊湘写有《红薇感旧记》："此集丁巳春于长沙写定，旋报馆为忌者所焚，文书荡尽，遂与俱焚。明年秋，乃求社刊及报纸所存者录之。又得亚子助余搜讨，故以无失。录成因付亚子，以初写时属寄副本未及也。两年来故乡被兵，乱离斯瘼，身经百劫，万念俱灰。而亚子笃念旧盟，固以斯集属就海上校印，刊资悉出其助。高谊可感，匪独平昔，纲罗文献，激扬风义之盛心也。"①由上可知，《红薇感旧记》文本经历了艰难曲折的保存过程。在袁世凯失败、文网解除之后，傅熊湘重返报馆，然而报馆却遭遇段祺瑞部下吴光新的恶意焚烧，诗人随身携带的《红薇感旧记》也化为灰烬。在柳亚子的帮助下，于1919年刊印《红薇感旧记题咏集》，补录的作品得以重生。《题咏集》印数不多，仅刻印数份，赠与同人。

《红薇感旧图》复原了傅熊湘和黄玉娇初次相见相识的场景。《红薇感旧图》共两幅，第一幅的作者为黄宾虹。黄宾虹（1865～1955），字朴存。祖籍安徽，出生于浙江金华。擅画山水，南社成员。题咏创作的时间为1919年，黄作内容是："坡麓间结屋数椽，高树荫覆，古衣冠人偃坐其中，作谈笑状。"②此画描绘的是坡麓野景，杂树、山峦、逸人处于玄妙自然的世界和空灵的意境中。减笔画法和点苔技法运用到位、自然，艺术风格气韵潇洒，体现了黄宾虹对山水画的深刻理解。图上有题咏诗《为傅熊湘作〈红薇感旧图〉并诗》："高馆移栽宫样花，

① 马以君编：《南社研究》第3辑，中山大学出版社1992年版，第111页。

② 郑逸梅：《人物品藻录》，日新出版社1946年版，第106页。

不随凡艳斗春华。他年合抱婆娑树,几辈秋风怅日斜。”

第二幅为南社成员蔡哲夫所画的《红薇感旧图》。蔡哲夫(1879～1941),原名守,字成城,号寒翁,广东顺德人,著有《寒琼碑目》《寒琼金石跋续》《漆人传》《印雅》等。蔡哲夫在主笔《国粹学报》时,曾绘有历史人物肖像和博物图画。蔡作《红薇感旧图》画风疏旷,内容是:“蕉竹参差,奇石兀立,长廊接屋,短垣外缭,词人傍婵娟坐,古意盎然。”[①]画作构图简省,却并非作者成就最高的作品。

蔡作补绘《红薇感旧图》题记曰:“乙卯秋七月十七日,予在泉唐吴子和陆贵真二女史家,为屯艮社友曾画是图。去年长沙之役,毁于火,今属补绩。回首四年间,吴陆二姝,亦不知何处去矣。吾之感旧,未审较屯艮孰深耳。蔡守哲夫并志,时己未三月也。”[②]蔡哲夫初次绘画的时间为“乙卯秋七月十七日”(1915),“己未三月”(1919)即补绘时间。

总的来说,两幅图的风格较为相近,皆为简洁古雅的传统绘画。画作内容也较为相似,描画的是傅熊湘、黄玉娇和友人坐在屋中谈笑的场景。唯一不同的是黄宾虹作品的焦点在荫覆高树,人物具有一定的隐蔽性;而蔡作却是一览无余,人物形象较为清晰。“坡麓”“蕉竹”“奇石”等清雅意象遮蔽了政治局面的气氛。

第二节　《红薇感旧图》的题咏内容

诗人用《红薇感旧记》短文为引子,贻书朋好,在社员中广征题咏,达到了“傅郎索句殷勤甚”的程度。《红薇感旧记》是题咏产生的触媒,亦是刺激题咏产生的元文本。《红薇感旧记》的传播,使社友们获得这一“公案”的详情。

《红薇感旧记》凄馨哀艳,文体的特征使傅黄二人的情感路线更为清晰:“征衫渍泪,是平生未报之恩;倦鸟投林,动乌鹊无枝之叹者乎? 又况青春易尽,絮飞知向谁家;绿荫将成,子结便应枝满。”在众多好友中,作者首先把《红薇感旧记》寄示柳亚子。柳亚子读完后,感动于实人奇事,创作了长诗《玉娇曲》(节选):“痛哭当年识贾生,变名此日同张禄。烽火仓皇走避兵,株连钩党梦魂惊。谁知覆地翻天际,别有盟山誓海情。佳人少小生南国,玉娇小字传乡邑。一自天钟第一流,湘花湘草无颜色。佳侠含光本性成,桃花剑底独关情。红颜别擅凌云气,素手能弹变徵声。望门投止文章伯,一见无端情脉脉。本来苏小是乡亲,何况香君重逋客。枇杷门巷受恩身,好作桃源暂避秦。金屋翻教营复壁,玉

---

① 郑逸梅:《人物品藻录》,第106页。

② 傅熊湘辑:《红薇感旧记题咏集》,1919年铅印本。本章未注题咏皆出自本书。

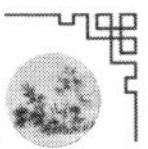

钗亲典为留宾。贾生年少工词赋，宾从翩翩各殊度。明灯华烛屡寻欢，檀板银尊不知数。”

依此题材，柳亚子一共创作了五首题咏，并为之作序。社友们热衷于题咏活动，随后进行着接力式创作，在图绘和文学的艺术载体中自由切换。社友们“已读《红薇感旧记》，又睹《红薇感旧图》”。题咏的产生与南社群体唱和活动也不无关系，“和柳亚子、文湘芷、文斐、钟藻、罗剑仇等社员频繁活动，举行数十次雅集，均有诗咏其事”。[①]

《红薇感旧记题咏集》为傅熊湘抄录整理而成的专题作品集，成书于1919年。

书籍封面题签者为余天遂。余天遂(1882～1930)，字祝荫，号荫阁，江苏昆山人，南社成员。内页由章闾与刘三题写。

《红薇感旧记题咏集》分诗、词、文、曲几类体裁，蔚为大观。收入凡诗一百六十八首、词十首、曲四首、文两篇(蒋万里、汪兰皋)。题咏者近百人，多为南社成员。序文作者主要有柳亚子、汪兰皋、蒋万里；诗作者主要有柳亚子、高旭、胡石予、王大觉、高燮、姚石子、叶楚伧、胡朴安、周芷畦、凌莘子、李洞庭等人；词作者有王西神、叶中泠、邵次公、张素、许观、陈蝶仙及宋痴萍等人；曲作者为吴梅。

纵览精彩纷呈的百余首题咏，主要蕴含了以下三个方面的意义：

一是塑造了美丽的新式侠女形象。

从小影看，黄玉娇衣着朴素，眉清目秀，气质与勾栏之人不同。高燮题咏认为她“玲珑妩媚颜如玉”。孙璞题咏《玉娇曲为钝安赋》：“娥眉娇小生南国，侠骨天生绝世姿。”在肯定黄玉娇外貌的同时，题咏者着重突出的是她沉着冷静、侠义慷慨的英雄形象。柳亚子在《红薇感旧记》叙言中说：“至玉娇以风尘弱女子，能慕柳车复壁之所为，风气已足千古。”秦刚武题咏：“千秋儿女半英雄。”“哪知金粉情怀里，竟具黄衫侠士肠。”“笑他威重黄金钺，反把阴符让女豪。”田星六题咏：“侠义爱情合一传，倏而儿女倏英雄。”王大觉题咏“英雄女侠一时遇，奇才绝色两相慕。张平子题咏：“玉骨侠为魂。”宋叔琴题咏：“蛾眉饶有燕并气。”

再如，题咏“红拂虬髯千古事，虞初断简至今传”和“隔江有女侠相同，不事杨公事李公”也同样适于彰显玉娇的仗义侠气个性。红拂是唐传奇《虬髯客传》中的女侠式人物，曾帮助李靖建功立业。傅熊湘居所隔江有红拂墓，而玉娇的节义与红拂相似。黄玉娇与柳如是的女性形象也较为相像，同为妓女出身，却都有着高洁的品行。题咏文本也多用媚香楼的典故去赞颂玉娇的风义之举。此外，近代历史上有很多与之类似的故事发生，如小凤仙助蔡锷、黄碧泉助马贡

① 陈代湘编：《湖湘学案 3》，湖南人民出版社 2013 年版，第 1698 页。

芳等。这些有情有义的风尘女子在英雄危难之际给予了帮助,有侠义之举,是机智勇敢的正义化身。新式"红颜与英雄"的故事打破了英雄救美的常规观念,而是丽人救行侠的叙事方式。题咏把黄玉娇塑造为敢于担当、支持革命的侠女形象。她既存有女性柔婉的个性,也不乏刚劲的英雄气,具备觉醒的先进性。同时,她与古代妇女不同,已逐渐脱离男性的附庸地位,间接参与了政治活动,开始向新女性过渡。她的美好品格、追求爱情和参与政治的勇气,散发出了冲破历史局限的形象新质和独特魅力。

二是题咏保存和赞美了凄美感人、痴怨缠绵的爱情故事。

傅、黄二人从初次相见,到红薇馆主人获救,再到次年玉娇适人,故事伊始就埋下了路途坎坷的悲情意味。而当"不容于大妇"的困境出现并为相约提供机会时,又因为各种主客观因素,使玉娇再度适人,除了短暂的相会时间,并无长期的相处。而这种感恩式的瞬时情感上升为深刻理性的感情,其间经过了岁月时间的磨洗、家庭恩怨的掺入和政治事件的催化。傅、黄本是陌生人,却在一种未曾预想的情况下相识,是通过第三方朋友的帮助,在危难和困境中建立起的临时联系。而随着事件的加剧发展,逐渐成为彼此珍惜的恋人,"欲别不别意已痴"。玉娇不求回报,仗义侠心,而傅熊湘执着有情。在情感的顺理成章中,既受到了动荡时局的影响,又受到了双方皆有家庭的情感捆绑,"芳菲转眼奈何天,知是桃花已嫁年"。聚少离多的现实使他们没有缔结成完美的婚姻,然而红颜与英雄在漂泊芳华中却患难与共、找寻慰藉,从而指引了彼此的人生之路。当傅熊湘归醴陵再次寻找玉娇时,即有了刘郎迟暮的遗憾。二人的情感维系了近十年,红豆情缘往事才随红薇题咏的结集而结束。

爱情衍生的题咏很多,大都关注情感叙述。如庞独笑词《瑞龙吟·用清真韵题〈红薇感旧记〉》:"当时拥髻微吟,入门一笑,红鹃共语。绝似南都前事,媚香楼上,孤鸾,谁念酒边青衫,漂泊如故。"《前调·癸丑辟地作》:"欲写离愁一万重,可堪流水自西东。三更疏雨五更风。未办白头终有约,即抛红豆更何从。浮生踪迹似飘萍。"孙璞《玉娇曲为钝安赋》:"相逢恩深相见难。""惟有如此情不断,一帘细雨说红薇。"简叔乾题咏:"人生但念忧危日,更感同心缱绻时。"

三是题咏确立了感伤的中心主题,反射出作品凄婉的艺术风格。

傅熊湘为黄玉娇写有多首情诗,如《玲珑馆词》10 首和《后玲珑馆词》8 首。《玲珑馆词》10 首创作于甲寅年,即 1914 年。《后玲珑馆词》8 首创作于丙辰年,即 1916 年。再如发表于《礼拜六》的《情诗》:"昔梦渺如烟,今颜艳如雪。欢情痴若云,浓意皎犹月。悲思各纷纭,踪迹久离别。所怀未由展,欲语焉可说。在远情日亲,处垢行逾洁。何必谐鸾凰,乃谓同鹣鹣。流波转含怨,继泪还成血。

倩笑不再逢，佳会此终诀。”[①]

“重提往事各情伤，伫息停消总断肠。”（《玲珑馆词》）姚大慈题咏：“人间各有低徊事，酹酒题诗一泫然。”高夔题咏：“一时旧事堪追忆。”蔡哲夫题咏：“图成哀艳复荒凉，感旧怜新暗自伤。”“人生若大梦，往事迹已陈。”（《题玲珑小影为红薇作》）陈蝶仙题咏：“忧患余生尚在，最难忘，美人情重。”（《红情·用竹砖体题〈红薇感旧图记〉》）姚民哀题咏：“湘江呜咽，记当年影事，依稀仿佛。”

题咏写出了姻缘难续的怅然，“往事重论总可哀”。英雄美人的爱情在军阀混战、革命失败的历史背景中日渐虚弱，情感幻灭、浮世聚散和人事靡常是诗人一生苦尝的连绵不绝的愁绪。回首往事，既有劫后余生的惊险，又有心中无法排遣的痛苦与绝望。诗人使自己沉浸在低落的回忆之中，在小影形象的观看中获得重复的回味，情感的失败致使诗人的生活和文学创作弥漫着黯淡色彩。

照片、图绘和题咏之所以被完整保存、结集下来，是因为图像和文字早已幻化为爱人的灵魂。挚爱的女子总在诗人的脑海中重现，情谊也一直贯穿于血脉。自从认识玉娇的那一刻起，“红薇”二字便犹如恋人的身影，伏贴在诗人的内心，所以诗人自此都自号“红薇生”。诗人每一次翻阅小影，是痴恋而不得的无奈，是追恋而渴盼相见的焦急，而这种无奈又伴随着对美好往事的咀嚼与体味。每一次翻阅图片，皆有可能残留着诗人内心的苦楚与挣扎。在这短暂的相会中，已融合了生与死、报恩与感恩、离别与相守的生命过程。在面对玉娇出嫁时，诗人的包容性展现了男人的胸怀。在面对玉娇被逐出家门时，却又没有丝毫的嫌弃。在几年的分分合合中，相聚过，离别过，直到再见作别。不论政治环境如何变化，处境如何危险，诗人并没有忘记这段情谊，没有忘记这个恩人，反而是把情感浓化于心，并内化为深厚的力量。主人公对待爱情的态度是开明而又理智的，从未黏腻过对方、牵绊过对方。几年之中，玉娇的身份变了，但诗人的情感丝毫无变。“理解与同情”已然描绘出真正爱情的高位构图。一段故事，随即引发了南社社员的无尽感慨，也许是引起了朋友的强烈共鸣。每个人心底应当都有一朵盛开或凋零的红薇，每个人都期盼红薇花是怒放的，而不是枯萎的。

从众多的题咏可以看出，题咏者认同这段故事，自然也弹拨起往事的心弦。当画家补画此图的时候，不禁想到吴、陆两位女子。蔡哲夫《为钝根画〈红薇感旧图〉题四绝句》：“乙卯七月十七日，与携李陆、四娘贵真湖上访碑归，同读《红薇感旧记》，顿忆乙巳秋著书获戾，避地武林，柳意之殷勤。”题咏云：“十年斯地作亡人，柳意能教秋气春。同有美人恩未报，为图今夜一怆神。”可见题咏既是

① 傅屯艮：《情诗》，《礼拜六》1921年第115期。

朋友对自己的密友式劝慰,也是对自己爱情标本的一次整理。

题咏集曾被烧毁过,却再一次被补齐,可见诗人多么喜爱这朵纸上的红薇。而“感旧”二字,既显示出丢失的怅然,又隐藏着执着的韧性。感旧记的故事描绘了复杂、深刻的现代爱情形式。故事富有悲剧色彩,二人虽然经历了相遇相知,但最终难逃幻灭。诗人独自感受、吟诵着过去的温情,形成了一生的独白和诉说。在聚散的跌宕起伏和时空转移中,彼此都盼望遇到对方,却又一次次错过。在古代的爱情题材中,二元的情感叙述颇为多见,人物形象和故事情节也相对简单。而千年之后的这段有凭有据的实人实事的本身就凝聚了明暗分明的线索和戏剧冲突,这也许就是戏剧产生的酵母。

第三节 《红薇感旧图》的衍生题咏:红薇感旧戏曲

围绕《红薇感旧图》,形成了诗、词、文、曲等多元的题咏文学作品。与之前的题咏作品不同,《红薇感旧图》题咏增加了戏曲创作,凸现出题咏体裁的丰富性和艺术的张力。

这种艺术样式,有学者称之为“题图曲”。“这一类内容,无论在诗、词、曲中都出现得较晚。诗歌的起源很早,但题画诗在盛唐才开始出现;词在宋代极少用来题画;散曲在元代盛行时,也没有这一类作品。但是到了清代,却都一齐兴旺起来。清代的题图曲,据《全清散曲》粗略统计,竟有七十七位作者的二四七首(套);题剧曲也有九位作者的二十首(套)。这反映了清代文化的高涨和清人书卷气、艺术气的浓厚。”[①]题咏和画卷不仅勾勒了正面美人像和侧面文人像,而且多文体题咏的文学影响也是深远的,达到了“传檄征题海内忙”和“一卷沧桑海内知”的程度。“较之感旧成文,征诗及远,则华实并茂,鸿篇盖彰。芬芳永存,娥眉不朽矣。”文图生成和保留了文学影像,并促成了文学经典化。

套数《题傅屯艮〈红薇感旧记〉》创作于1914～1916年,是吴梅利用课余时间创作的:

> [前调]芙蓉香径,悔当初匆匆订盟。不合你望门投止误走到销魂境,泼残生浊酒红灯。既然是张禄辞家变姓名,怎樊川作客厮奚幸。又蔷薇满庭,又蔷薇满庭。看不见亭亭倩形,只剩得真真小影。

张禄是名相范雎的化名,被人诬陷,受尽摧残,历经磨难后入秦,成为秦相。不论诗歌还是戏曲,诗人们都较多使用这一典故。一是因为傅屯艮和张禄的境

① 洪柏昭:《吴梅散曲论》,《艺术百家》1994年第3期。

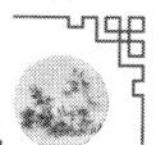

遇有相似之处，都有“逃离”的含义；二是与唱和不同，社友在题咏过程中也有可能读过他人的诗作，所以这种用典的使用是相当频繁的。再如司马相如、杜牧以及红拂的典故在题咏中也较为常见。每一支曲子表达了一个事件的进程：相遇定情—离别愁绪—改嫁。“看不见亭亭倩形，只剩得真真小影。”诗人反复借助图像品味这段个人情史。

戏曲具有较强的叙事性和传奇性，很大程度源自故事的跌宕。从玉娇嫁人不容于大妇被撵回玲珑馆，到傅熊湘获得自由后作《后玲珑馆词》定情，再到玉娇二度嫁人。戏曲的主线和辅线是很分明的，时事与情爱也铺排得相当紧凑。从脱险层面的由死向生，再到经历爱情的“由生至死”，故事本身就具备戏剧的冲突价值和悲剧美感。情感的难舍与难断，双层背景的迷离和转折，都使读者无法较早预测到戏剧的结局。定情片段场景的一步步重现，复沓叠回的曲词一字字道来，自然而然地把爱情的眷念缱绻推向了极致。

上海籍南社人姚鹓雏(1893～1954)，原名锡钧，字雄伯，江苏松江人。他写有《题红薇感旧记后兼示亚子》，1917 年创作的《红薇记传奇》可以说是广义的衍生题咏，载于 1923 年《小说世界》第二卷第一期，卷首有编辑叶劲风按语。

卷首《自序》云：“旧岁傅子钝根有《红薇感旧记》之作，贻书四方朋好，索为题咏，坐懒废事，迄无以应……不揣薄劣，衍为杂剧。”索题的要求提出之后，姚鹓雏并未马上应征诗歌和戏曲，而是迟迟未下笔，杂剧题咏属于滞后的创作。

戏曲家根据故事内容，进行着艺术的再创造。剧文对本事有较大的改动和补充，增加了作者不少的构思和想象。全剧虽然仅存一折，但可以根据情节，分为五段。每段情节紧扣，层层铺叙开来。第一段充当了引子的作用，是借行人之口，交代故事发生的背景。第二段叙述傅红薇和玉娇相见的场景。本事中原是玉娇、红薇初见，戏文中改编为曾经见过一次，并增添了“复壁藏匿”(即匿红)的构思。第三段讲傅红薇详述回顾宁调元的故事，为后一段蓄势。第四段是戏剧矛盾冲突最激烈的一部分，展现了玉娇面对搜查的智慧。第五段是逃脱搜查，二人互诉衷肠的情境。

在人物形象方面，作家在对旦角的塑造把握上，略有强化玉娇风尘女子身份的特性，但也熏染了女子的智慧和机智。从比重上说，女主人公的戏份多于傅红薇。在对“生”的塑造上，更多地是用曲词表现傅红薇坎坷的一生，但也没有强力突出其英雄气概；相反，宁调元的形象较为突出。历史中傅宁是书院同学，傅红薇是由宁调元介绍而加入同盟会的，并与宁调元一起创办了《洞庭波》杂志，也为营救宁调元而积极奔走过。其他的次要人物也很生动，展现出不同人物的性格特点，如行人、侍儿、军警。特别是玉娇智斗军警的片段，既达到了讽刺反面角色的效果，也构成了激烈的冲突。从艺术特点上说，戏曲的叙事性较强,也不乏抒情片段。戏文的节奏紧张有致,反讽的手法自然。动作设置得到位细致,如“旦急拉生袖介”,往往把女子聪颖的一面赞扬殆尽。戏本唱词不多,曲白自然,语言精练。整体风格典雅、优美,这些都是杂剧比散曲的描摹更细的体现。

题咏曲存《匿红》一折:“奴家黄氏玉娇,生长蓬门,蚤经离乱,流连道路,堕落勾栏。我适闻途人之言,说城中正在拿捕那傅红薇。奴家当口曾与红薇有一面之识,想他翩翩风度,是个裘马书生。如何竟遭罗织,正在替他担忧。你看那边厢来的正是傅郎,想他还未知情,不免要白投罗网。且住,待我唤他一声。倘能救的了他。”①

正如作者所谈,他作此曲时才 24 岁,也自认为写得不理想。从总体看,《红薇记传奇》依旧是古典戏曲的模式,但也流于了才子佳人剧的窠臼,也没有渲染出傅红薇的切肤之痛。作者学写元剧的痕迹较重,体现了对曲学的继承。历史背景的阐述较多,但也有刻意记史的特质。剧作家虽然以旁观者的视角写戏,但是出色之处是融入了近代历史事件和政治人物,记录了正义的抗争,揭露了军阀横行、兵戎相见的现象。

综上所述,《红薇感旧图》所诉说的不只是个人的佳话,更是南社的佳话。《红薇感旧图》题咏的产生与传播离不开南社朋好的精神支持和文本参与,书信往还形成的题咏作品集合为南社社友的接受史。传统的绘画、传统的文献在民国事件的翻牌中得以激发和产生。在清末民初时局万变的政剧推演中,不仅需要有担当、有胆略的士人角色参与,更需要底层民众的觉醒和抗争。这即是《红薇感旧图》与红薇戏曲表达恰好提供了纵深感和文化感。

① 姚鹓雏:《红薇记传奇》,《民众文学》1923 年第 1 期。

参考文献

一、著作

曹虹、蒋寅、张宏生主编:《清代文学研究集刊》第五辑,人民文学出版社2012年版。

方文:《嵞山集》,上海古籍出版社1979年版。

方文著,胡金望、张则桐点校:《方嵞山诗集》,黄山书社2010年版。

丰子恺:《绘画与文学》,岳麓书社2012年版。

葛兆光:《中国思想史》,复旦大学出版社1998年版。

何奕恺:《清代学者象传研究》,上海古籍出版社2010年版。

胡晓明:《中国诗学之精神》,江西人民出版社2001年版。

金农著,阎安点校:《冬心题画记》,西泠印社2008年版。

金万钧、任彤:《中国画题款简明图例》,中国书店2009年版。

李渔:《闲情偶寄》,中国社会出版社2005年版。

罗时进:《地域·家族·文学:清代江南诗文研究》,上海古籍出版社2010年版。

毛文芳:《物·性别·观看——明末清初文化书写新探》,台湾学生书局2001年版。

钱锺书:《七缀集》,上海古籍出版社1994年版。

邱才桢:《黄山图:17世纪下半叶山水画中的黄山形象与观念》,文化艺术出版社2013年版。

孙立群:《中国古代的士人生活》,商务印书馆2014年版。

汪懋麟:《百尺梧桐阁集》,上海古籍出版社1980年版。

王夫之:《清诗话》,上海古籍出版社1978年版。

王应奎:《柳南随笔》,中华书局1983年版。

邢义田:《立体的历史:从图像看古代中国与域外文化》,三联书店2014年版。

徐复观:《中国艺术精神》,广西师范大学出版社2012年版。
徐雁平:《清代世家与文学传承》,三联书店2012年版。
衣若芬:《游目骋怀——文学与美术的互文与再生》,台北里仁书局2011年版。
张岩、钱淑萍:《明清名人中国画题跋》,陕西人民美术出版社2000年版。
张彦远:《历代名画记》,浙江人民美术出版社2011年版。
章用秀:《中国画题款答问》,天津人民美术出版社2011年版。
赵宪章、王汶成主编:《艺术与语言的关系研究》,人民出版社2013年版。
朱光潜:《诗论》,上海古籍出版社2007年版。
朱则杰:《清诗考证》,人民文学出版社2012年版。
宗白华:《美学与意境》,人民出版社2009年版。
[德]莱辛:《拉奥孔》,朱光潜译,商务印书馆2013年版。
[英]柯律格:《雅债:文征明的社交性艺术》,刘宇珍译,三联书店2012年版。

二、论文

曹虹:《中韩诗文中的三笑题咏》,《南京大学学报》2002年第4期。
杜桂萍:《袁骏〈霜哺篇〉与清初文学生态》,《文学评论》2010年第5期。
李瑞豪:《乾嘉文人与〈鬼趣图〉》,《古典文学知识》2014年第1期。
罗惠缙:《民初遗民诗词的同题群咏研究》,《东南学术》2012年第1期。
马振君:《论〈万卷归装图〉题咏的史料价值》,《兰台世界》2014年第35期。
毛文芳:《勾描朱彝尊人生侧影的四种画像文本》,《中国古代散文研究论丛》2012年第1期。
孙中旺:《张忆娘与〈簪花图卷题咏〉琐谈》,《苏州杂志》2010年第1期。
许结:《一幅画·一首歌·一段情:张曾〈江上读骚图歌〉解读及思考》,《文艺研究》2011年第2期。
宣静野:《馆藏〈梅岭课子图〉简介》,《浙江档案》2011年第7期。
朱则杰:《方文〈四壬子图〉考论》,《西北大学学报》2006年第5期。
李彦锋:《中国绘画史中的语图关系研究》,上海大学博士论文,2010年。
张玉勤:《明刊戏曲插图本"语—图"互文研究》,南京大学博士论文,2011年。

后 记

自2013年选择这个课题起，题咏文学已经伴随我七个年头了。七年间，环境是流转的，写作时有中断，但"题咏"二字始终都没有离开过我的视野。这本书犹如初见的题咏日记，是我最真诚的陪伴。近年来，图像与文学愈来愈成为学界关注的话题之一，多有学人对图像和题咏问题进行研究和探论。可见，从绘画的审美视角，捕捉像主诗人的风度神采，体察古人的心迹气度，乃至领略诗风诗艺，是当下古代文学研究的新探索。每个学者对图像题咏的审美意味都有着自己独特的欣赏角度和品评，但是对图像的意蕴、题咏内核、诗人精神世界的重视，大抵是趋于一致的。

本书要探究的是清代文学与图像题咏的内在联系，发掘其历史和文化内涵。无疑，这仅仅是古代文学研究领域里的一个角度。本书的主要意图，希冀通过对数个图像的考察来显露或还原清代文学的历史面貌，进而透视清代文士的生活情状。不过，限于文学史的庞杂繁复及图像题咏研究资料的阙如，要厘清积淀深厚的图像与文学的关系，特别是旁及政治、经济、文化、地域家族文学等相互之间产生的关联效应，尚需要进一步思考和判断。尤其是对我这样的后学而言，需要做长期的知识储备积累。应该承认，但仍留有太多的遗憾，比如，很多绘图是看不到真迹的。这样"在现场"势必就大打折扣。再譬如，《课子图》《送米图》等探讨，由于尚不够完整，暂未被收入本书。总之，题咏现象的还原有着相当广阔的研究空间，亟待学界继续梳理相关文献，拓展延伸研究领域，进一步激活古代文学学科的研究宽度，更好地推进图像研究向古典文学的深度融入。

在欣赏这些绘画艺术的同时,我时常对清代名士一生遭遇的悲喜顺逆会感同身受。在研究的过程中,也逐渐体会继承和创新、严谨和专精对于科学研究的重要性和必要性。在跨界研究的快车道上,车辙尚浅,还有很长的路要走……

孙雨晨

2020 年 6 月